リメンバー・ミー

シャロン・サラ
平江まゆみ 訳

REMEMBER ME
by Sharon Sala
Translation by Mayumi Hirae

REMEMBER ME

by Sharon Sala

This edition is published by arrangement with Harlequin Books S.A.

Published by K.K. HarperCollins Japan, 2021

リメンバー・ミー

おもな登場人物

クレイ・ルグランド――建設会社社員
フランセスカ(フランキー)・ルグランド――クレイの妻
ウィンストン・ルグランド――クレイの父親
ベティ・ルグランド――クレイの母親
エイバリー・ドーソン――デンバー市警の刑事
ポール・ラムジー――エイバリーの相棒
ハロルド・ボーデン――私立探偵
アデリーン(アディ)・ベル――フランセスカの恩師
ファラオ・カーン――フランセスカの幼馴染
デューク・ニーダム――ファラオの部下

1

「フランセスカ……こっちにおいで、ベイビー」

フランセスカ・ルグランドは自宅の窓辺に立ち、不穏な空模様を眺めていた。しかし、夫の声を耳にしたとたん、デンバーを覆いつつある黒雲に背中を向けて振り返った。

「なんだか降り出しそうな気配よ」彼女は言った。

「降り出したってかまうもんか」

フランキーは微笑した。クレイ・ルグランドと結婚してから、今日で一年と一日になる。クレイは百九十センチの大男で、いつも自分流を貫き通していた。どうやら今日も自分流で行くつもりらしい。好きなものは好き。おかしければ笑う。人にどう思われようと気にしない。だが、そんな彼をフランキーは愛していた。

戸口にもたれて立つ夫の姿を、フランキーはざっと眺め回した。夫が雨天の外出にふさわしいいでたちをしているかどうか、妻の目で点検するためだった。

クレイは仕事用の格好をしていた。ブルージーンズに長袖のシャツを着て、フランネルの裏地が付いたデニムジャケットを羽織り、作業用ブーツを履いていた。ヘルメットはいつもどおりトラックの中に置いてあるのだろう。父親の建設会社の現場監督をしている彼にとって、ヘルメットは絶対に忘れてはならない必需品だった。

頭上で雷鳴が轟き、背後の窓ガラスを揺らした。十月の朝の雷は珍しいことではなかったが、フランキーは不意に身震いし、反射的に我が身を抱き締めた。もうすぐ冬がやってくる。彼女は寒さが嫌いだった。

「水臭いな」クレイが言った。「抱き締めてほしいなら、そう言えよ」

「じゃあ、抱き締めて」つぶやきながら、フランキーは両腕を広げた。

たくましい腕に包まれ、彼女はまぶたを閉じた。クレイの愛に守られている幸せを噛み締めた。夫の背中に手を当てて引き寄せ、柔らかなシャツに頬を預けて、ゆっくりと息を吸い込んだ。

「いい匂いがするわ」フランキーはささやいた。

クレイは低くうなった。「フランセスカ……」

「私、何か悪いことをした?」

彼はにやりと笑った。「なんで?」

「あなたが私に向かってうなるのは、怒っているときだけだから」

クレイは眉をひそめた。「俺は君に腹を立てたことなんて一度もない。わかってるくせに」

フランキーは眉を上げた。「そうね……ご機嫌斜めと言ったほうがいいかも。否定したってだめよ。先週買い物に行ったとき、レジ係が私にウィンクするのを見て、あなた、むっとしてたでしょ。知ってるんだから」

「当然だろ」クレイは彼女を腕に抱き上げ、熱いキスを続けながらベッドへ向かった。

「遅刻するわよ」

警告を無視して、彼はフランキーのシャツを頭から引き抜いた。

「だめだったら、クレイ。お父さんになんて言われるか」

「そうだな。〝わしのドーナツはどうした？〟ってところか」

フランキーの笑い声が弾けた。その声はクレイの心を揺さぶり、たじろがせた。彼はフランキーを愛していた。怖いほど深く。クレイ・ルグランドはけっして弱い男ではなかったが、フランキーにだけは弱かった。

たくましい腕に包まれて、フランキーは心配するのをやめた。クレイはもともと度が過ぎるほど真面目な働き者だ。少々遅刻したところで、クビになる恐れはないだろう。父親の好物のチョコレート・ドーナツ持参で出勤すればなおのこと。

フランキーは彼のキスを受け入れ、肌をくすぐる唇のぬくもりを味わった。舌先で乳首を愛撫されると、ため息とともに目を閉じた。彼女にとって、クレイは喜びの源であり、生きる理由そのものだった。施設で育った彼女はこの世で独りぼっちだった――クレイと出会うまでは。クレイは彼女の夫というだけではない。彼女のすべてだった。フランキーは彼の顔を両手でとらえた。

「クレイ?」

クレイは肘をつき、体を起こした。「どうした、スウィートハート?」

「さっき窓のそばに立っていたとき……」

クレイは妻の顔を見下ろした。黒い髪に茶色の瞳。シンプルな組み合わせなのに、彼女はなぜこうも美しいのだろう?

「窓がどうかした?」

「あなた、何か言いかけてやめたでしょう。何を言うつもりだったの?」

「俺のシャツを着た君は最高にセクシーに見えるってことさ」クレイは改めて彼女を見下ろした。乱れた黒髪。眠たげな瞳。むきだしの素肌。彼の瞳が翳った。「でも、何も着てないほうがもっとセクシーだ」

全身を撫でられ、フランキーは体を弓なりに反らした。彼女の手がクレイの手をとらえた。動きを止められ、クレイはもどかしげな表情になった。

「なんだ?」彼は不満そうに言った。

「服を脱いで。今すぐ私を抱いて。でないと、頭がおかしくなりそう」

クレイはにんまり笑った。こういうリクエストになら簡単に応えられる。

数分が過ぎた。外では雨が降り出していた。ときおり吹き寄せる突風が、窓をたたく雨音のリズムを乱した。しかし、何があろうと、愛の嵐にのみ込まれた二人のリズムは止まらなかった。


その日は一時間一時間がひどく長く感じられた。現場作業の大半は屋内でおこなわれていたが、それでも雨の影響は大きかった。土砂降りの中で石膏ボードを運ぶわけにはいかず、ビルの北側の屋根を仕上げることもできなかった。クレイの父親は最小限のスタッフだけを残し、昼には自宅へ帰っていった。後を任されたクレイも四時前には作業を切り上げ、残っていた男たちを帰宅させた。これくらいの遅れなら問題ないさ。スケジュールには数週間分の余裕があるし、たまには早く帰るのもいいものだ。今夜は宅配ピザでも取ろうか。このまま気温が下がりつづけるようなら、暖炉に火を入れるのも悪くない。フランキーが喜ぶぞ。彼女は寒いのが苦手だから。

あれこれと考えを巡らせながら、クレイはスーパーマーケットに立ち寄った。水たまりをはね上げて店のドアまで走り、入ってすぐのところにある公衆電話の前で足を止めた。ついでに買って帰るものがないか、フランキーに訊いてみよう。

寒さに軽く身震いしながら、クレイは投入口にコインを投じ、呼び出し音を数えた。フランキーが電話に出るのを今か今かと待った。しかし、応答はなかった。受話器を置いたクレイは、返却されたコインを上の空でポケットにしまい、店の奥へ向かって歩き出した。たぶん、シャワーでも浴びているんだろう。シャワーを使っていると、電話の音が聞こえないんだよな。数分後、クレイは二リットル入りのロッキーロード・アイスクリームを手にトラックへ戻った。

トラックを私設車道で停めたときには、四時を四十五分も過ぎていた。雨はさらに勢いを増し、二人の小さな家がかすんで見えるほどだった。実際、荷物をかき集めていたクレイは、自分と我が家の間に壁が立ちはだかっているような違和感に襲われた。壁。彼は身震いした。そんな発想、どこから来たんだ？　俺は空想に耽るタイプじゃないのに。アイスクリームの袋をジャケットの下にたくし込み、トラックを降りると、我が家を目指して走った。なんだか雨とかけっこしているみたいだ。自分の子供じみた感覚がおかしくて、彼は吹き出し、そのまま玄関の中へ飛び込んだ。

「フランキー……ただいま！」クレイは笑いながら大声で叫び、ジャケットとブーツを脱いだ。「おい、ハニー！　俺だ！　いいものを買ってきたぞ！」

彼はアイスクリームを抱え、キッチンのほうに歩き出した。今にもどこかの部屋からフランキーが現れるのを期待しながら。リビングの中央まで来たところで、彼は足を止めて振り返った。不意に家の中の静けさが気になり、うなじにいやな感覚が走った。

玄関のドア。

鍵(かぎ)がかかっていなかった。

クレイはのろのろと向きを変えた。痛いほどの静寂。耳慣れた音が何も聞こえない。ラジオの音も。テレビの音も。水を使う音も。聞こえるのは屋根をたたく雨音だけだ。彼はアイスクリームの容器をきつく握った。

「フランキー……フランセスカ……いないのか？」

返事はなかった。

アイスクリームの冷たさが服を通して染み込んでくる。クレイは手元に視線を落とした。そこにまだアイスクリームがあることに驚いたかのように。そして、キッチンへ歩き出した。

キッチンの敷居をまたいだ瞬間、雷鳴が家全体を揺るがし、戸棚の食器ががたがた鳴った。彼は撃たれたように飛び上がった。

「くそっ」低く毒づいてから、クレイは冷蔵庫へ向かった。途中でまた足が止まったが、今度は嵐のせいではなかった。床に割れたカップが転がり、こぼれたコーヒーがたまっていたせいだ。コーヒーをこぼすのはよくあることだが、こぼしたコーヒーを放置しておくのは普通じゃない。パニックにみぞおちを締めつけられ、彼は空気を求めてあえいだ。

クレイは急に振り返って走り出した。フランキーの名前を叫びながら。

リビングを抜け。

廊下を走り。

寝室へ飛び込んだ。

ベッドは整頓されていなかった。今朝、彼が出かけたときのままの状態だった。クレイはそのベッドを見つめた。フランキーと分かち合った情熱を思い返し、今の不安を和らげようとした。

フランキーが着ていたシャツは、クロゼットのそばの床に落ちていた。ということは、彼女はそこで別の服に着替えたのだろうか？ いや、そんなはずはない。いやになるほどきれい好きなフランキーが、脱いだ服を放っておくはずがない。クレイは不意打ちをくらったようにかぶりを振り、浴室のほうへ移動した。洗面台に残された血の跡を見た瞬間、心臓が止まった。

「嘘だろう？」唇からつぶやきが漏れた。壁という支えがなければ、床にへたり込んでいたかもしれなかった。「嘘だ。何かの間違いだ。そんなことがあるもんか」

震える脚を引きずるようにして、クレイは寝室を出た。冷え切った指。感覚が麻痺しているみたいだ。一瞬の戸惑いのあと、彼は自分がまだアイスクリームを持っていることに気づいた。

冷凍庫へ向かおうとしたとき、何か——本能か、あるいは虫の知らせか——が彼に警告した。電話以外のものには触るなと。

クレイはアイスクリームをテーブルに置き、近くの戸棚にあったコードレス電話へ手を伸ばした。彼は自分に言い聞かせつづけた。俺の思いすごしに決まっている。俺たちみたいな人間に事件なんて起こるものか。今日はフランキーの出勤日じゃないが、たぶん、図書館の誰かが病気になったんだろう。だから、呼び出されたフランキーはあわてて出勤した。たぶん、それだけのことだ。

電話のボタンをプッシュすると、クレイは目をつぶり、大きく息を吸った。

「はい、デンバー市立図書館、メアリー・オルブライトです」

彼の脳裏に、明るい銅色の髪をした中年女性のイメージが浮かび上がった。「メアリー、クレイだけど、フランキーはそっちに行ってる？」

「来てないわ。彼女の次の出勤日は明後日よ」

彼の希望が萎(しぼ)んだ。「ああ、それは知ってる。ただ……病人でも出て、急に出勤することになったのかと思って」

「いいえ、申し訳ないけど。何か問題でも？」

クレイは身震いした。「わからない」

彼は唐突に電話を切った。

次の電話番号だけに気持を集中させて、またボタンをプッシュした。母親の聞き慣れた声に慰めを求めようとした。

「はい、ルグランドですが」

「やあ、母さん。俺、クレイだ。フランキーがそっちに行ってない?」

ベティ・ルグランドの表情が硬くなった。息子のことを知り尽くした彼女が、その声の不安げな響きに気づかないはずはなかった。

「いいえ、来てないわ。フランキーとは昨日の朝に話したきりだけど」

「父さんはどう?」

「お父さんだって同じよ」ベティは断言した。「もし何かあれば、私にそう言うはず――」

「父さんに訊いて」

「でも、クレイ、どうせ答えは――」

「とにかく、訊いてくれりゃいいんだよ!」

ベティの心臓がどきりとした。「いいわ、クレイ。ちょっと待ってて」

クレイは祈るような気持で待った。希望にすがりながら。これは悪い夢だと自分に言い聞かせながら。

「クレイ?」

「ああ、母さん。聞いてる」

「お父さんもフランキーとは話してないそうよ」

クレイの膝から力が抜けた。立っているのが精いっぱいだった。

「わかった。ありがとう、母さん」

「どういたしまして。何か私たちにできることはある？」

「いや……ない、と思う。ああ、それと母さん……」

「何？」

「怒鳴ってごめん」

「いいのよ。フランキーを捜すなら手伝いましょうか？　トラックの故障か何かで立ち往生しているってこともあるんじゃない？」

クレイは目を閉じた。俺たちの車はトラック一台だけ、俺が乗って帰ったあのトラックだけだ。「いや。トラックはあるんだ。もう切るよ。また電話する」

母親との電話を切ると、彼は改めてボタンを押し、発信音が聞こえてくるのをいらいらしながら待った。発信音が始まるやいなや、彼は最後の電話をかけた。

「九一一です。どうしました？」

「妻に何かあったようなんですが」

女性の口調が微妙に変化した。しかし、動揺を静めるのに必死だったクレイは、そのことに気づかなかった。

「奥さんは今そこにいらっしゃいますか？」

「いいえ、いません。今しがた仕事から帰ったら、玄関のドアに鍵がかかってなかったんです。キッチンの床に割れたカップと何かがこぼれた跡があって、浴室には血痕が残っていました」

「あなたはデンバー通り一九四三番地のクレイ・ルグランドさんですね？」

「はい」

「あなたも怪我されたんですか？」

「いいえ」クレイは低い声で答えた。「言ったでしょう……今しがた帰ったばかりだって」

「わかりました。今、連絡を回していますから」

「オーケー。ありがとう」彼はぼんやりとした口調で礼を述べた。自分が警察に連絡したことが信じられなかった。

九一一の通信係が語気を強めた。「警察が到着するまで、家を離れないでください」

ぞっとするような悪寒がクレイの背筋を貫いた。フランキーがいないのに、俺一人でどこへ行くっていうんだ？

やがて、警官三人と刑事二人がやってきたが、彼らにはフランキーがいなくなった理由について調べる気がなさそうに見えた。クレイはそんな警官たちの態度にいらだち、同時に不安を抱きはじめた。もし警察がフランキーの行方不明を俺のせいだと考えたら、捜すのをやめてしまうのではないだろうか。肝心なのはフランキーを捜すことなのに。フランキーがいなければ、俺の人生もないのに。

「では、ミスター・ルグランド、最後に奥さんを見たのは今朝の八時過ぎなんですね？」

クレイは深呼吸で気持を落ち着けようとした。男たちの濡れた服と温かい体の臭いで、胃がむかつきはじめていた。この嵐の中、フランキーはどこに行ってしまったのか。彼は気が気ではなかった。フランキーがどこに行ったにしろ、それが彼女の自由意思でなかったことだけは確かだった。

「いや、そうは言ってない。さっきも言ったように、私が家を出たのは九時近かったんです」

エイバリー・ドーソン刑事はメモ帳を見やった。「ああ、そうだったな」それから、彼はクレイに視線を戻した。「だが、普段は八時に出勤するともおっしゃいましたね」

クレイは急に声を荒らげた。「ああ、そうだよ」立ち上がった彼は、ずんぐりした刑事に詰め寄り、顔と顔を突き合わせた。「いいか、クソ刑事、これが最後だからよく聞け。俺は妻を愛している。昨夜は俺たちにとって初めての結婚記念日だった。俺たちはベッドでそれを祝った。今朝、仕事へ行くのが遅れたのも、俺が彼女をベッドに連れ戻したからだ」そこで彼の声がうわずったが、冷静な態度は微塵も揺るがなかった。「俺がうちを出るとき、彼女は俺のシャツを着て……笑みを浮かべてた。どうだ、わかったか？」

警官の一人が声を殺してくすくす笑った。エイバリー・ドーソンはその警官をにらみつけ、改めてクレイに向き直った。

「ああ、ミスター・ルグランド。あなたの言い分はわかりました。だが、私にも答えは必要だ。それを得るためには、こういう質問をせざるをえないんですよ。わかります？」

クレイの体は怒りに震えていた。「つまり、あんたはフランキーが消えたのは俺の責任だと考えているわけだ。そのほうが好都合だからな。俺が犯人ってことにすれば、あんたの仕事は終わる。だが、俺の妻はどうなるんだ？」彼は固めた拳を目の前のテーブルにたたきつけた。「わからないのか？　ああ、そうだよ、俺は気が動転してる。死ぬほど怖いんだ。俺のせいってことになれば、警察は彼女の捜索をやめちまう」

ドーソンは素早く状況を分析した。この喧嘩腰の態度。何度も取り調べられたのならいざ知らず、最初から弁解じみているのもおかしい。刑事の勘が訴えている。やはり、この男は怪しいと。

「えらく癇癪持ちなんですね、ミスター・ルグランド」

クレイは急に涙声になった。「最高の妻なんだ。彼女を失いたくない」

エイバリー・ドーソンの確信がぐらつきはじめた。確かに、この男が真実を語っている可能性もないとは言えない。だが、話ができすぎちゃいないか？　ルグランドは絶対に何かを隠している。女が一人、忽然と消えたんだぞ。何かが起こったのなら、誰かが目撃しているはずだ。彼は考え込む表情で目を細めた。こいつは稀代の役者なのか、それとも真実を語っているのか。

その可能性を受け入れた瞬間、ドーソンの脳裏を引退の二文字がよぎった。そろそろ潮時かもしれん。昔の俺はこうじゃなかった。先入観抜きで犯罪捜査に取り組んでいたころもあった。ところが、今日の俺は現場に到着した段階で、夫が怪しいという第一印象を持った。その第一印象にこだわりながら質問を続けた。解決の手がかりを探そうとせず、ルグランドを犯人と決めつけるための理由ばかり探していた。自分自身と自分の神経をここまで麻痺させてしまった仕事にうんざりしながら、ドーソンはメモ帳を閉じ、ペンをポケットにしまった。

「まあ、とりあえずはこんなところですか」彼はつぶやいた。「では、今後も連絡を取り合うということで」

クレイはもどかしげに両手を振り上げてから、電話と電話帳に手を伸ばした。

「何をしているんです?」ドーソンは問いかけた。

「私立探偵を雇うんだよ。妻を取り戻すために」

「奥さんは誘拐されたと思っていらっしゃるわけか。だとしたら、身代金の要求が来るまで待ったほうがいい。下手に私立探偵なんか使うと、人質の身が危なくなりますよ」

クレイは低く鼻を鳴らした。「どうせ身代金の要求はない」

ドーソンの目が見開かれた。なぜそう断言できる？　ということは、やはり……。

「なぜそう思うんです？」彼は問いただした。

クレイは身を乗り出した。「あんた、まだわかってないようだな。俺の手取りの月給は二千ドルにも満たないんだぞ。妻はパートで図書館に勤務してる。うちの両親も金持ちとは言えないし、フランキーには両親がいない。この家だって持ち家じゃない。こんな貧乏所帯に何を要求するっていうんだ？　八年物のトラックの鍵か？」

ドーソンの首が赤く染まった。この男と話していると、自分が間抜けになった気がする。どうもいやな感じだ。

「奥さんに生命保険をかけちゃいないでしょうね？」

その瞬間、クレイは刑事を殴りつけたい衝動に駆られた。彼は歯を食いしばり、相手の質問に答えることだけに気持を集中させた。

「うちで生命保険に入っているのは俺だけだ。もし俺が死ねば、フランキーには五十万ドルが入る。もし彼女が死ねば、俺には悲しみだけが残る。これで質問は終わりか？　俺は電話をかけたいんだ」

クレイは返事を待たずに電話をつかみ、部屋から出ていった。そばに控えていた二人の制服警官が、ドーソンの顔色をうかがうような視線をよこした。ドーソンは二人をにらみ返した。

「俺の相棒は？　戻ってきたのか？」彼は怒鳴った。

警官の一人が首を横に振った。「いいえ。ラムジー刑事はまだ聞き込みで近所を回ってるって話でした」

ドーソンは大股で玄関へ向かった。後味の悪い仕事。不快な一日。どいつもこいつもクソくらえだ。

玄関のドアを開けてポーチへ出たとたん、雨混じりの強風がズボンを濡らした。この雨もクソくらえだ。ドーソンは悪態をつきながら後ずさった。狭いひさしの下で体を縮め、相棒の車を捜して周囲に目を配った。問題の車は通りの奥に停まっていた。数分後、その前の家からラムジーが出てきた。ドーソンは彼に手を振り、自分の仕事が終わったことを伝えた。そして、ラムジーの車が近づいてくるのを待って、ポーチから雨の中へ駆け出した。

「ちくしょう」座席に転がり込み、力任せにドアを閉めながら、ドーソンは吐き捨てた。

ポール・ラムジーがにやりと笑った。「おまえなら雨に濡れたって溶けないよ。タフなうえに干からびてるから」

ドーソンは座席にもたれてため息をついた。「ああ、そうかもな」

縁石を離れながら、ラムジーは顔をしかめた。「敗北宣言か？　まだ宵の口だってのに？　頼むよ、相棒。まだ十時間ちょっとしか働いてないじゃないか。先は長いんだぜ」

　ドーソンの唇からまたため息が漏れた。「だとしても、俺の老い先はどうかな」

「どういう意味だよ?」

「俺は今度の一件に先入観を持ち込んだ。自慢できるこっちゃない」ドーソンはつぶやいた。

「てことは、おまえは亭主が真実を語っていると考えてるわけか?」

　ドーソンは肩をすくめた。「そうかもしれないし……そうじゃないかも。そっちは何かわかったか?」

「このブロックの端に住んでる主婦が、買い物から戻ってきたときに、一時停止の標識のところでスモークガラスの黒い車と接触しかけたと言ってた。車はこの通りから出てきたように見えたが、確信は持てないそうだ」

「どうせナンバーは覚えてないんだろ?」

　ラムジーがうなずいた。

　ドーソンはため息をついた。「やっぱりな」

「で、これからどうする?」ラムジーは尋ねた。

　ドーソンは再びため息をついた。「ルグランドの証言の裏を取り、何か手がかりが見つかることを祈るのみだ。ついでに、このいまいましい雨がやむことも祈るか。濡れた靴でうちに帰るのはもううんざりだ」

　クレイはリビングの隅に座り、窓の外の闇を見つめていた。家の中には再び静寂が戻っていた。刑事たちは数時間前に立ち去り、その直後にやってきた父親と母親も帰っていった。両親の戸惑いはクレイの動揺を倍加させただけだった。フランキーは彼の碇だった。フランキーを失った今、彼は現実から切り離されたような心もとなさを感じていた。

　窓に打ちつけられる雨の音に彼はたじろいだ。夜が更けるにつれて、気温はますます下がっている。天気予報によれば、雨が雪に変わる可能性もあるということだった。

　不意に聞こえてきたサイレンで思考を破られ、クレイは座っていた椅子から立ち上がり、ドアへ向かった。開いた戸口に立ち、雨混じりの風に顔をたたかれながら、夜の闇を眺めた。街灯に照らされた雨粒がクリスタルの涙のように光っている。その涙は水たまりを作り、側溝へと流れ落ちていく。彼はポーチへ出ると、フランキーの姿を捜し求めて暗がりをじっと見つめた。雨の音以外は何も聞こえない。そこには息苦しいほどの静寂があるのみだった。

　クレイの体が震え出した。これが現実であるわけがない。何か自分でも忘れているつまらない理由があって、こんな恐ろしい思いをしているだけなのではないだろうか。それともフランキーはただ迷子になっているとか？　帰り道がわからなくなっただけだとか？

　愛する女を捜さなければという思いに引きずられて、彼はポーチを下り、雨の中へ出た。

俺は病めるときも健やかなるときも彼女を愛すると誓った。彼女を守ると誓った。喉の奥から嗚咽がこみ上げた。ちくしょう。居場所もわからないっていうのに、どうやって彼女を守ればいいんだ？

クレイは通りの中央へ進み出た。冷たい雨風が彼の顔をなぶり、肌を痛めつけ、視界を遮った。心臓の轟く音が聞こえ、みぞおちが締めつけられるのを感じた。息をするのも苦しかった。フランキーの名前を思うことさえ苦しかった。

雨に濡れた髪が頭に張りつき、服が肌にへばりついた。クレイは道の真ん中で足を止め、まず左側を見つめ、続いて右側を見つめた。彼と暗がりの間にあるのは雨だけだった。腹から迫り上がってきた苦痛に、彼は頭をのけぞらせ、妻の名前を叫んだ。

「フランセスカ！」

それから、彼は息を詰め、祈るような思いで妻の返事を待った。しかし、返事は聞こえてこなかった。

2

コロラド州デンバー――二年後

十月の雨にヘルメットをたたかれながら、クレイ・ルグランドはトラックの運転台に工具ベルトを放り込んだ。

「よし、今日はここまでだ。引き上げるぞ。この雨がやまない限り、次の段階には進めないからな」

男たちはぶつぶつ言いながらそれぞれのトラックへ向かったが、ボスが正しいことは皆よくわかっていた。雨の中を無理に作業を進めれば、事故の危険性が高まる。好んで病院送りになりたい者など一人もいなかった。

建設中のビルを振り返ってから、クレイはトラックに乗り込んだ。現場監督と経営者の間には、天と地ほどの開きがある。悩みの種類も違うし、責任の厳しさも段違いだ。しかし、彼がなんとか正気を保ってこられたのは、父親の会社を買い取り、経営を引き継いだおかげかもしれなかった。

クレイはエンジンをかけ、トラックをバックさせた。途中トラックを停めて、最後にもう一度だけ現場を確認した。何も問題はなさそうだ。彼はため息とともにギアを入れ、現場を後にして、近くの高速道路へ向かった。

この二年は彼にとっても会社にとっても試練のときだった。その間、彼はなんの証拠もないにもかかわらず、警察に疑われ、マスコミにたたかれ、世間から人殺し扱いされてきた。

一人の人間が消えたら、誰かがその責めを負わなければならない。今度の場合、その責めを負わされたのは消えた女の夫――クレイだった。彼の世界から光が消えたという事実も、彼と両親以外の人間にとってはどうでもいいことなのだろう。世間は彼を、罰を免れた人殺しと見なした。彼は世間に心を閉ざし、悲しみから目を背けた。それでも、ときどき心の鎧が崩れた。そんなときはいつも新たな悲しみが襲ってきて、自分でも意外に思うのだった。彼は必死に人生を続けてきた。心の区切りをつけようとしてきた。しかし、いつまでたっても心の区切りはつきそうになかった。

仕事以外のことを考えざるをえなくなった今、家に戻るのが怖かった。実を言えば、そこはもう〝家〟と呼べる存在ではなかった。単に眠る場所にすぎなかった。両親には数カ月前から引っ越しを勧められていたが、どうしてもその気になれなかった。あの小さな木造の家は、俺が幸福だった最後の場所だ。俺がフランキーを見た最後の場所。その思い出を放棄することは、今の彼にはまだできなかった。

この二年間、彼は全国各地の遺体公示所へおもむき、身元不明の遺体と対面してきた。三度目に身元確認に呼ばれたあと、彼の中で何かが死んだ。その後も呼ばれれば確認に出向いたが、彼の気力はどんどん失せていった。フランセスカ・ルグランドの存在自体が幻のように思えてきた。結婚式の写真をまとめた小さなアルバムと心に開いた大きな穴がなければ、彼自身、フランキーはもともと存在しなかったのだと信じてしまいそうだった。

前方の交差点を、サイレンを鳴らした消防車が突っ切っていく。クレイはその動きを目で追った。消防車は見る見る小さくなり、灰色の雨のかなたへ消えた。彼は眉をひそめた。こんな土砂降りの日に火事か。妙なこともあるもんだ。でも、俺は知っている。現実にはもっと妙な出来事も起こりうるってことを。たとえば、人が跡形もなく消えるとか。

ほどなく、彼は自宅前の通りへ入った。小さな木造の家に目をやった瞬間、みぞおちが締めつけられるような感覚が始まった。いつもの反応だ。しかも先週――二人の三度目の結婚記念日を迎えた週――は、地元のテレビ局がフランセスカ・ルグランドの失踪から二年が過ぎたことを大々的に取り上げた。責任ある報道よりも低俗なゴシップのほうが似合う能無しプロデューサーが古い話を蒸し返し、ついでにクレイ・ルグランドの近況まで報じたのだ。若くハンサムなクレイ・ルグランドは、妻の失踪に関して罰を受けることもなく、前途有望な企業の経営者となって幸福な日々を送っている、というようなニュアンスで。連中はいまだに俺を責めている。飽きもせず。

クレイは自宅の私設車道でトラックを停めた。しばらくは運転台に座ったまま、トラックの屋根をたたく雨音を聞いていた。いや、連中は正しいのかもしれない。フランキーは俺の妻だった。俺は彼女を守れなかった。もし責められるべき人間がいるとすれば、それは俺なのかもしれない。

「くそ」彼は低く毒づき、トラックを降りて駆け出した。

しかし、ポーチに着くまでに全身ずぶ濡れになった。足を踏み入れる瞬間を恐れつつ、彼は玄関の鍵を開けた。

家。

相変わらずぞっとするような静けさだ。

中に入ったクレイは照明をつけ、テレビのスイッチを入れて、普通の家庭らしい雰囲気に近づけようとした。ホールのテーブルにキーリングを放ってから、床を見回した。玄関のドアに郵便受けがあるため、いつもならそのあたりに郵便物が散らばっているはずだった。

しかし、その日は何も落ちていなかった。

怪訝な思いで振り返った彼は、長椅子の端にきちんと積まれている郵便物を見つけ、肩をすくめた。母親の仕業だろう。家の掃除は業者に任せてあるというのに、しょっちゅう掃除の監督に来る。

手紙の束におざなりな視線を投げると、クレイはキッチンへ向かった。熱いコーヒーを飲めば、凍えた体も温まる気がした。

ポットに水を注ごうと流しへ行くと、そこには汚れた皿とフォークが置いてあった。彼は苦笑した。残しておいたチェリーパイ。母さんに食われちまったか。せっかく楽しみにしてたのに。

まあ、パイの一切れくらい、どうってことない。クレイは気持を切り替えて、ポットに水を満たした。コーヒーメーカーのスイッチを入れて、寝室へ向かった。熱いシャワーを浴びて、乾いた服に着替えれば、気分も晴れるだろう。通りかかったリビングでは、テレビが騒々しい音をたてていた。彼がリモコンを手にしたそのとき、地元のニュース番組が始まった。

「昨日の正午に地震が発生したカリフォルニア南部では、いまだに余震が続いています。州の内外で交通に支障が出ており、操業を再開した航空会社もありますが、当分カリフォルニアへの旅行は控えたほうが無難でしょう。現時点でも死者の数は増加の一途をたどり、いまだ多数の人々が行方不明になっています」

クレイは顔をしかめ、リモコンのボタンを押した。チャンネルを『アイ・ラブ・ルーシー』の再放送に合わせ、音量を上げると、リモコンを近くの椅子に放り出して寝室へ向かった。

シャツのボタンを外している途中で、ブーツの泥に気づき、立ち止まった。床を汚したんじゃなきゃいいが。幸い床はきれいだった。その状態を維持するために、壁にもたれかかってブーツを脱いだ。まず片方。続いて、もう一方。そして、脱いだブーツを手に寝室へ入った。

クレイは何げなくベッドに視線を投げ、顔をしかめた。ベッドカバーがくしゃくしゃだ。今朝ちゃんと片づけていったのに。ところが、見ているうちに、カバーが突然動き、黒い頭とほっそりとした腕が現れた。ぎょっとして後ずさり、目をつぶった。みぞおちが騒ぐ。

「嘘だろ……勘弁してくれよ」彼は深々と息を吸い込んだ。

もう幽霊も消えたはずだ。クレイは思い切って目を開けた。だが、まだ消えてはいなかった。それは――彼女は――まだそこにいた。

俺のベッドにフランキーがいる！　愕然としたクレイの手からブーツが滑り落ち、床に当たって鈍い音をたてた。

その音で、幽霊はゆっくりと寝返りを打った。目を開け、その深い茶色の瞳でにっこりと笑いかけた。彼がよく知っているあの眠たげでセクシーな笑顔だった。

「ハイ、ハニー」フランキーはつぶやき、窓へ視線を投げた。「いやだ、まだ雨が降ってるの？」

　クレイはよろよろと後退し、支えを求めて壁に手をついた。自分が気力だけで持ちこたえていることはわかっていたが、まさか精神までやられてしまうなんて。俺はもうおしまいだ。

「フランセスカ？」

　彼の声は消え入りそうなほど小さかった。もう一度名前を口にすれば、フランキーが消えてしまいそうで怖かった。次の瞬間、彼の頭が働きはじめた。心臓が高鳴った。もし彼女が本物だったら？　脳裏をかすめたその考えを即座に打ち消す。そんなことはありえない。

　フランキーはごろごろと転がってベッドの端まで移動し、そこで上体を起こした。とたんに顔から血の気が引き、彼女は側頭部に手を当てて眉をひそめた。

「痛い。ずきずきするわ」

「フランキー？」

　フランキーは頭の靄を払おうとするかのようにかぶりを振った。

「クレイ、あなたずぶ濡れじゃない。私、これから夕食の支度をするから、その間に熱いシャワーでも浴びたら？」

　クレイはぼんやりと部屋を横切った。立ち上がったフランキーを見て、回れ右をして逃げ出したい衝動に駆られた。ところが、フランキーは突然ふらつき、再びベッドに腰を落とした。

「なんだか気分が悪いわ」彼女は訴えた。「頭がくらくらする感じなの」

しかし、クレイは聞いていなかった。彼は呆然自失の状態にあった。どうせ実体はないんだ。空気があるだけさ。彼はためらいがちに手を伸ばした。だが、とらえた手首には温かな感触があった。

「嘘だろ」彼はまたつぶやき、フランキーの両肩をつかんだ。「フランキー……フランキー……嘘じゃない。本物のフランキーだ」

フランキーは怪訝そうな面持ちで言った。「ねえ、飲んできたの？」

クレイは答えられなかった。答える代わりにベッドへ腰を下ろし、フランキーを引き寄せた。両腕の中で華奢な体を揺すった。

やがて、彼は急に我に返り、フランキーを押し戻した。彼女の顔を見据え、震える低い声で問いただした。

「いったいどこに行ってた？」

フランキーはまじまじと見返した。「やっぱり、飲んできたのね」

クレイは出し抜けに立ち上がった。「答えろ、フランセスカ」

フランキーは眉をひそめた。「答えろって何に？」

クレイは正気を疑うような目つきになった。「まずは、この二年間どこにいたかだ」

フランキーの脳裏を何かがよぎった。何か不穏なもの――恐ろしいものが。しかし、その何かは明確な考えになる前に消えてしまった。答えるより先に、彼女はいきなり腕をつかまれた。引っ張られた腕に痛みが走った。彼女はあえいだ。クレイの態度に唖然として、彼の顔に広がる衝撃の表情には気づかなかった。

クレイの頭が真っ白になった。彼女の両腕には、見落とせないほどおびただしい注射針の痕跡があった。

「麻薬か？　麻薬をやってたのか？」

フランキーはあきれ顔で彼を見返した。「なんの話をしているの？」

「これだ！」クレイはわめき、彼女の両腕をひねって内側を上に向けた。

視線を落としたフランキーは、肌に残る薄い青痣を見て顔をしかめた。再び、何かが彼女の記憶を刺激したが、今度もすぐに消えてしまった。彼女は驚きとともに注射針の跡を指でこすった。視線を上げると、その瞳には涙があふれていた。

「私、麻薬なんてやらないわ。あなたも知ってるでしょう」つぶやいたフランキーは眩暈に襲われて目を閉じた。

「じゃあ、これはなんだ？」クレイは二本の細い腕をベッドの脇にあるスタンドのほうへ引っ張った。

フランキーはうなった。頭痛がさらにひどくなり、吐き気まで催してきた。彼女は腕を引き戻し、両手で頭を抱えた。

「私、気分が悪いのよ、クレイ」

クレイの体は激しく震えていた。まともに考えられる状態ではなかった。

「ちくしょう、フランセスカ。俺だって最悪の気分だよ。君は二年間も姿を消したあげく、平然と舞い戻ってきた。そして、何事もなかったかのように、濡れた服がどうの、夕食の支度がどうのとしゃべってる。頭がおかしいんじゃないのか？」

フランキーはただ見つめることしかできなかった。クレイは何を言っているの？　わけがわからない。二年間、二年間って言うけど、いったいなんのこと？　彼が仕事に出かけている間、ほんの数時間会わなかっただけなのに。しかし、その疑問を口にする前に、部屋がぐるぐる回りはじめた。

クレイは彼女の意識が朦朧となったことに気づいた。ぐったりした彼女の体を支え、ベッドに横たわらせると、すぐに九一一へ電話をかけた。

「どうしました？」通信指令係が尋ねた。

一瞬、クレイは言葉を失った。妻が戻ってきました。行方知れずだった妻が見つかりました。いや、そういう話じゃない。彼はとっさに口走った。

「妻が意識を失ったんです。理由はわからないが、麻薬のやりすぎかもしれない。お願いだ……助けてやってください」

「意識を失った……呼吸はしていますか?」通信指令係の質問が返ってきた。

クレイはベッドに身を乗り出した。頰にフランキーの穏やかな息を感じた。急に涙があふれた。

「ええ、呼吸してます。俺は何をすればいいですか?」

通信指令係の指示に従う間、彼の両手は震えつづけていた。

神様、フランキーを助けてください。今ここで彼女を死なせないでください。彼女は死ぬために戻ってきたんじゃない。そんなむごい話があってたまるものか。

数分後、クレイはサイレンの音に気づいた。

「救急車が来ました」彼は通信指令係に告げた。「迎えに出ないと」

通信指令係が電話を切り、回線が途切れた瞬間、クレイはパニックに襲われた。彼はあわてて立ち上がり、玄関へ走った。雨の中を駆け寄ってくる救急隊員たちに半狂乱で手を振った。

彼は隊員たちがフランキーのバイタルサインを調べる様子を見守り、半分しか理解できない専門用語に耳を傾けた。その間も不安は募った。隊員たちがフランキーを担架に乗せて家から運び出したとき、彼の頭にあったのは、二度と彼女の姿を見失いたくないという思いだけだった。

「お願いです。俺も一緒に乗せてください」クレイは懇願した。

「無理ですよ。場所がない」

「彼女をどこへ運ぶんです？」

「マーシー病院へ。自分の車でついてくる分にはかまいませんよ」

クレイは家の中へ駆け戻り、コートとキーリングをつかんだ。靴を履いていないことに気づいたのは、玄関を出ようとしたときだった。

「くそ」彼は悪態をついて、寝室へ引き返した。腰を下ろし、震える手でスニーカーを履いた。そうだ。援軍を頼んだほうがいい。

彼は電話をつかみ、ボタンをプッシュした。父親が電話に出たが、クレイはひどく動揺していてまともに説明できそうになかった。

「はい、ルグランド」

「父さん、俺だ。クレイだ」

「やあ、おまえか。今日は早じまいにしたんだな？　そうだ……夕飯を食べに来ないか？　母さんがポット・ローストを作ったんだ。おまえの好物だろう」

「父さん、母さんとマーシー病院に来てほしいんだ。できるだけ早く」

ウィンストンの心臓がどきりと鳴った。「どうかしたのか？」

「彼女が……フランセスカが戻ってきた。うちに帰ってみたら、彼女がベッドで眠っていた。でも、どうも様子が変なんだ。救急車はもう出発した。俺も今からマーシー病院へ行くところだ」

ウィンストンは驚きのあまり、一瞬声を失った。「そりゃまた……よし、すぐに行こう」電話を切ろうとしたとき、クレイはある人物を思い出した。そして、その人物にも電話をかけた。番号はそらで覚えていた。ただし、それは気配りからというよりも、自己防衛のためにかけた電話だった。彼はそわそわと腕時計に目をやりながら、相手が出るのを待った。救急車が出発して、すでに四分になる。彼が電話を切りかけたそのとき、受話器から男の声が聞こえてきた。

「三分署、ドーソン」

受話器を握るクレイの手に力がこもった。「ドーソン刑事、クレイ・ルグランドだ。もし俺の妻の事件にけりをつけたいなら、今すぐマーシー病院に来てくれ」

だらしなく座っていたエイバリー・ドーソンの背筋が伸びた。「どういうことです?」彼は問い返した。

不意に二年分の怒りがこみ上げてきた。「ついでに」クレイは語気を強めた。「この二年間、俺を縛り首にしようと躍起になってたテレビや新聞、その他もろもろのマスコミ連中も呼んだらどうだ?」

「なんです、それは? 告白でもするんですか?」ドーソンは重ねて訊いた。

「そう呼んでもかまわない」クレイは答えた。

「十分で行きます」

　その声を最後に電話は切れた。クレイは受話器を元に戻し、玄関へ向かった。

「奴（やつ）は本当に告白すると言ったのか？」ラムジーが問いかけた。

　ドーソンは相棒をちらりと見やってから、道路に視線を戻した。雨の中をこの速度で運転するのは無謀な行為だったが、ぐずぐずしているとクレイ・ルグランドの気が変わるのではないか、というあせりを抑え切れなかった。

「告白と呼んでもかまわない、と言ってた」ドーソンはつぶやくように答えた。突然、前方の車がスリップし、中央分離帯へ突っ込んでいった。彼はあわてて急ブレーキを踏んだ。

「くそっ、死ぬかと思った」ラムジーは低く悪態をつき、シートベルトをきつめに調節した。

　ドーソンはバックミラーに視線を走らせた。「あの様子じゃレッカー移動するしかなさそうだ。連絡してくれ」

　ラムジーはうなずき、レッカー車の出動を要請した。ダッシュボードで点滅する青い光が、ドーソンのこわばった顔を照らし出す。これまでに数々の捜査を手がけてきた彼にとっても、フランセスカ・ルグランドの失踪はとくに忘れられない事件だった。捜査は出だしからつまずいた。手がかりと呼べるものが一つもなかった。それから数カ月間にわたって粘り強く捜査を続けたが、地区検事にクレイ・ルグランドの起訴を納得させるだけの証拠は見つからなかった。ルグランドの電話を思い返すと、ドーソンのあせりが募った。いや、期待しないほうがいい。ずっとしらを切り通してきた奴が、今さら自白なんかするものか。

「あれだな、例の病院は」ラムジーが前方の信号を指さした。

「ああ、わかってる」ドーソンは黄色信号で曲がった。とたんに、目の前にクレイ・ルグランドの会社のトラックが出現した。

「おい、奴だぞ！」ラムジーが叫んだ。

「見えてるよ」ドーソンは答えた。

二台の車は列をなして救急用の駐車場になだれ込んだ。ドーソンがシートベルトを外している間に、クレイはトラックを降り、ドアへ向かって駆け出した。

「えらくお急ぎって感じだな」ラムジーは不満げな声で言った。

クレイの後を追って、二人の刑事も水たまりを蹴散らし、雨の中を走った。病院の中へ入ったときには全身びしょ濡れになっていた。

意外なことに、入り口ではクレイの父親が待ち受けていた。

「刑事さんたち、こっちだ」

二人は戸惑いの表情になった。いったいルグランドは何を企んでいるのだろう?

「ミスター・ルグランド、我々はあなたの息子さんと話をしに来たんだ。話ならここでできると思うんですがね」

ウィンストンは肩をすくめた。「どうぞご勝手に。だが、もし真実を知りたいなら、わしについてくることですな」

彼は向きを変え、椅子が並ぶ場所へ向かって廊下を歩き出した。そこには彼の妻が待っていた。

「おい、ルグランドがいるぞ」ラムジーは壁に寄りかかっている男を指さした。

こうして、かつての仇敵は再び顔を合わせた。

「で、ミスター・ルグランド、話というのは?」

クレイは無表情で戸口を指し示した。「皆さん、俺の妻フランセスカ・ルグランドをご紹介しよう。彼女は今日、ぼろぼろの状態でうちへ戻ってきた。そして、俺と話している最中に意識を失った。まだ診察の途中だから断定はできないが、彼女の腕に残る注射針の跡から察して、どこが悪いのか、おおよその見当はつくと思うだろうが」

ラムジーがドーソンを押しのけるようにして前へ出た。ドーソンは愕然として、診察台に横たわる女性を見つめていた。

「これは何かの冗談ですかね?」ドーソンは尋ねた。

クレイは驚きで我を忘れたような様子の刑事を見つめた。「俺が笑ってるように見えるか？」

ドーソンとラムジーは救急医療のスタッフたちに割り込んで、手当を受けている女性をしげしげと眺めた。

フランキーは朦朧とした意識の中で苦痛に耐えていた。遠くからクレイの声が聞こえた気がしたが、言葉に集中することができず、内容まではわからなかった。彼女は声がしたほうに頭を向けた。そのおかげで、刑事たちは彼女の顔をじっくりと見ることができた。

「こいつはたまげた」ラムジーはつぶやき、十字を切る真似をした。ドーソンはただ見つめるばかりだった。

ベティ・ルグランドが椅子から立ち上がった。

「ええ、まるで奇跡でしょう？」

「いや、まったく」ドーソンは相槌を打ち、診察台から離れた。

ベティは息子に両腕を回した。クレイはうろたえて、何をすべきなのかわからないようだった。彼女は息子の手を取った。

「クレイ、あなたもこっちに来てお座りなさい」ベティは穏やかに言った。

その口調で、クレイははっと我に返り、目をしばたたいた。

「ありがとう、母さん。でも、じっと座っていられそうにないんだ」

ベティは息子の腕を軽くたたいてから、ウィンストンのかたわらに腰を下ろした。これまでに何度となくそうしてきたように、夫の存在に慰めを求めた。事情はどうあれ、フランキーの状態は普通じゃない。薬物依存の人を実際に見たことはないけれど、物の本に書いてあった症状とも違うようだし。

一方、ドーソンはクレイに向き直った。彼はまだこの奇跡の生還を素直に受け入れる気になれなかった。

「あなたの奥さんはいったいどこに行ってたんです?」ドーソンは問いただした。

クレイは憮然（ぶぜん）とした様子で診察室を指さした。

「それを調べるのが刑事の仕事だろう。いなくなる前の彼女の腕に、あんなものはなかった」

ドーソンは改めてフランキーを見やり、腕に残る青痣と注射針の跡に注目した。「なるほどな」彼はぼそりと吐き捨てた。

ラムジーは相棒に視線を投げてから、ポケットに両手を押し込んだ。「ミスター・ルグランド、あなたを疑ったことは申し訳ないと思っている。だが、こっちの立場もわかってほしい」

クレイは背筋を伸ばした。「ああ、わかってるさ。疑われる立場のつらさもね」

これにはさすがのドーソンも赤面した。彼は手を差し出した。「本当にすまなかった」

突然、診察室からフランキーのうめき声が聞こえた。続いて、激痛に耐えかねたような絶叫が響いた。

ぎょっとしたクレイは診察室に飛び込んだ。周囲が制止する暇もなかった。

「何があったんです?」

「困ります。外で待っててくださらないと」看護師が彼を押し出そうとしたとき、フランキーの体が激しく震え出した。

「気をつけて! あのバス!」彼女はうめいた。

アラームが鳴りはじめた。うろたえたクレイの視線が、フランキーと周囲の機械の間をさまよった。しかし、アラームの出所を見定めるより先に、彼は数人がかりで診察室から押し出されてしまった。

3

外の廊下は喧噪(けんそう)に満ちあふれていたが、ドア一枚隔てた病室の中は静かだった。クレイは窓に背を向けて立ち、自分の妻を見下ろした。フランキーの意識は戻っていなかった。クレイの中にあった彼女の裏切りに対する怒りは、いつしか不安に変わっていた。裏切られようと、何をされようと、フランキーの不幸を願う気持にはなれない。俺(おれ)はフランキーを愛しているし、これからもずっと愛しつづけるだろう。その愛にフランキーをつなぎ留めておくだけの力がなかったとしても。

クレイはため息をつき、フランキーの顔に見入った。ハート形の顔、歪(ゆが)みのない完璧(かんぺき)な鼻、豊かで官能的な唇。そのすべてが一つにまとまり、俺の妻という女を形作っている。でも、俺は本当に彼女を知っていると言えるのだろうか？　知っているのは、彼女自身が話してくれたことだけじゃないか。

フランキーは四歳で両親を失い、それからの十四年間をニューメキシコ州アルバカーキの施設グラディス・キタリッジ・ハウスで過ごした。そこを出たあとはデンバーの大学に入り、二つのアルバイトをかけ持ちしながら図書館学を勉強した。彼女が働くステーキハウスに足を踏み入れたときのことはいまだに忘れられない。彼女はがりがりと言っていいほど痩せた体で、ステーキ四皿がのった大きな銀のトレイを危なっかしそうに運んでいた。そして、明るく笑っていた。俺のみぞおちに衝撃が走った。まだ名前も知らない彼女に欲望を感じたのだ。クレイはため息をついた。遠い昔の話だ。フランキーが俺を見捨てる前――俺の世界が崩壊する前の話。

フランキーの左の頬が小刻みに痙攣し、まぶたがひくひくと動いた。自分がどこにいるか、フランキーはわかっているのだろうか？　クレイは自問した。彼女の呼吸は浅く、緩慢だった。フランキーは枕に広がる乱れた黒髪が、顔の青白さを際立たせていた。クレイは眉をひそめた。なんでこうも動かないんだ？　本で読んだ麻薬の禁断症状とは全然違う。でも、麻薬でないとしたら、なんで腕に注射針の跡があるのだろう？　それに、一瞬意識が戻ったときに見せたあの異様な興奮ぶりは？　バスがどうとか叫んでいたが、いったいあれはどういう意味なのか？

クレイは髪をかき上げた。短い黒髪はいったん額を離れたが、彼が首の筋肉をさすりはじめると、また元の位置に戻った。頭の痛みと心の痛み。ひどいのはどちらだろう？　これが現実だということがまだ信じられない。夢がかなない、フランキーは戻ってきた。でも、どうして彼女は俺の前から消えたんだ？　麻薬のためなら、わざわざ身を隠す必要はないはずだ。

フランキーの心がのぞけたら。クレイは無意識のうちに身を乗り出した。もう謎はごめんだ。説明が欲しい。明確な答えが欲しい。それなのに、謎ばかりが増えていく。

フランキーが今ここにいることを思い、クレイの喉が詰まった。フランキーに触れてみたい。彼は大きく息を吸った。手の甲に挿入された点滴の針に注意しながら、そろそろと手を伸ばし、震える指で彼女の腕をたどった。この二年間、俺はフランキーの思い出を葬ることを拒否してきた。でも、彼女が戻ってきた今は希望を持つことが怖い。元気になったら――もし元気になったとしてだが――フランキーは俺のそばにいてくれるだろうか？

自問を繰り返していると、彼女の瞳が開き、不意にフランキーがあえぐように息をした。クレイははっとして身構えた。彼女の瞳が開き、そこには、ある表情がたたえられていた。恐怖だ、とクレイは確信した。やがてその表情は消え、瞳は虚ろになり、唇から力が抜けた。そして、彼女は再び意識を失った。

クレイは体を折り曲げ、彼女の耳元に唇を近づけた。

「どうした、フランキー？　なんで俺の前からいなくなった？」

フランキーの唇からため息が漏れた。

閉じたまぶたの下から一粒の涙がこぼれ、彼女の顔から髪へと伝い落ちた。クレイの胸が締めつけられた。彼は唇をわずかに右へずらし、二年ぶりに妻にキスをした。

数時間が過ぎた。その数時間のうちに、クレイは様々な仮説を立てた。なぜフランキーは失踪したのか？　そして、なぜこんな形で戻ってきたのか？　しかしいくら考えても、納得のいく説明は思いつかなかった。

突然、病室のドアが大きく開いた。振り返ってみると、フランキーの診察を担当した医師カール・ウィリスだった。

「ここにいたんですか、ミスター・ルグランド。ずいぶん捜しましたよ」

クレイの心臓が速まった。「検査結果が出たんですか？」

「おおよそは」

無意識のうちに両手を拳に握りながら、クレイは一歩前へ出た。「やっぱり薬ですか？」

ドクター・ウィリスは肩をすくめた。「奥さんが自分で注射したかどうかはわかりませんが、あなたが心配されている類いの薬ではありませんでした。だいいち、奥さんの症状は私がこれまでに見た麻薬の禁断症状と合致しません。体内に違法な物質の痕跡もありませんでしたし。唯一気になったのは鎮静剤の痕跡ですね。奥さんは不眠症で悩んでいらしたんですか？」

クレイはあっけに取られた。麻薬じゃない？　この新情報を受け入れあぐねながら、彼は振り返ってフランキーを見下ろした。麻薬じゃないとしたら、なんなんだ？

「ミスター・ルグランド」

クレイは飛び上がった。「すみません。なんの話でしたっけ？」

「奥さんは不眠症で悩んでいらっしゃらなかったかとお訊きしたんです」

「いいえ……私の知る限りでは」クレイは再びフランキーへ手を伸ばし、彼女の頬に触れた。目を覚ましてくれ、フランキー。君を疑ったことを謝らせてくれ。この二年間どこにいたのか教えてくれ。「どうして意識が戻らないんですか？」

「かなり重度の脳震盪を起こしているんですよ。それに、背中と肩に打撲傷があります。自動車事故に遭うと、こういう外傷ができるものなんですが」

フランキーが意識を失う直前に叫んだ言葉を思い出し、クレイはひるんだ。気をつけて！　あのバス！「その打撲傷ですが、いつごろできたものかわかりますか？」

ドクター・ウィリスは検査の合間に刑事たちからこの夫婦の事情を聞かされていた。クレイ・ルグランドに関する記事は読んだことがあった。そのときは夫が妻を殺したに違いないと考えたのだが、今、彼はそのことを恥じていた。ますます興味をかき立てられていた。この女性はどこにいたのか？　どういう経緯で戻ってくることになったのか？　その謎を解くために力になりたいと思っていた。

「頭部の傷からまだ出血していますし、三、四時間前というところじゃないでしょうか」

クレイの顔から血の気が引いた。そんなフランキーを俺はかっとなって責め立ててしまったのか。彼の声が震えた。

「妻は元どおりに回復しますか？」

ドクター・ウィリスはためらった。

不安が募り、クレイは問いつめた。「どうなんです？」

医師はため息をついた。「合併症が起きなければ、体は元どおりになると思います」

クレイのみぞおちがざわついた。「体だけ？」

「奥さんは失踪後の時間経過について混乱しているようだという話でしたね？」

「最初は嘘をついていると思ったんですが」クレイは低い口調で答えた。

ドクター・ウィリスは肩をすくめた。「その可能性もないとは言えませんが、単に記憶が欠落しているのかもしれませんよ。頭部にかなりの衝撃を受けてますからね。そこにストレスと心的外傷が加われば、部分的な記憶喪失に陥ることもありえます」

クレイはぎょっとした表情になった。「それは回復するんですか？　つまり、記憶が戻るかってことですが」

「おそらくは。でも、精神の問題に関して〝絶対〟という言葉は使えません」

「つまり彼女に何が起きたのか永遠にわからないままかもしれないということですか？」

この男を励ましてやれたら、とドクター・ウィリスは思った。しかし、彼はもともとごまかしが得意なタイプではなかった。

「時がたてば、奥さんは完全に回復する。そう信じていいでしょう。ただし、それまでは辛抱強く待つしかありませんね」

クレイはため息をついた。俺が聞きたかったのはそんな言葉じゃない。

「あっと、忘れるところだった」医師が付け加えた。「外に刑事が二人待っていますよ。あなたと話をしたいとかで」

クレイはフランキーを見やり、それからドアへ向かった。

病室から出てきたクレイを見て、エイバリー・ドーソンは立ち上がった。ちょうどそのとき、相棒のラムジーが両手にコーヒーカップを持ち、廊下の角から現れた。

「俺と話をしたいそうですが?」クレイは問いかけた。

ドーソンは相棒が差し出したコーヒーを受け取り、クレイを人気の少ない場所へ誘導した。

「あなたが興味を持ちそうな情報がありましてね。今日の午後二時ごろ、町中で派手な玉突き事故が発生した。長距離バスがトレーラーと衝突し、ほかにも二台の車が巻き込まれた。うち一台はタクシーだった」

クレイの顎がこわばった。長距離バス……フランキーが叫んでいた〝あのバス〟か?

ドーソンは慎重に言葉を選んだ。「それがあなたの奥さんかどうか確信は持てませんが、タクシーの運転手の話だと、気を失っている間に乗客が消えたそうです。黒い髪を肩まで伸ばしたきれいな若い女性だったと言っています」

クレイの瞳が見開かれた。「その乗客がフランセスカだと?」

ドーソンは肩をすくめた。「かもしれません。だが、もしそれがあなたの奥さんなら、彼女はそうとうラッキーだったと言える。事故に巻き込まれたほかの人々は、そのまま病院に送られるか、死体公示所行きになったんですからね」

「なんてことだ」クレイはつぶやき、近くの椅子にへたり込むと、両手で頭を抱えた。

次の瞬間、彼の脳裏に、ある疑問が浮かんだ。明白な疑問。刑事たちはすでにこの疑問を解明しただろうか?

「その乗客をどこで拾ったんだろう?　誰か、運転手に訊いたのか?」

ラムジーがうなずいた。「バス乗り場だそうです。彼女がターミナルから飛び出してきたので、危うく轢(ひ)きそうになったんだと。乗り込んできたとき、彼女は震えていたが、運転手は雨のせいだと思ったようです。何度も後ろを振り返って、まるで誰かに追われてるみたいだった、とも言っていました」

「で、これからどうするんだ?」立ち上がりながら、クレイは尋ねた。

ドーソンはまた肩をすくめた。「どうするとおっしゃっても。奥さんはこうして戻ってきたわけですし。もちろん、奥さんの記憶が戻りはじめて何か情報が聞けたら、我々にも知らせてください。こっちで裏を取りますから」

クレイはまじまじと見つめ返した。「それだけ？」

「いいですか、ミスター・ルグランド、我々にできることはそれだけなんですよ。家出は犯罪じゃない」

「家出か。二年前のあんたはそういう見方はしてなかったけどな」吐き捨てると、クレイは向きを変え、立ち尽くす刑事たちを残して歩き出した。

彼は憤然とした足取りで廊下を引き返した。頭に血が上り、冷静に考えられる状態ではなかった。

病室に戻ると、医師はすでに立ち去っていた。断続的なモニター装置の音を除けば、室内は静かだった。クレイは病人の顔を見やった。ここに運び込まれて以来、フランキーはじっと横たわったままだ。みぞおちが締めつけられた。このまま彼女が目覚めなかったらどうする？

クレイはベッドのかたわらの椅子に腰を落とし、彼女の手に自分の手を重ねた。フランキーの指がぴくりと動いた。俺との接触を求めているのか？　それとも、いやがっているのか？　クレイはため息をつき、沈んだ気分で彼女の手を放した。フランキーはまた動かなくなった。彼は立ち上がり、窓に歩み寄った。まるで無意識のうちにも俺を拒絶しているようだ。

「クレイ？」

振り返ると、戸口に母親が立っていた。

「母さん、戻ってこなくてもよかったのに」

ベティ・ルグランドは肩をすくめ、小型の旅行鞄(かばん)を掲げてみせた。「これがいるんじゃないかと思って」

クレイは身振りで母親を病室に招き入れた。

「フランキーの具合は?」ベティが尋ねた。

「相変わらずだよ」

「さっき廊下ですれ違った人が担当の先生?」

クレイはうなずいた。

ベティは鞄を置き、脱いだコートを椅子にかけて、息子が立つ窓辺へ近づいた。

「で……先生から聞いたことを自分から話してくれる気はあるのかしら?　それとも、こっちから根ほり葉ほり訊き出さなきゃだめ?」

クレイはため息をついた。「病院側の話じゃ、フランキーの記憶が欠けているのは、彼女が負った傷と関係があって、時間がたてば思い出すこともあるらしい。フランキーは薬物依存じゃないし、何かの禁断症状で苦しんでるわけでもない。体内に違法な物質はなくて、唯一発見されたのは鎮静剤の痕跡だけだと言われたよ」

ベティは唇をすぼめてベッドを振り返り、考え込む表情でフランキーを眺めた。

「やっぱりね」彼女はつぶやいた。

クレイは罪悪感に打ちのめされた。彼の口調は苦々しげだった。「教えてくれよ。俺はフランキーの夫だ。なのに、なぜ母さんみたいに彼女を信じることができないんだ？」

ベティは息子に視線を戻した。息子も、フランキーも哀れでならなかった。

「あなたのお祖母(ばあ)ちゃんがよく言ってたわ。愛情が深ければ深いほど、つまずいたときの心の傷も深くなるって。あなたは地獄を味わった。殺人の疑いまでかけられたんだもの。客観的になれと言うほうが無理よ」

クレイはベッドのかたわらに歩み寄った。「何が一番つらいかわかる？」

ベティは後を追い、息子の背中を撫(な)でると、慰めを込めて軽くたたいた。「さあ、何かしら？」

何度もつばをのみ込んでから、クレイはやっと口を開いた。「彼女に対する自分の気持がわからないことだよ」

ベティは思わず目を閉じた。こんなとき、どう答えてやればいいのだろう？

「それはしかたないことだわ」ようやく彼女は答えた。「でも、もし病院側の言うとおりフランキーの記憶喪失が本物なら、フランキー自身の気持も考えてあげなさい。彼女にとって、この二年間は存在しないのよ。つまり、彼女はまだ新婚ほやほやの状態なの。あなたがどう思っていようと、彼女はまだあなたを愛しているのよ」

クレイの顔が青ざめた。「彼女を愛していないとは言ってない。ただ、また信じることができるかどうか不安なんだ」

ベティは肩をすくめた。「それはやってみなければわからないわね」

クレイの肩から力が抜けた。「そうだよな。わかった」

ベティの胸が痛んだ。かわいそうなクレイ。どうしてこんなことになってしまったのかしら。まるで悪夢だわ。こんなときに私がよけいなことを言えば、混乱を煽るようなものだけれど……。彼女は唇を噛み、自分が発見した事実を息子に打ち明けるべきかどうか迷った。

「ここへ来る前にあなたの家に寄ったのよ」彼女は切り出した。

クレイはなんとも思わなかった。母親が無断で彼の家に出入りするのはいつものことだ。

「それで?」彼は先を促した。

「フランキーの着替えを用意するつもりで。考えてみれば、彼女の服は全部しまい込んであったのよね。おかげで捜すのに一苦労したわ」

「面倒かけたね」クレイはつぶやいた。

「どういたしまして。でもね、私が言いたいのはそのことじゃないの」

なんだか奥歯にものが挟まったような口調だ。クレイはフランキーから母親の顔へ視線を移した。

「じゃあ、どんなこと？」

ベティはズボンのポケットに手を入れ、紙幣の束を取り出した。

「これが乾燥機に入っていたのよ。ブランド物のズボンやブラウスに混じって。本来ならクリーニングに出すような上等な服よ。乾燥機になんか入れちゃったら、もう着られないんじゃないかしら。でも、こっちのほうは無事だったわ。多少皺くちゃだけどね」

クレイはあんぐりと口を開けた。母親に札束を押しつけられると、吐き気が襲ってきた。

「何、これ」彼は不快そうに百ドル紙幣をいじった。まるで汚いものでも扱うかのように。

「いくらあった？」

「千五百五十ドル」

クレイは驚いて視線を落とし、反射的に札束を握り締めた。

「乾燥機に入っていたって？」

ベティはうなずいた。「二枚はズボンのポケットの中に残っていたわ。たぶん、乾燥機が回っている間にポケットからこぼれたんでしょうね」

紙幣を見つめたまま、クレイは椅子にへたり込んだ。それから、皮肉たっぷりの口調でつぶやいた。

「なるほどね。つまり、俺の心配は取り越し苦労だったわけだ」

「心配って？」

「フランキーがひどい目に遭って、ひもじい思いをしているんじゃないかと心配してた」

「ごめんなさいね、クレイ。あなたをよけいに混乱させてしまって。でも、勝手に決めつけるのはよくないわ。一番いいのは、フランキーが目覚めるのを待って、本人の言い分を聞くことよ」

クレイは視線を上げた。「問題は彼女が何を言うかじゃない。俺が彼女の言葉を信じられるかどうかだ」

南カリフォルニア

地震発生から丸一日が過ぎても余震は収まらず、それが捜索や救助の妨げとなっていた。高速道路や建物の倒壊現場では、いまだに瓦礫(がれき)をかき分けながらの捜索活動が続いていたが、時間がたつにつれて生存者よりも死者が発見されるケースのほうが増え、悪臭が鼻をつきはじめていた。

個人住宅に関しては、排他的な立地の家ほど孤立するケースが多く、救助を求める要請も数多く来ていたが、被害の甚大な人口密集地域のほうが優先された。レスキュー隊は警察のヘリコプターからの報告を頼りに捜索を進めていった。やがて、ある峡谷の上を飛んでいたヘリコプターから、半壊した民家を発見したという無線が入った。

ピート・デイリーはサンフランシスコのレスキュー隊に入って十年以上になるベテランだった。何度も災害時の作業を経験し、何を見ても驚かないという自信を抱いていた。だが、自分たちの乗るバンがいきなり右折し、鬱蒼と木が茂る森へ突入したときには、さすがの彼も眉をひそめた。

「ほんとにこの道で間違いないのか？」ピートは念を押した。

相棒のチャーリー・スワンが肩をすくめた。「どうかな。でも、道はこれしかない」

ピートは天を仰いだ。「だったら、なんで――」

チャーリーはフロントガラスごしに前方を飛ぶヘリコプターを指さした。「確かに、道しるべのパンくずを残してくれたわけじゃないが、もう五分以上もああやって旋回してる。あの下が現場だろう」

ピートは少し恥じ入った表情を浮かべ、ため息をついた。「気がつかなかった。俺ってまったく抜けてるよな？」

「いざというときは頼れる奴だよ」チャーリーは慰めた。「そろそろ準備してくれ。じき到着だ」

数分後、彼らは無惨な姿となった豪邸に到着し、崩れる危険性のある壁から離れた位置にバンを停めた。彼らが作業道具を用意する間に、捜索隊員たちは救助犬をバンから降ろした。ほどなく、チームの一部は屋敷の中へ入り、残りは屋敷の一部分が崩落した峡谷へ向かった。

それから数分とたたないうちに、一匹の犬がくんくん鳴きはじめ、階段の下にできた瓦礫の山へ近づいていった。

「何か埋まってるらしいぞ」犬を連れた隊員が怒鳴った。

捜索隊が残骸を撤去していくうちに、一本の足が現れた。

「くそ」ピートは毒づき、冷たい肌を予想しながらひざまずいた。しかし、足首をつかんでみると、手袋ごしに弾力のある温かな感触が伝わってきた。

「生きてる！」彼は叫んだ。「早くこのがらくたを片づけろ」

作業は慎重におこなわれた。残骸を一つ取り除くたびに、捜索隊は残った残骸が崩れて被災者を押し潰さないように気を配った。

「おい、見ろよ」チャーリーが指さした先には、落下した天井の梁と、元は小さなアルコーブだったと思われる壁の一部があった。「あれが彼を救ったんだ」

ピートは怪我人のバイタルサインを調べはじめ、チャーリーは頸椎装具を当てて、骨折部分をチェックした。救出された男は瀕死の状態で、血だらけの唇からとぎれとぎれに漏れる息も弱々しかった。

「テレビ局のヘリがまだいるか、見てきてくれ。こいつは急を要する事態だ。救命ヘリを待ってたら間に合わない！」

数分後、負傷した男は固定され、担架に乗せられた。二人の隊員が担架を持ち上げ、ヘリコプターの待つ芝生へ向かった。

「俺も一緒に行く」ピートは言った。「なるべく早く戻るから、犬たちと捜索を続けてくれ。ひょっとすると、まだ生存者がいるかもしれない」

チャーリーはうなずき、駆け足で屋敷へ戻っていった。

日差しから目をかばいながら、ピートは担架の横を走った。突然、男がうめきはじめた。

「もう大丈夫」ピートは男を励ました。「すぐにちゃんとした手当が受けられるぞ」

「女……俺の女を捜してくれ」

ピートは眉をひそめた。それから、通信機へ手を伸ばし、送信ボタンを押した。

「こちら、デイリー。被災者が女性を捜してくれと言っている。近くにもう一人いる可能性が高い。念入りに捜索してくれ」

「了解」一声応答すると、通信は切れた。

男はまぶたをひくつかせ、ため息をついた。そして意識を失った。

ヘリコプターへ近づくと、回転するローターの轟音で会話は不可能になった。それでも、ピートは男を励まさずにいられなかった。

「しっかりしろ」ヘリコプターへ収容される男に向かって、彼は叫んだ。「病院に着いたら、すぐに治療してもらえるからな」

　続いて乗り込んだピートは、担架を置く位置を指示してから、男のかたわらの床に腰を据えた。

「出発してくれ！」彼は叫んだ。ヘリコプターがいきなり傾き、彼は座席の背もたれにしがみついた。

「悪い、悪い」操縦士が怒鳴った。「横風が強くてね」

　ピートは天を仰ぎ、素早く祈りを唱えた。瞬く間にヘリコプターは空高く浮上した。ときおり点滴の具合をチェックするほかは、今の彼にできることはほとんどない。負傷した男の顔を眺めているしかなかった。

　男は外国人のような風貌（ふうぼう）をしていた。しかし、このロサンゼルスではとくに珍しいことではない。黒々とした眉。深く落ちくぼんだ目。鷲鼻（わしばな）と鋭角的な頬骨から見て、中東あたりの血が混じっているようだ。顔は血の気が失（う）せ、埃（ほこり）にまみれていたが、滑らかなトースト色の肌は人工的に焼いたものではなく、生まれついてのものらしかった。ピートは豪邸を振り返った。その惨状を一望し、信じられない思いでかぶりを振った。これだけの被害に遭いながら、よく死なずにすんだものだ。

「あんた、殺しても死なないタイプらしいな？」しかし、男は答えなかった。

　数分後、ヘリコプターが降下しはじめた。病院の屋上に着陸すると、ピートは改めて男のバイタルサインを調べた。治療に必要な情報を病院側に伝えるためだった。すぐに救急医療チームが駆けつけてきた。ピートはヘリコプターから飛び降り、担架をストレッチャーに移す作業を手伝った。

バイタルサインについて報告しながら、彼は脇へどいた。看護師の一人が男の顔を見て叫んだ。

「嘘でしょ？　この人、ファラオ・カーンじゃない！」

一瞬、全員が驚きに声を失い、患者の顔を見つめた。それから、ストレッチャーを引いて走りはじめた。肝心なのは患者の命を救うことだ。患者が何者かは問題ではない。たとえその患者がロサンゼルスでは名の知られたギャングの大物だとしても。

ピートはドアまで付き添い、そこで足を止めて、患者と救急医療チームを見送った。捜索現場へ引き返す間ずっと、ファラオ・カーンが捜してくれと訴えた女のことを考えていた。自分が虫の息なのにあれだけ心配するのだから、よほど大事な女なんだろう。その女は見つかったのだろうか？　まだ生きているのだろうか？

4

この一日半の間にクレイが自宅へ戻ったのはたった一度だけ、それも、シャワーと着替えのためだった。両親は付き添いを代わるから休むように言ってくれたが、彼はその申し出を断った。怖かったからだ。たとえ一分でもそばを離れれば、フランキーがまた消えてしまいそうな気がした。だから、フランキーのベッドの横で椅子に座ったまま仮眠をとった。起きている間は、彼女の顔から目を離そうとしなかった。

フランキーは二年前と変わりないように見えた。しかし、以前と違うところもあり、それがクレイの心を苦しめた。まず気がつくのは、髪が以前よりも短いことだ。彼は自分の知らないところで暮らしているフランキーを想像してみようとした。服や食料品を買うフランキー。美容院へ行くフランキー。お涙ちょうだいの映画を観るフランキー。自分が地獄の苦しみを味わっている間、彼女が普通に生活していたと思うと、なんともいやな気分だった。

だが、変化はそれだけではなかった。フランキーの顔は細くなり、肌も青白くなっていた。口元の険しい表情や眉間のかすかな皺も、以前にはなかったものだ。今の彼女は見るからに苦労してきた女という感じがした。

そして、札束以外にもう一つ謎が加わった。タトゥーという謎が。

それに気づいたのは、昨日の朝、ベッドのシーツを交換していたときだ。汚れたシーツを外すために、看護師たちがフランキーを動かし、横向きに寝かせた。その拍子に彼女の髪が前へこぼれ、うなじの生え際のすぐ下にある金色の小さなタトゥーが現れたのだった。

「あら」看護師の一人が口を開いた。「何かしら、これ？」

その言葉で、クレイはベッドへ歩み寄った。奇妙なマークを見た瞬間、胸の鼓動が速くなった。彼はその形を指でなぞってみた。フランキーが自ら進んでタトゥーを入れたりするだろうか？　いや、考えられない。極端に針を怖がる彼女がそんなことをするはずがない。

「十字架に似てるけど、ちょっと違うわね」看護師はつぶやいた。「前にこういうのを見たことがあるんだけど、なんて言ったかしら」

「アンク十字」クレイはむっつりと答えた。「永遠を意味するエジプトのシンボル……だと思う」

看護師は彼に好奇のまなざしを向けたが、何も言わなかった。ルグランド夫妻の事情については、病棟のスタッフ全員が知っていた。なにしろ一時は、この男の顔が地元テレビを席巻していたのだ。それこそデンバー市民が愛してやまないフットボールチーム、ブロンコスの花形選手並みに。

看護師はクレイにほほ笑みかけ、ベッドのシーツをぽんとたたいた。「はい、これでおしまいです。あとで点滴の交換に来ますから」

人殺し扱いされるのもいやだが、哀れみをかけられるのもいやだ。看護師たちがいなくなると、クレイは安堵の息を吐いた。確かにタトゥーのことは奇妙だが、それでフランキーがどこにいたかという謎が解けるわけじゃない。俺にできるのは、彼女が目覚めるのを待つことだけだ。彼女が目覚めれば、謎も解けるかもしれない。

三十三時間降りつづいた雨がやみ、ようやくデンバーの空が晴れ上がった。最後の雨水が排水溝へ流れ落ちると、道路は洗いたての輝きを放った。爽やかな早朝の空気は秋の匂いがした。木々は葉を落とし、ロッキー山脈の冠雪が冬の近さを感じさせた。

フランキーが目覚めたとき、クレイはベッドのかたわらの椅子で眠っていた。なんだかヤシの木の夢を見ていた気がする。でも、どうしてヤシの木なのだろう？　彼女は眉をひそめた。それから、目に飛び込んでくる日差しの強さにたじろいだ。

「まぶしい」彼女は独りごちた。

その声でクレイが目を覚ました。

「フランセスカ?」

フランキーは息をのんだ。舌が重く感じられた。「何があったの? ここはどこ?」

「ここは病院だ。じっとしてるんだぞ。今、看護師を呼んでくるから」

「待って」

クレイはすでにいなかった。フランキーはため息をついた。病室を見回しながら、断片的な記憶をつなぎ合わせようとする。そう、雨が降っていた。私はクレイの帰りを待っていた。そのうち、寝入ってしまって……。

そこで彼女の思考が止まった。フランキーはもう少し前の時点からやり直すことにした。雨なのに、私は外にいた。でも、どこにいたの? どんな理由で? 雑念を振り払おうとして、彼女は目を閉じた。突然、建物から駆け出していく自分の姿が見えた。はね上げた雨水が脚の後ろにかかり、靴の中まで入ってきたことが思い出された。タクシーを停め、運転手に行く先を告げたときの安堵感がよみがえる。しかし、そのあたりから記憶がぼやけはじめた。道路が渋滞していたことは覚えているが、デンバーでは渋滞は毎度のことだった。

そのあとは? フランキーの表情が曇った。バス? 不意に現れたバスのイメージに彼女はひるんだ。事故があったの? だから私はここにいるの? そういえば、とても痛かった気がする。全身ずぶ濡れになった気が。とにかく必死だった。うちに、クレイの元にたどり着くことしか考えていなかった。

医師を呼び出す館内放送の声が彼女の集中を乱した。フランキーは改めて集中しようとしたが、玄関ポーチの枯れたゼラニウムの鉢の下から予備の鍵を取り出し自宅に入ったことしか思い出せなかった。

彼女は深呼吸をして、今度は家の中のイメージを思い浮かべた。中に入ったあとは何をした？　そうだ。ランドリールーム。服がずぶ濡れだったから、乾燥機に放り込んだ。それから頭痛を静めるためにキッチンで薬をのんで、クレイのTシャツを寝間着代わりに着て、ベッドにもぐり込んだんだ。

フランキーは無意識のうちにシーツを握り締めた。脈絡なく心に浮かんでくるイメージを一つにまとめようと努力した。

そのとき、外の廊下で何かが割れる音がした。なんだろうと思う間もなく、病室のドアが開いた。フランキーはあえぐように息をのんだ。光を背にした男のシルエット。クレイに違いないと頭ではわかっていたが、感情が言うことを聞かなかった。逃げなければ。彼女は夢中で布団を蹴り、体につながれた装置を引きはがそうとした。

クレイはあわてて駆け寄り、ベッドから這い出そうともがく彼女をとらえた。

「フランキー、やめろ」

「放してよ！」フランキーは懇願し、泣き出した。「お願いだから放して。私、死にたくない」

クレイの全身に震えが走った。我を失い、取り乱した妻の表情に背筋が寒くなった。注射針の跡を見つけたときよりもぞっとした。これはフランキーじゃない。俺の知らない女だ。フランキーの手が飛んできた。頬をぶたれたクレイは呆然として見つめ返した。彼が立ち直るより早く、点滴の針が床へ転がり、そこらじゅうに血が飛び散った。

真っ白なシーツが赤く染まった。その色でクレイは我に返った。

彼はフランキーの両腕をつかみ、大声で看護師を呼んだ。

フランキーは怯えた表情で彼を蹴り、布団を蹴りつづけた。ほどなく、医療スタッフの一団が駆けつけ、クレイは廊下へ押し出された。

近くの椅子に腰を落とすと、クレイは膝に肘をついてうつむいた。両手が震えていた。シャツにはフランキーの血が点々と散っていた。廊下にいても、フランキーの泣き声が聞こえる。顎の筋肉をひくつかせながら、彼は深々と息を吸い込んだ。まるで地獄じゃないか。

しばらくすると、フランキーの担当医が廊下へ出てきた。クレイは立ち上がった。

「妻は大丈夫なんですか？」

医師はうなずいた。

「なぜ暴れたんです？」クレイは尋ねた。

「断言はできませんが、あえて推測するなら、一種の心的外傷が引き起こしたフラッシュバックでしょうか。とりあえず、興奮を静める処置を施しておきました。奥さんの体力が戻ってきたら、セラピーを考えたほうがいいかもしれませんね」

セラピー？　精神科の？　ちくしょう。お次はなんだ？　クレイはわざとゆっくり息を吐き、髪をかき上げた。

「妻はノイローゼなんですか？」

医師は微笑した。「いえいえ、ミスター・ルグランド、そういう意味じゃないですよ。奥さんが回復されたら、記憶がどの程度戻ったか調べて、そのうえで判断しましょう」

クレイはその説明を受け入れたが、心の中にはまだ釈然としないものがあった。フランキーは二年も姿をくらましていた。唐突にいなくなり、唐突に戻ってきた。できれば、こんな質問はしたくない。フランキーへの裏切りのような気がするから。でも、俺自身の心の平和のためには、どうしても訊かずにいられない。

「先生」

「なんです？」

「妻が記憶喪失のふりをしてる可能性はありますか？」

医師は一瞬沈黙し、真顔で考え込んだ。それから、肩をすくめた。「ないとは言えませんが、私は本物のような気がします」

クレイはうなずいた。聞きたかった答えではなかったが、心に巣くう疑念を多少は和らげることができた。

「ミスター・ルグランド、お気持はわかりますが、奥さんの気持も考えてあげてください。二年前の失踪の裏に何か不幸な出来事があったとすれば、一番つらい思いをしたのは奥さんなんですよ」

医師はクレイの腕を軽くたたいて、歩み去った。

クレイはそばの椅子にへたり込むと、前屈みになって床の染みを見つめた。頭が変になりそうだ。俺は誰を信じればいいんだろう？ どうしても答えが知りたい。でも、フランキーが治るまでは、ただ待つしかない。

「ミスター・ルグランド？」

クレイは視線を上げた。看護師が立っていた。

「はい？」

「奥さんがお呼びですけど」

彼は立ち上がったが、ためらいを隠すことができなかった。

「大丈夫ですよ」看護師が慰めた。「頭の怪我は思わぬ形で影響が出るんです。奥さんはちょっと混乱されているだけですよ。なにしろ、地震があったなんておっしゃってるんですから。ご自分のせいだなんて思わないことです」

地震？　そういえば、どこかで地震があったとニュースで聞いた気がする。

「薬を投与したので、奥さんはしばらく眠られると思いますけど」看護師は付け加えた。「もし何かあれば、コールボタンを押してください。誰かがすぐに駆けつけますから」

看護師は立ち去り、クレイは病室に向かって歩き出した。

地震。どうしても気になる。これはフランキーがどこにいたかを知るための三つ目のヒントだ。一つ目は札束、二つ目はタトゥー、そして地震。彼はドアを開け、病室へ入った。

血で汚れたガウンとシーツが消えていた。フランキーの手には再び点滴針が刺してあった。目を閉じた彼女の顔はシーツにも負けないほど白かった。触れようとしたら、また暴れ出すのではないだろうか？　不安になったクレイは足を止め、動いてもいいと彼女が許可してくれるのを待った。

彼の存在を感じて、フランキーは目を開けた。「クレイ？」

クレイはほっと息をつき、前へ進んだ。そして、ベッドの足下近くで立ち止まった。

「ああ、俺だよ」

フランキーの瞳に涙があふれた。「本当にごめんなさい。なぜあんなことをしたか、自分でもわからないの。どういうわけか、地震があったなんて思い込んじゃうし」彼女は視線を逸(そ)らした。「私、あなたを別の人と間違えたんだと思うわ」

クレイの心臓が激しく鳴った。「別の人？　いったい誰と間違えたんだ？」

フランキーの額に皺が浮かんだ。長い沈黙が続いた。やがて、彼女はかぶりを振り、ため息をついた。「思い出せない」

クレイの背筋に悪寒が走った。俺は彼女を信じることができるのだろうか？　彼はふっと息を吐いた。じゃあ、なんだったらできるんだ？　彼女を恨むことか？　恨んで何になる？

「たいしたことじゃないさ」

フランキーはゆっくりと首を横に振った。「いいえ、たいしたことよ。大問題だわ」彼女は手を差し出した。「こっちに来て、座って。説明させて」

クレイは椅子をベッドのかたわらに引き寄せた。「しゃべるより安静にしてたほうがいいんじゃないかな」彼はつぶやくように言った。

「私のそばに来て……お願い」フランキーは懇願した。

クレイは立ち上がり、ベッドの端に腰かけた。

フランキーは涙をこらえ、下唇を噛んだ。その痛みで意識を集中させようとした。クレイの気持は明らかに態度に出ている。守りに入ったようなそのふるまいを責めることは私にはできない。でも、どうしても理解してほしい。彼女はため息をついた。クレイに何を理解させようというの？　私自身、何がなんだかわからないのに。人生の二年間を失ったと言われて私がどんな思いでいるか、どうやって説明すればいいのだろう？

「クレイ」

「何?」

「私、本当に二年もいなくなっていたの?」

クレイの青い瞳が腹立たしげに細められた。「ああ」

顎が震え、フランキーは泣くまいとして唇を噛んだ。怖かった。とても不安だった。クレイのよそよそしさ、そして怒りさえ感じ取ることができた。二年間。私はこれからどうなるのだろう? どうして思い出せないのだろう?

彼女はおぼつかなげに深呼吸をした。「私を憎んでる?」

クレイのみぞおちが締めつけられた。「いいや、フランセスカ、君を憎んではいない」

フランキーは彼の顔を見返した。見慣れた愛(いと)しい顔。クレイはすぐそばにいるのに、とても遠くにいるみたい。両手でシーツを握り締めながら、彼女はクレイを見つめつづけた。

クレイは視線を逸らした。その瞬間、彼女の瞳から涙があふれた。

神様。お願いだから、私からクレイを取り上げないで。

尋ねるのは怖いけれど、どうしても知っておかなくては。感情をのみ込むために、フランキーは咳払(せきばら)いをした。だが、あまり効果はなかった。

「クレイ?」

クレイは彼女に視線を戻した。「何?」

「まだ私を愛してる？」

クレイは急に立ち上がった。全身が激しく震えていた。「俺は初めて会った日から君を愛していた」

フランキーはさらにきつくシーツを握り締めた。「でも、今は愛していない。そういうことね？」

クレイは一瞬ためらったが、揺るぎないまなざしで答えた。

「愛情と信頼は違うんだ、フランセスカ。俺は今でも君を愛している。でも、もう君を信じてはいないかもしれない」

フランキーは唇を噛み、まぶたを閉じた。理解できない悪い夢を見ている気がした。

「本当にごめんなさい」彼女のささやき声が涙で詰まった。「私、どうすればいいのか……」

「まず、教えてくれ。この二年間どこにいたのか……何をしていたのか」

なんてきつい口調。フランキーは身震いした。しかし、怒りは彼女の中にもあった。なぜだかわからないが、自分が見捨てられた気がした。こんなのフェアじゃない。私はそんな人間ではない。私が自分の意思でクレイを捨てるなんてことは絶対にありえない。でも、もし私を連れ去った人間がいるとしたら、私がこうやって戻ってきても、また同じことが起きるのではないのだろうか。

「思い出したら教えるわ」素っ気なく答えると、フランキーは壁に顔を向けた。

怒りを含んだ彼女の反応にクレイは驚いた。その瞬間、彼の心の中に小さな信頼の芽が生まれた。もしフランキーが本当のことを言っているとしたら？　とにかくマスコミには伏せておくよう、例の刑事たちに話しておかなければならない。

震災から四日後

意識が戻らず、死線をさまよっていても、ファラオ・カーンにはまだマスコミに注目されるだけの影響力があった。瓦礫の山と化した彼の屋敷からは七人の被災者が発見されたが、そのうち生存していたのは彼だけだった。しかし、彼一人が助かった理由はまだわからなかった。助かった本人が人事不省で、説明できる状態ではなかったからだ。

ファラオの右腕デューク・ニーダムは、地震が起きたときは国外にいた。あわてて飛行機に飛び乗り、ロサンゼルスへ戻ってきた彼が目にしたものは、無惨に崩壊した豪邸とそこで遺体の回収を続ける捜索隊の姿だった。

ファラオが収容された病院を捜し当てたときには、さらに丸一日が経過していた。ファラオの容態を確認すると、デュークはボスの女を捜しはじめた。女の存在は外部には伏せてあった。だが内輪の者たちは、ファラオがこの二年間、彼の顔を見ることさえいやがる女の心を得るために苦心惨憺(さんたん)してきたことを十分承知していた。

デュークは数日にわたって精力的な捜索を続けたが、わかったのは死体公示所にボスの女はいないということだけだった。女が生存していて、別の病院に収容された可能性もあるが、それを調べるには時間を要した。女の名前を出して尋ね回ることはできなかった。それではまるで泥棒が盗品を取り戻すために懸賞金をかけるようなものだ。女が無傷で逃げ出した可能性については考えなかった。屋敷の惨状を見たあとでは、そんな可能性など思いつきもしなかった。

次にどう動くかはファラオの判断を仰ぐしかない。しかし、肝心のファラオは人と話ができる状態ではなかった。息をするのが精いっぱいの有様だった。だから、デュークは待った。

時間は十分にある。失ったものはあとでゆっくり取り返せばいい。

意識が戻ってからのフランキーの回復ぶりは目覚ましかった。翌朝にはベッドから起き上がることを許され、午後にはクレイの腕にすがって廊下を往復していた。反抗的に突き出した顎が、顔を縁取る巻き毛によく似合っていた。そうやって歩いている姿は、不当なお仕置に腹を立てている勝ち気な子供のようだった。

「早く退院したいわ」フランキーはぼやいた。「ここにいると、自分が無力になったみたいで、気がくさくさしちゃう」

クレイはため息をついた。彼女が退院という言葉を口にしたのはこれが最初ではなかったし、彼女の表情から見て、これが最後になるとも思えなかった。だが、クレイの心中は複雑だった。彼女の退院を望んでいると言い切れるだけの自信がなかった。病院にいる間は、俺だけじゃなく、医者や看護師もフランキーを注意深く見守っている。しかし家へ戻ったら、俺だけだ。正直言って怖い。俺が仕事でいない間に、フランキーがまた姿を消すかもしれない。そんな心配を引きずったままで普段の生活に戻れるのだろうか？

「担当ドクターはあと一晩入院する必要があると言ってた。辛抱しろよ、フランキー。もうすぐうちへ帰れるんだから」

フランキーは市内が一望できる窓辺の椅子に近づき、慎重に腰を下ろした。彼女の中にはあせりがあった。だが、そのあせりをどう説明すればいいかがわからなかった。

病院で目覚めた瞬間から、逃げろ、逃げろと心が叫んでいる。だけど、なぜ逃げなければならないの？　どこへ逃げろというの？　私にとって大切なのはクレイよ。二人の小さな家よ。家といっても彼の両親から借りているものだけど、私にとっては初めて手に入れた本物の我が家だ。私はあの家を愛している。クレイを愛している。なのに、なぜ逃げなければいけないと思うの？

「わかっているけど……」

フランキーはため息をつき、自分の両手を見下ろした。爪に塗られた濃い赤のマニキュアを見て、怪訝そうに眉をひそめた。変な色。私だったら、こんな色は絶対に選ばないのに。ほかにもどこか変なところがあるのだろうか？

「クレイ？」

「うん？」

「私、前と変わった？」

「どういう意味だ？」

フランキーは顔をしかめ、目をしばたたいて怒りの涙を押し戻した。このよりどころのない不安感がいやでたまらなかった。

「外見的によ。私、前より太った？　それとも、痩せた？　髪は前からこの色だった？　どこかに新しい傷跡があったりしない？」

クレイは隣の椅子に座り、彼女の手を取った。フランキーの表情は真剣だ。あえて彼女を信じるとすればの話だが。

「前よりは痩せたかな。といっても、少しだけだが。髪は前より短いが、色は同じだ」

クレイが答える間、フランキーは彼の唇の動きを見つめていた。声は耳に入っていたが、心の中ではその唇の感触を思い出していた。自分の指と絡み合うクレイの指を見下ろし、彼女は身震いした。クレイの手。ずっと大好きだった。日に焼けた力強い手。力仕事のせいでごつごつしているけれど、この手で撫(な)でられると、骨までとろけてしまいそうになった。

ふと気がつくと、クレイはもうしゃべっていなかった。フランキーの頬が赤く染まった。いつ話が終わったの？　彼女は視線を上げた。クレイの瞳には苦痛の色があった。秘密めいた翳(かげ)りがあった。私が与えた苦痛。私への怒り。フランキーはたじろぎ、目を逸らした。

クレイは彼女の表情の変化を見守っていた。一瞬、彼女が悩ましい気分になったことにも気づいていた。過去にそれと同じ表情を何度となく見ていたからだ。フランキーは愛し合うことを考えている。一方、俺は不安と不信に苦しんでいる。どうしてこんなちぐはぐなことになってしまったのか？　彼が愕然(がくぜん)としていると、フランキーがつと顔を背けた。その拍子にうなじのタトゥーが見えた。クレイは思わず口走った。

「そのタトゥー……どういう意味があるんだ？」

フランキーは狐(きつね)につままれた表情で彼を見返した。「タトゥーって？」

クレイは指でタトゥーの輪郭をなぞった。「これだよ。このうなじにあるやつ」

ぎょっとしたフランキーは彼の手を押しのけ、うなじを手探りした。肌が汗ばみ、指が震えはじめた。誰かに、体を蜘蛛(くも)が這っていると言われたようなうろたえぶりだった。

「どこ？　どこにあるの？」彼女は尋ねた。なぜだか涙が出そうになった。

クレイは彼女の指をとらえ、金色のアンク十字へ導いた。

「ここだ」

衝撃に茶色の瞳が見開かれた。「どんなタトゥー？」

クレイは眉をひそめた。彼が予想していたのは、こういう怯えた反応ではなかった。ではどんな反応を予想していたかとなると、彼自身にもわからなかったが。

「上に輪が付いた十字みたいなものだ。たしか、エジプトのシンボルだったと思う。アンク十字って言ったかな」

フランキーの脳裏に、ある言葉が浮かび上がった。

〝これは俺の印だ。おまえは永遠に俺のもの。それがこの世の定めだ〟

彼女は目をつぶり、か細い声でうめいた。「私に触らないで。私は絶対にあなたのものになんかならない」

彼女は前のめりに倒れ、クレイの腕の中で気を失った。

5

フランキーは看護師に車椅子を押されて、病院の建物を出た。晴れた日だったが、日差しは弱かった。薄いセーターの中まで染み通る空気の冷たさに身震いする。そういえば、私の服はどうなったのだろう？　クレイは私が死んだと思って、全部処分してしまった？　下唇を震わせながら、フランキーは泣きたい衝動に耐えた。慣れ親しんだ暮らしを奪われてしまったのに、私は奪われたことすら覚えていない。どうして？　なぜこんなことになったの？

ときどき何か思い出せそうな気がするけれど、頭がぼうっとして考えがまとまらない。この虚しい気分は両親が死んだあとの気分と似ている。私には父親と母親がいて、すてきな我が家があった。でも、気がついたら施設にいて、二度と会えない母親のことを思いながら暗闇で泣いていた。

そして、今度はこれ。

最後に覚えているのは、土砂降りの雨に濡れて、家へ戻ってきたこと。頭が痛くて、べッドにもぐり込んだこと。それから、悪夢が始まった。目が覚めても消えない悪夢、日一日とひどくなっていく悪夢が。でも、クレイとの間に心の溝ができたことは紛れもない現実だ。私はどうすればいいのだろう？　私が頼れる人はクレイだけなのに。もし彼に見放されたら……。

フランキーは身震いした。その先は怖くて考えられない。

「寒いですか？」看護師が問いかけた。

フランキーは肩をすくめた。自分が死ぬほど怯えていることを認めるくらいなら、寒さのせいにしたほうがましだ。

「ええ、少し」

看護師は車椅子を後退させ、風が来ない場所へ据えた。

「ほら、ご主人がいらした」そう言いつつ、彼女は灰色のセダンを指さした。

見たことのない車。でも、無理もない。フランキーの心はさらに沈んだ。二年もたてば、いろいろと変わるのだ。

停止したセダンからクレイが降り立った。近づいてくる夫を、フランキーはまぶしそうに眺めた。初めてクレイに会ったのは、アルバイトをしていたレストランだった。ふと視線を上げると、彼が店の入り口に立って、私を見つめていた。あのときから私にはわかっていた。いつかこの人と結ばれるって。フランキーはため息をついた。このこと、クレイには話しただろうか？

それから、フランキーは顎を上げた。昔のことをよくよく考えている場合ではない。今のことだけで手いっぱいなんだから。

彼女は無言でクレイの姿を見つめつづけた。いかにも男の中の男という感じだ。こんな人が二年も女と無縁でいられる？ 途中で私のことをあきらめて、別の誰かを見つけたんじゃない？ 唇から低いうめき声が漏れる。その可能性を考えただけで吐き気がした。

「ミセス・ルグランド、痛むんですか？」看護師があわてて問いかけた。

「いいえ、大丈夫」瞬きで涙を押し戻しながら、フランキーは小声で答えた。しっかりしないと。ここでくじけたらおしまいだ。

クレイがかたわらに立った。フランキーは彼の視線を受け止め、彼の考えを読もうとした。クレイの表情は柔和だった。儀礼的と言ってもいいほどに。フランキーは金切り声をあげたくなった。

「奥さんは少し寒いそうですよ」看護師がクレイに話しかけている。まるでフランキーがそこにいないかのように。

クレイはフランキーのこわばった肩に視線を移した。

「ごめん、ハニー。気がつかなくて」彼は素早く自分のジャケットを脱いだ。

フランキーは車椅子から立ち上がり、灰色のセダンに向かって歩き出した。クレイはその肩にジャケットをかけ、長すぎる袖に腕を通させ、身頃の余った部分を彼女の腰に巻きつけた。

フランキーは泣きそうになった。ハニー。私のことをハニーと呼んでくれた。ということは、クレイは私を許す気になってきたの？　それとも、単に習慣でそう呼んだだけ？

「安全運転でお願いしますね」フランキーを助手席に乗せるのを手伝いながら、看護師は言った。

「わかりました」クレイは答えた。

ほどなく、二人の乗った車は病院を後にした。クレイは笑顔を作り、フランキーの脚を軽くたたいた。そのあとは沈黙が続いた。仲むつまじい夫婦のふりもそろそろ限界だわ、とフランキーは思った。家へ戻れて嬉しいはずなのに、実際は不安が増すばかり。だけど、これだけは断言できる。確かに、私にはこの二年間の記憶が欠けているかもしれない。でも、クレイを愛していたことだけは、はっきりと覚えている。私が自らの意思でクレイの元を去るわけがない。だけど、クレイはそう信じている。フランキーは憤りを感じた。胸が痛かった。

車が赤信号で停止したとき、もう一つの現実がフランキーの胸に突き刺さった。自分の意思で消えたのではないとすると、また同じことが起こる可能性もあるということだ。もう頭が混乱して、何がなんだかわからない。

信号だけに意識を集中し、赤が緑に変わるのを待っていたクレイは、上の空で返事をした。

「ん？」

「クレイ？」

「私の仕事、もうなくなっちゃったわよね？」

クレイは虚を突かれた顔になった。「決まってるだろ、ハニー」それから、詫びるような口調で付け足した。「もう二年になるんだ」

図書館での日々を思い出し、フランキーは視線を逸らした。「あの仕事、大好きだったのに」信号が変わり、クレイがアクセルを踏んだ。彼女は両手を拳に握った。「体が治ったら、すぐに次の仕事を探さなきゃね」

クレイは渋い顔をした。フランキーを一人で外へ出すのが怖かった。「別に急ぐことはないよ」彼は早口で言った。

「でも、お金はどうするの？　公共料金はいつも私のお給料から出している……出していたのよ。二人で働かなきゃ、とてもやっていけないわ」

クレイはためらった。フランキーを傷つけないように、慎重に言葉を選んだ。「その点は……実はもう心配いらないんだ。少し前に父さんの会社を買い取ってね。経営もうまくいっている。だから、あせる必要はないんだよ」

フランキーは言葉を失った。私たち二人の夢がかなってしまった。私はなんの力にもなれなかった。私がいない間に、ほかにどんなことがあったのだろう? お願い、神様。クレイがまだ私を愛していてくれますように。

数分が過ぎ、車内の沈黙はますます気まずいものになっていった。何か言わなければ。迷ったあげく、フランキーは口走った。「私の服がどうなったか、気になっていたんだけど」

クレイの顎がぴくりと動いた。「予備の寝室のクロゼットにしまってある。この前、母さんが全部引っ張り出して洗ってくれた」

「全部?」

彼はうなずいた。

「私、一枚の着替えも持たずにいなくなったの?」

ためらった末に、彼はまたうなずいた。

フランキーの口調が皮肉めいたものに変わった。「それでも、あなたは変だと思わなかったわけ?」

非難がましい問いかけにむっとして、クレイは大きく息を吸った。「やめろよ、フランセスカ。俺がどんな地獄を味わったか、知りもしないだろう。二年前、俺は妻が待ってるはずの我が家に戻ってきた。でも俺が目にしたのは、浴室に残る血痕とキッチンの床にこぼれたコーヒー、割れたカップだった。それから一時間もしないうちに、俺は妻殺しの容疑者にされていた。変だと思わなかったか？　何もかも変なことだらけだったよ」

彼の答えが終わらないうちに、フランキーの体が震え出した。彼の声は耳に入っていたが、言葉は意味を失いはじめた。フランキーの脳裏に記憶の断片がよみがえった。

口を覆う手。

上腕に感じたちくりとする痛み。

彼女の名前をささやく誰かの声。

フランキーはあえぐように息を吸った。そのイメージを逃すまいとして、両手で頭を抱えた。しかし、イメージは現れたときと同じ唐突さで消えてしまった。彼女はうなった。

「どうした？」

「わからないわ。今、何か思い出しそうに……」フランキーはかぶりを振った。「でも、もうだめ。それが記憶だったのか、単なる想像だったのかもわからない」

クレイは困惑を振り払い、彼女の言葉を聞き流すことに決めた。

「もうすぐ我が家だ。少し休めば、気分も楽になるだろう」

フランキーはたじろいだ。私が戸惑い、苦しんでいるのに、どうして無視するの？

「いいえ、クレイ。それは無理ね」彼女は言い返した。「事の真相がわからないうちは、楽な気分になんてなれないわ。私は人生の二年間を失った。そのうえ、夫まで離れていこうとしている。いくら休んだって、なんの解決にもならないのよ」

クレイの顔から血の気が引いた。「俺はこうして君のそばにいるだろう」彼は不満がましく言った。

「私にはあなたが遠く感じられるけど」

フランキーは無言で夫を見つめた。クレイが否定してくれるのを、少なくとも、何か優しい言葉をかけてくれるのを待った。しかし、クレイは何も言わず、ハンドルを切って自宅前の通りへ入っていった。彼女は目を逸らした。

張りつめた沈黙が続いた。私設車道に車を停めると、クレイは彼女を助手席から降ろし、家の玄関へ向かった。

先日まで続いた大雨のせいで、家は湿った臭いがした。クレイはフランキーを支えながら中へ入った。それから、セントラルヒーティングのスイッチを入れるために立ち止まった。支えを失ったフランキーの体が揺らぎ、彼は急いで手を伸ばした。その手は彼女の乳房をかすめてから、腰の丸みでしばらくとどまった。

クレイの鼻孔が膨らみ、口元から険しい表情が消えた。フランキーは自分の中にある愛情と絶望をぶつけるかのように、クレイの体にもたれかかった。

クレイは動かなかった。

フランキーは身を硬くして待った。彼が引き寄せてくれるのを。君は大切な存在だ、君が戻ってきて嬉しい、と言ってくれるのを。

しかし、その瞬間はついに訪れなかった。彼女はきっと顔を上げ、涙声で言い放った。

「がっかりだわ、クレイ。あなたはもっと肝の据わった人だと思っていたのに」

そして、クレイの手から自分の荷物を奪い、一人で廊下を進んでいった。それは彼女の人生で最も長い六メートルだった。

クレイはフランキーの背中を見送った。本当は後を追いたかった。だが、彼女が死んだと信じて過ごした歳月を――警察とマスコミに容赦なく追い回された日々を――忘れることができなかった。せっかく心に張り巡らせた壁を壊すことを、彼はどこかで恐れていた。

「臆病者め」クレイは自分をののしり、コーヒーをいれるためにキッチンへ入っていった。

キッチンのテーブルには、小さな衣類の山と一枚の封筒が置いてあった。クレイ自身がしまい忘れていたものだった。彼は衣類を手に取り、生地を撫で、ラベルを読んだ。女性ものの服のことはよくわからないが、そこらのデパートで売っている安物でないことだけは確かだ。衣類をテーブルに戻し、封筒をつかんで中をのぞく。いまだに信じられない。本当にフランキーはこれだけの大金を持ち歩いていたんだろうか。

戸口のほうを振り返ると、廊下をやってくるフランキーが見えた。クレイは突然の衝動に駆られた。この金を突きつけたら、フランキーはどう反応するだろう？　もし彼女に隠し事があれば、きっとおかしな態度をとるはずだ。

フランキーは空の薬瓶を手にキッチンへ入ってきた。その表情は硬く、態度も露骨なまでによそよそしかった。

「頭痛がするんだけど、薬が切れてて」彼女は素っ気なく告げた。

クレイは封筒をカウンターへ放り出し、流しの上の戸棚へ歩み寄った。

「ほら、これ」そう言いつつ、彼はフランキーの掌に薬を二錠振り出した。

「ありがとう」

フランキーは傷ついた表情をしていた。ひどく混乱している様子だった。クレイの良心がうずいた。

「フランセスカ……」

「何？」

「君を傷つけたのなら謝る。でも、俺の気持も理解して――」

「なぜ？」

クレイは眉をひそめ、ためらった。「なぜって……何が？」

「あなたには私の気持を理解しようという気がないみたい。なのに、なぜ私だけがあなたの気持を理解しなきゃならないわけ？」

クレイはゆっくりと息を吸い込んだ。喧嘩がしたいわけではない。答えが欲しいだけだ。

「フランセスカ、君に関することはすべて謎のままだ。そんな状況で何が理解できる？」

茶色の瞳に涙がにじんだ。「そのことで一番悔しい思いをしているのは私自身よ。でも、一つだけ忘れていないことがあるわ」

クレイは興味を引かれて訊いた。「どんなこと？」

「あなたを心から愛していること」

クレイの顔が青ざめた。フランキーの声には切々たる思いがあふれていた。「俺だって同じだ。君を愛している」

感情で震える声で彼はつぶやいた。

フランキーの顎が小刻みに震えはじめた。「だったら、なぜなのクレイ？　なぜ私と距離を置こうとするの？」

クレイは彼女のほうに封筒を投げた。中からこぼれた紙幣が宙を舞った。

「これが君のズボンのポケットに入っていた。どこでこれを手に入れた？」

フランキーはひらひらと床へ落ちていく紙幣を眺めた。しかし、頭の中にはそれとは別の光景が浮かんでいた。

彼女は男の体を裏返した。男の唇から垂れ落ちる血にショックを受けた。それでも、歯を食いしばり、男のポケットに手を押し込んだ。逃げるためにはどうしても金が必要だった。

「フランキー？」

フランキーはぼんやりとした表情で視線を上げた。

「質問に答えろよ」

「ごめんなさい。どんな質問だった？」

「金の出所はどこかと訊いたんだ」

しかし、フランキーの口から出たのは、彼女自身にさえ思いもよらない言葉だった。

「あの人は死んだと思ったの」

クレイは平手打ちをくらったかのようにひるんだ。それから、彼女の腕をつかみ、強引に視線を合わせた。

「いったいなんの話だ？」

フランキーは両手で顔を覆った。「わからない。わからないわ」

しかし、クレイは引き下がらなかった。「あの人って誰だ、フランキー？　誰が死んだと思ったんだ？」

黒い瞳――白い歯――ほほ笑む唇――ほほ笑みを絶やさない唇。

一つ一つの造作が顔にまとまる前に、イメージはふっと消えた。

「だから、わからないんだってば」フランキーはうめいた。

クレイは悪態をつき、背中を向けた。

絶望感に襲われ、フランキーは床にひざまずいた。どうしてもクレイに信じてもらいたかった。「お願い。お願いだから、私を見捨てないで」

振り返った瞬間、クレイは自分を恥じた。いたたまれない気分になった。「やめてくれ、フランセスカ」

彼はフランキーを抱き上げて廊下へ出た。彼女の押し殺した嗚咽（おえつ）に、胸の引き裂かれる思いがした。ベッドに横たえられたフランキーは、彼に背中を向けて体を丸めた。小さな肩が悲しみに震えていた。

「フランキー、俺は――」

フランキーは両手で耳を覆った。

背中を起こしたクレイは、彼女にアフガン織りの毛布をかけ、悄然（しょうぜん）としてドアへ向かった。

不意にフランキーが寝返りを打った。涙に濡れた瞳が恐怖に見開かれた。「ドアは閉めないで！」

クレイは足を止め、振り返った。彼女の怯えた様子にただならぬものを感じた。

「わかった」

「閉じ込められるのはいや」フランキーはつぶやき、彼の動きを目で追った。自分の要望どおりにしてくれるかどうか、確かめているようだった。

クレイはキッチンへ戻った。心臓が轟（とどろ）いていた。彼は戸口で足を止め、フランキーの怯えた様子を思い返しながら、ひざまずいて紙幣を拾った。集めた紙幣を手に立ち上がったとき、彼女の言葉がよみがえった。

〝あの人は死んだと思ったの〟

クレイは右手につかんだ紙幣の束を見下ろし、身震いした。

「くそ」低く毒づくと、札束を封筒へ戻し、その封筒を手近なひきだしに放り込んだ。金をどう処分するかはあとで考えればいい。今はとにかく見たくない。

廊下の奥の寝室では、ベッドに横たわったフランキーが、わずかに残ったむせびを抑えながら、この虚しい帰宅を思っていた。こんなの間違っている。どうしようもなく間違っている。だけど、間違いを正す方法がわからない。クレイは私のことを信じてくれない。口では違うことを言っているけれど、彼がまだ私を愛しているとは思えない。少なくとも、前ほど愛してはいない。もう頭がどうにかなりそうだ。フランキーは寝返りを打って横向きになり、毛布を引き上げて目をつぶった。

クレイはキッチンにいるのだろう。音をたてないよう気をつけているにしては、鍋がぶつかる音がよく聞こえる。彼が料理している。こんな状況でなかったら、冗談みたいな話だけれど。フランキーはおぼつかなげに深呼吸をした。たぶん、彼はこの二年間、自分で料理を作ってきたんだろう。やもめ暮らしのつもりで。

怒りの涙がこぼれ落ち、枕を濡らした。でも、私は死んでいない。生きて、こうして戻ってきた。クレイは私の人生の空白を受け入れるしかないのよ。私がその空白を埋める方法を見つけるまでは。

ネバダ州ラスベガス

流線型の自家用ジェット機が、滑走路の端で待ちかまえる白いストレッチリムジンの数メートル手前で停まった。すぐに出口の扉が開き、デューク・ニーダムがタラップの上に姿を見せた。彼は待機するリムジンに手を振ると、再び機内へ消えた。リムジンを降りた運転手は、車椅子を担いでタラップを駆け上った。

周囲にはジェット燃料の臭いが漂い、頭上にはどんよりとした灰色の空が広がっていた。雲が厚みを増すにつれ、風も強くなってきた。数分後、デュークが運転手を従えて、再び出口に現れた。二人の間にはファラオ・カーンの姿があった。ファラオは防寒用の毛布にくるまれ、車椅子に固定されていた。男たちは彼を車椅子ごと持ち上げ、タラップを降りた。そして、タールマックで舗装された滑走路に彼をそっと下ろした。

ファラオがラスベガスへやってきたのは、自宅で養生するためだった。人目を忍ぶ移動ということもあり、彼は分厚いコートと毛布で意図的に正体を隠していた。しかし、濃いサングラスで表情を隠すことはできても、顔色の悪さまで隠すことはできなかった。

車椅子に乗っていても、彼の存在は威圧感を与えた。彼が頭を傾げ、手を振り、強い口調で何か言うたびに、二人の男は右往左往した。

デュークがボスを気遣い、従順な物腰で身を乗り出した。言葉が交わされ、数分後にリムジンは走り去った。後に残されたのは、ジェット機に吹き飛ばされた一枚の紙切れだけだった。彼らがここを通過した痕跡は何一つ残っていなかった。

月明かりが雨に洗われた石段を照らしていた。ファラオは自宅で眠っていた。しかし、奇妙な夢ばかりが続き、彼の眠りを妨げた。床が揺れている気がして、彼は二度飛び起きた。再び目を閉じると、彼の胸を押し戻して抵抗するフランセスカの手の感触がよみがえった。真っ逆さまに階段を転げ落ちたときのことが思い出された。彼はうなった。何よりも彼を苦しめているのは裏切られたという思いだった。

誰かが彼の額にそっと手を置いた。耳元で女の声がした。

「ミスター・カーン、痛みます？」

ファラオはたじろいだ。いまいましい看護師め。退院できるまで回復したのに、なんで一人で眠っちゃいけないんだ？　俺は生まれてこのかた、女と寝起きをともにしたことはない。相手がフランセスカだろうと、その習慣は変わらなかったし、これからも変えるつもりはない。

「痛いに決まってるだろうが」

「少し待っていてくださいね。今、お薬を持ってきますから」

「薬はいらない。俺が欲しいのは平和と静寂だ。黙ってこの部屋から出ていけ。薬がいるときは自分で取る」

「でも、ミスター・ニーダムが――」

ファラオは寝返りを打った。うつ伏せになっているときでさえ、彼の物腰には服従させる力があった。

「命令だ」ファラオは低くつぶやいた。「俺の部屋から出ていけ、今すぐに」

看護師はあたふたと逃げ出した。あわててパニックを起こしたような逃げっぷりだった。ドアが閉まる音を聞いて、ファラオはようやく全身の力を抜いた。空気が軽くなり、息苦しさが薄れた気がした。彼はそろそろと横向きになったが、治りかけた肋骨に思わぬ圧力がかかり、わずかにひるんだ。

「くそ、くそ、くそ」急に筋肉が痙攣を起こし、ファラオはうめいた。だが、看護師を追い出してしまった以上、誰かにさすってもらうことはできなかった。歯を食いしばり、傷ついた体を無理矢理リラックスさせた。苦痛が徐々に和らぎはじめる。しばらくして、深々と吸い込んだ息をそっと吐き出した。これで最悪のときは終わったな。

次の瞬間、彼は考え直した。いや、最悪のときは終わっていない。まだ始まったばかりだ。フランセスカがどうなったか、それを知るまでは心も体も休まらない。ちくしょう、気が変になりそうだ。こんなことがあるか？　彼女は俺のものだ。俺にはわかっていた。初めて会ったあの日から。

より楽な姿勢を見つけようとして、ファラオは落ち着きなく身じろいだ。

彼は目をつぶり、ようやく眠りに落ちていった。そして、すべての始まり——フランセスカ・ロマーノが彼の人生に現れたとき——の夢を見た。

十三歳になるころには、ファラオ・カーンは自分が嫌われ者だという事実を受け入れていた。受け入れるだけでなく、その事実を利用して、キタリッジ・ハウスの孤児たちの間でにらみを利かせていた。教室でも、施設でも、彼は誰もが認める支配者だった。しかし彼が孤立していた原因は、その容姿だけではなかった。ネイティブ・アメリカンの顔が違和感なく受け入れられるニューメキシコ州では、彼の浅黒い肌や黒髪もとくに注目すべきものではなかった。問題は彼の中にある憎しみだった。憎しみは怒りへつながり、力をもたらした。彼は意地が悪く、残忍だった。教師を含めた誰もが自分を恐れているという事実を誇りにしていた。実際、皆が彼を怖がっていた——少なくとも、彼女が現れるまでは。

その日、ファラオは所長のオフィスに座り、新たな罰が下されるのを待っていた。そこへ、小さな女の子を連れたソーシャルワーカーがやってきた。彼が最初に気になったのは女の子の髪だった。自分と変わらないほど黒い髪。そして、茶色の瞳。不安げに見開かれたその瞳には涙がたまっていた。女の子は片手に小さなクマのぬいぐるみを抱き、もう一方の手に古い毛布の切れ端を握っていた。靴は擦り切れ、誰かに結んでもらったリボンはずり落ち、頭の後ろにぶら下がっていた。

女の子は彼に目を留め、親指を口にくわえた。

ファラオはにらみ返してやった。

ところが、得意のにらみも今度ばかりは効果がなかった。女の子は好奇心丸出しの様子で、彼の顔をしげしげと観察した。

ファラオはさらにきつくにらんだ。このアホガキ。どいつもこいつも人の顔をじろじろ見やがって。たとえちびだろうと、俺になめた真似(まね)をしやがったら、ただじゃおかないからな。

しかし、彼の怒りの表情も女の子には通じていないようだった。事実、ソーシャルワーカーが腰を下ろすと、女の子は親指を口から離し、毛布を引きずりながら彼に近づいてきた。所長室をとことこ横切り、彼が座っている場所から数センチの距離で立ち止まった。

あどけない瞳に見つめられ、ファラオは途方に暮れた。どう反応すればいいのかわからない。こんなことは生まれて初めてだった。

「失せな、ちび」

　女の子は瞬き一つしなかった。

　こいつの親父の髪も俺の髪みたいに黒かったんだろうか？　こいつのお袋の肌も俺の肌みたいにすべすべの褐色だったんだろうか？　ファラオにはわからなかった。わかっているのは、女の子が自分を恐れていないということだけだった。

「フランセスカ、いい子だから、こっちにいらっしゃい」ソーシャルワーカーが呼びかけたが、女の子は動かなかった。

　ソーシャルワーカーは厳しい表情で立ち上がった。ちびがお仕置きされる、とファラオは思った。その瞬間、彼の中で今まで存在さえ知らなかった何かが目覚めた。

「いいよ」ファラオはぼそりとつぶやいた。「別に迷惑じゃねえから」

　一瞬ためらったあと、ソーシャルワーカーは肩をすくめて席へ戻った。それでも、二人から目を離そうとはしなかった。

「で、ちびはいくつだ？」

　女の子は指を四本立てた。

　ファラオはうなずき、椅子の背にもたれて考えた。ちびにしては、なかなかの美人だ。それに、この目。人の心の奥まで入り込んでくる目だ。

　二人は互いを見つめた。根負けしたファラオは、別のアプローチを試みることにし、相手が声を発しそうな質問を探した。

「おまえ、フランセスカっていうのか？」

　クマのぬいぐるみをさらにきつく抱き締めて、女の子は考え込んだ。それから、うなずいた。

「パパはフランキーって呼ぶの」女の子はついに口を開いた。とたんに唇が震え、目にたまっていた涙がこぼれた。「ママとパパ、いなくなっちゃった。あたしだけ置いて、二人で天国へ行っちゃった」

　ファラオは赤面した。ちくしょう、やりにくいったらない。どうしたらいいんだ？　このままじゃ、俺がちびを泣かせたって叱られるじゃないか。彼は視線を上げたが、誰も二人に注意を払っていないようだった。涙は次から次へとこぼれ落ちた。困惑とともに、ファラオは身を乗り出した。膝に肘をつき、声をひそめた。

「おい、ちび、泣くのはよせ。パパがいないのは俺も同じだ。だから、俺はここにいる。だから、俺たちはここにいるんだよ」

　女の子は彼の言葉の意味を懸命に考え、そして尋ねた。「お兄ちゃんも寂しい？」

　ファラオは出し抜けに背を起こした。「ちくしょう、冗談じゃねえ」言ってしまってから、自分が子供の前で悪態をついたことに気づき、頬を赤くした。「けど、それは俺が大きいからだ。おまえも大きくなったら、泣かなくなるさ」

それから、彼は毛布の端で女の子の頬を拭った。小さな子供を泣かせたと責められたくなかったからだ。

「ほら」彼は毛布で小さな鼻をつまんだ。「ちーんてしてみな」

ファラオははっと目を覚まし、時計に視線を投げた。午前四時を過ぎたところだった。彼は尿意に襲われた。看護師を呼ぶべきか？　いや、そいつはやめておこう。俺は自分の家にいるんだ。一人で小便くらいできなくてどうする。

うなり声とともに上体を起こし、そろそろとベッドの端まで体をずらしていった。どこもかしこも痛かったが、最も深い痛みは心の中にあった。そこに開いた大きな穴は時が癒せるものではなかった。フランセスカが開けた穴。壊れたロサンゼルスの家では、フランセスカの遺体は見つかっていない。フランセスカが死んだとは考えたくなかった。だが、病院はどこも負傷者であふれていた。まだ身元が判明しない負傷者も少なくなかった。

骨がきしむほどの激痛に歯を食いしばりながら、ファラオは立ち上がり、ゆっくりと浴室へ向かった。数分後、浴室を出た彼はベッドと乱れたシーツを見やった。そこへは戻らず、代わりに窓へ歩み寄った。

暗闇の中で、防犯灯が明るく輝いていた。その光を浴びた灌木の下で何かが動いた。おそらくアルマジロだろう。明日、庭師に注意しないと。いや、もう明日じゃない。今日だ。

ファラオはひんやりとした窓枠に手をついた。

「生きてろよ、フランセスカ……そして、覚悟しておけ。必ずおまえを連れ戻しに行くからな」

6

クレイがふと目覚めたのは、午前二時を過ぎたころだった。家の中は暗く、寝室は静かだった。だが、彼の本能が何かおかしいと告げていた。

フランキー！

クレイはベッドから飛び出し、ジーンズをはきながら廊下を走った。フランキーの寝室のドアは開けっ放しで、ベッドも空っぽだった。二年前の恐怖がよみがえり、彼はパニックに襲われた。素早く振り返り、クレイは家の表のほうへ向かって廊下を急いだ。リビングの壁でちらちらと動く光に気づき、眉をひそめた。テレビを消し忘れたんだろうか？

リビングへ入っていくと、フランキーがソファに座っていた。お気に入りの毛布にくるまり、暗がりの中で静かに泣いている。画面を流れる映像に心を奪われているらしく、手に持ったリモコンが今にも滑り落ちそうだった。

動揺を静めるために、クレイは大きく息を吸った。心の中で神に感謝した。彼は無言でソファへ近づき、フランキーの真後ろで立ち止まった。前屈み（まえかが）になり、彼女の後頭部に頬を当てた。

「フランセスカ、こんな真夜中に何をしてるんだ？」

フランキーはぎょっとした様子で視線を上げたが、クレイの顔を見て、肩の力を抜いた。

「びっくりさせないでよ」文句を言ってから、彼女は付け加えた。「眠れなかったの」

クレイは彼女の頬を掌で包み、親指で涙を拭い、こめかみにキスをした。

「大丈夫か？」

この数日間、彼はとても冷淡で、よそよそしかった。その彼が見せた思わぬ優しさに、フランキーの胸が熱くなった。彼女はうなずき、リモコンでテレビの画面を示すと、涙声でとりとめのない説明をした。

「この映画……すごく悲しい話で……本当は彼女を愛しているのに」

テーブルの上にあったＤＶＤの箱を見て、クレイは忍び笑いを漏らした。母親が持ち込んだＤＶＤだ。それも、とびきり泣けるやつ。

「でも、最後は丸く収まる」彼は言った。

それで少しはほっとしたらしく、フランキーは鼻をすすった。「本当？」

クレイは涙に濡れた茶色の瞳を見下ろした。フランキーにキスをしたい衝動に駆られた。その衝動に屈したいと思いつつも、動くことができなかった。どうせぶたれるのが落ちだ。退院した彼女に、俺はひどい態度ばかりとってきたのだから。

「ああ、本当だ」

フランキーは鼻をすすり、毛布の端で顔を拭った。

「約束する？」

「ああ」クレイは優しく請け合い、ソファの空いた部分に目をやった。「座ってもいい？」

フランキーはどきりとした。これは仲直りがしたいということなのだろうか？「ええ、どうぞ」

クレイはソファの前へ回り込んだが、隣には座らず、彼女を毛布ごと抱き上げて腰を据えた。

フランキーは息を詰め、次に何が起こるのかを待った。

「このほうが楽だろう？」クレイは彼女をしっかりと腕に抱え、彼女の脚に毛布を巻きつけた。

フランキーの心臓は激しく打っていた。「ええ」彼女はささやいた。

「寒くない？」

声を失い、フランキーは首を振った。

「リモコンは？」

彼女はリモコンを手渡し、音量を上げるクレイの親指の動きを目で追った。

「ちゃんと聞こえる？」クレイは尋ねた。

心臓がこんなにどきどきいっているのに？「ええ、しっかり」

「じゃあ、これでオーケーだな」

どぎまぎしつつも、フランキーは再び映画の世界へ引き込まれていった。ラストシーンを迎え、彼女はようやく安堵(あんど)の息をついた。そして、輝く瞳でクレイを見上げた。心が軽くなっていた。

「私、ハッピーエンドが大好きよ。あなたは？」

クレイは微笑を浮かべてうなずいたが、その胸中は複雑だった。俺はフランキーにさんざんひどいことをした。なのに、彼女の優しさと心の広さは少しも変わっていない。俺が恋に落ちたときのフランキー、結婚したときのフランキーのままだ。どうして気づかなかったんだろう？　死んだと思った彼女が戻ってきたとき、どうして疑心暗鬼になってしまったんだろう？　本当ならひざまずいて神に感謝すべきだったのに。

「フランキー、本当にすまなかった」

フランキーは身を硬くした。待ち望んでいた瞬間がとうとう訪れた今、怖くなった。もしここで動けば、目が覚めて、夢に終わってしまいそうな気がする。フランキーは唇を噛(か)んだ。それから、おずおずと手を差し伸べてクレイの頬に触れた。クレイは目を閉じ、首をひねって、彼女の掌にキスをした。

「私は麻薬はやらないわ」フランキーは震える声で言った。

クレイは前屈みになり、二人の額を合わせた。「そうだね、わかってる」

「どうして私の腕に注射針の跡があるのかはわからないけど、私は絶対に――」

「もういい」クレイは彼女を腕の中に引き寄せた。

フランキーの体が震えた。様々な感情が胸にこみ上げたが、最も強かったのは安心感だった。

「私は嘘なんかついてない。思い出したいのよ」

「わかってる」クレイは言った。「そのうち思い出すだろう……時期が来たら」

フランキーはため息をついた。「自分がどこにいたのかはわからないけど、私はあなたの元に戻ってきた。そうでしょう？」

クレイの良心がうずいた。そうだ。なぜ俺はそれだけで満足しなかったんだろう？

「ああ、フランセスカ。君が戻ってきてくれたことを一生感謝するよ」

長い沈黙のあとに、フランキーは再び口を開いた。彼女の心配はいつしか自分のことからクレイのことへ移っていた。

「つらい思いをしたのね？」

延々と続いた拷問の日々を思い出し、クレイは彼女を抱く腕に力を込めた。フランキーがひどい目に遭っていることばかり想像した。ときには彼女の死も覚悟した。クレイはうなずいた。

「どうしてこんなことになったんだろう」フランキーは無念そうにため息をついた。「私たち、あんなに幸せだったのに」

クレイが視線を上げた。「今にまた幸せになれる。ショックから立ち直るのに時間がかかっているだけだ」彼は無理にほほ笑んだ。「九一年が過ぎたころ、俺は希望を捨ててしまった。君は死んだものと信じてしまった。君が戻ってこない理由はそれしか考えられなかったから」

フランキーはまた泣きたくなった。今度は映画にではなく、彼女自身とクレイのために。「そうね、わかるわ。でも、私はあきらめなかったみたいね。こうしてあなたの元へ戻ってきたんだから。しばらくは辛抱して私に付き合って。そして力を貸して。いったい何があったのかを探り出し、二度と同じことが起こらないと確信するまで」

クレイの顔から微笑が消えた。「それは忠告か？　それとも予言？」

「どっちも外れ」フランキーはぶっきらぼうに答えた。「事実をありのままに言っているだけよ。私は自分からあなたの元を去ったりしない……ということは、考えられる理由は一つしかないわ」

「なんだ？」

「誰かが私を拉致(らち)した」フランキーは身震いした。「私、怖いのよ。一度起きたことなら、また起きてもおかしくない」

今までに判明した事実を考え合わせると、フランキーの説が正しいのかもしれない。まだ危機は去っていないのかもしれない。でも、彼女の記憶が戻らないうちは、何に警戒すればいいのかわからない。

「そろそろ寝るか」クレイは言った。「そういう心配はあとですればいい。時間はたっぷりあるんだ」

ソファから助け起こされたフランキーは、ためらいがちに質問した。「一緒に？」

クレイは彼女の髪に指を絡ませ、自分の胸に引き寄せた。「ああ、一緒に。君に、改心したろくでなしと眠る気があるならだけど」

フランキーは夫の腰に両腕を回した。病院で意識を取り戻して以来初めて、希望の光が見えた気がした。

「一晩くらいは辛抱してあげる」彼女は冗談めかして言った。

クレイはにやりと笑った。「おいで。もう遅いし、君には休養が必要だ。退院したからといって、医者の言いつけを無視しちゃいけない」

「私、おとなしく座っていたわ」寝室へ導かれながら、フランキーは抗議した。

「そして、今からおとなしく眠るんだ」クレイはベッドへもぐり込んだ彼女に毛布をかけた。

それから、彼自身も隣に横たわった。しばらくは気まずい沈黙が続いた。

フランキーの息遣いを聞いているうちに、クレイの胸が詰まった。この小さな音がどれほどいとおしいものか、失ってみて初めて気づいた。キングサイズのベッドが急に縮まったように感じられた。そしてなぜだか、フランキーの了解なしに彼女の領域に入ることにためらいを覚えた。考えてみれば、夫婦として暮らした時間よりも、フランキーがいなくなってからの時間のほうが長かった。赤の他人と眠っているようで、彼はなんとなく落ち着かないでいた。

そのときフランキーの声が沈黙を破り、彼の落ち着かない気分も消えた。

「クレイ？」

「なんだ、ハニー？」

「抱き締めてくれる？」

クレイの良心がまたうずいた。夫婦として当然のことなのに、わざわざ口に出して頼むように仕向けてしまったなんて。

「喜んで」彼はそっとつぶやき、両腕を広げた。

フランキーは彼の肩に頭を預け、胸に腕をおいた。彼女はじきに眠りに落ち、安定した寝息をたてはじめた。しかし、クレイは眠れなかった。また同じことが起きるかもしれない、というフランキーの怯(おび)えた訴えが頭から離れなかった。もし彼女の不安が当たっていたら？　彼女の身が危険だとしたら？　このまま何事もなかったように以前の暮らしに戻れるのか？　バス乗り場でタクシーに乗った女について、刑事がどうとか言っていたな。そう、女は追われるようにターミナルから飛び出してきたと。クレイははっとした。あのときは現実離れした話だと思って聞き流したが、これは真剣に考え直してみるべきではないだろうか。フランキーの失踪は不可解なものだった。今回の戻り方にしても普通じゃない。彼女が事情を説明する前に事故に遭い、記憶を失ったのは、単なる不幸な偶然なのかもしれない。

　重いため息とともに、クレイは手を伸ばし、毛布をフランキーの肩まで引き上げた。そして目をつぶり、彼女を抱く腕に力を込めた。外では冷たい風が吹き、新しい一日が始まろうとしていた。

　ファラオ・カーンは屋敷の裏手に臨む窓辺に座り、コーヒーをすすりながら夜明けを眺めていた。幸運を呼ぶと言われるウサギの足のキーホルダーを指先にぶら下げ、敷地全体へ目を配っていた。

　昨夜、彼は何度か途中で目を覚ました。落ち着かない一夜だった。目をつぶるたびに、同じイメージにさいなまれた。大きくうねる床、フランセスカの怯えた表情、階段からの転落。

　しかし、そこから先のイメージはぼんやりとしていた。断片的な記憶しかなかった。自分の上に身を乗り出す男の顔。ヘリコプターへの搬送。そして、病院での日々。次から次へと現れる知らない顔。治療と称して体をつつき回す指、装置、痛み。その間彼の頭を占めていたのは、またしても幸運を逃がしたという悔しさだった。

ファラオはウサギの足を掌に握った。この程度の魔除け（まよ）ではフランセスカを失った穴埋めにはならないが、当分はしかたない。彼はカップを置いて立ち上がり、のろのろと暖炉のほうへ向かった。暖炉のそばにある茶色の革張りのソファにうなり声とともに腰を沈め、体を伸ばして目を閉じた。

集中力が数分しか持続しない。とにかく体力をつけることだ。つねににらみを利かせていないと、せっかく築いた組織が台無しになる。弱みを見せたらおしまいだ。この世界では、強い奴（やつ）しか生き残れない。究極の目的は金と力だ。強さは力。力は支配。自分が築いた世界に君臨しつづけるには、まず己を支配しなければ。しかし、室内の静寂には抗しがたい力があった。ファラオはいつの間にか眠りに落ち、再び過去の世界へ漂っていった。

ニューメキシコ州アルバカーキ

教室に座っていた十歳のフランセスカ・ロマーノは、窓の外の青年を見てくすくす笑った。この六年間、ファラオ・カーンは彼女の人生で最も重要な存在だった。両親の死に打ちのめされ、愛情に飢えていた子供にとって、ファラオが示してくれる気遣いは心のよりどころだった。

ファラオはすでに施設を卒業していたが、今もスタッフとして出入りしていた。一年前、裁判所から成人と認められた彼は、施設を出て、近くのアパートへ移ったのだった。

一見したところ、彼は同世代の若者たちとなんら変わりがなかった。しかし、内面は大きく違っていた。彼は贅沢（ぜいたく）を好んだが、贅沢を手に入れるだけの教育も忍耐もなかったため、犯罪に手を染めるようになった。手軽で安易な生き方と刺激に抵抗できなかった。彼はすべてが欲しかった。それも、今すぐに。

十六歳になるころには、ファラオは地元のギャングと付き合うようになっていた。これは楽なことではなかった。普通のティーンエージャーよりも自由に使える時間が少なかったからだ。それでも覚えの早い彼は、すぐに施設の規則をごまかす方法を編み出した。

ギャングと過ごした三年間は、彼にとって実地訓練にすぎなかった。車を盗むくらいは朝飯前だったし、こそ泥はとっくに卒業し、武装強盗をこなすまでになった。人を殺した経験こそなかったが、犯行で銃を使ったことは一度や二度ではなかった。施設を出て独立した今、彼は高級車を乗り回し、しゃれた服を買い、二カラットのダイヤモンドのピアスを片耳に付けていた。黒い瞳に豊かな巻き毛という端整な容姿は、若い娘たちを引きつけた。彼はそういった少女たちを食い物にし、飽きてしまうと、ビールの空き缶のように捨てた。

しかし、施設を出たことによって、彼の将来プランに一つだけ問題が生じた。彼は若く、強く、貪欲だった。すべてのものが今すぐに欲しかった。そのために、フランセスカと離れるわけにはいかなかった。

ファラオは異様なまでに迷信深かった。フランセスカこそが自分の幸運の守り神だと——彼女がいてこそ、自分の力も絶大になるのだと固く信じていた。しかし、彼女はまだ十歳にすぎなかった。彼女が施設を出るのは数年先の話だ。だが、その日が来れば、幸運の守り神が手に入る、自分の真価を発揮できる。彼はそう思い込んでいた。

だから、ファラオはキタリッジ・ハウスの用地管理人になった。フランセスカを連れ出すことができないのなら、せめて自分の未来を守ろうと考えたのだ。

数年の間に、彼はフランセスカの親友となっていた。彼女を守り、ときには父親代わりも務めた。幼い少女はファラオ・カーンに幸運をもたらした。フランセスカが来た日を境に、施設の人々の彼を見る目が変わったのだ。皆、フランセスカの目を通して、彼という存在を見直したようだった。フランセスカ・ロマーノには、ほかの人間には見えない彼のよさが見えるらしい。子供はうわべにだまされないから、事実そうなのだろう。誰もがそう思った。フランセスカに頼られ、崇拝されることで、彼は一目置かれる存在になった。

特別な存在になった。フランセスカがいれば、悪さ以外のこともできた。だから、教室で頬杖（ほおづえ）をつき、運動場のブランコを物欲しげに眺めるフランセスカを見つけると、彼は思わず自分の存在を知らせたくなったのだった。

彼が視界へ入っていくと、フランセスカの視線が動いた。彼女の表情が変化し、顔に笑みが広がった。ファラオは天にも昇る心地になった。

教師が机の端を鉛筆でたたき、その鉛筆でフランセスカを指した。

「フランキー、よそ見はいけません！」

教師の厳しい口調に、フランセスカはびくりと体を震わせ、注意されたことを気恥ずかしく思いながら視線を上げた。

「はい、先生」彼女は小さな声で答えた。

教師の関心が黒板へ戻ると、フランセスカは思い切ってもう一度だけ窓の外を見やった。抜け目のないファラオの姿は消えていた。気にしない、気にしない。すぐにまた会える。ファラオはいつだってそばにいてくれるんだから。

フランキーはクレイの腕の中で眠りに落ちたが、目が覚めたとき、ベッドにいたのは自分だけだった。不安になった彼女は寝返りを打ち、クレイの枕（まくら）に手を当ててみた。まだぬくもりが残っている。ということは、彼もさっきまでベッドにいたようだ。

フランキーは枕カバーを握り締め、目を閉じた。昔はよく目覚めてすぐに愛し合ったのに。でも、自分を哀れむのはよそう。今日だけは。

昨夜の展開は驚きだった。惨めな思いでベッドに入ったときは、こんなに幸せな朝を迎えられるなんて想像もできなかった。小さなため息をつきながら、フランキーはベッドを出た。

手早く寝間着を脱ぎ、クレイのスウェットパンツと長袖のTシャツに着替えると、浴室で歯を磨き、髪を梳いた。ブラシの粗い毛が傷口を刺激し、思わずひるんだ。一瞬動きを止め、鏡の中の自分を見つめた。表面的には前と同じに見える。でも、見た目で判断してはいけない。私が覚えていないだけで、本当はいろんな変化があったのだろう。元どおりになるものなんて何もない。私とクレイの関係にしても、いくらお互いを許したところで前と同じにはならない。とくに私にとっては。私は誰かに人生の二年間を盗まれてしまったんだから。

廊下を近づいてくる足音に気づき、フランキーはどきりとした。期待よりも不安を感じた。無意識のうちに逃げなければとあせった。

「フランキー？」

クレイの声。ほっとして、ゆっくりと息を吐いた。「ここよ」

ドアを開けたクレイは、彼女が着ている服を見て苦笑した。

「あとで君の服をこっちのクロゼットに戻さないとな」そう言いつつ、彼は運んできたコーヒーのトレイを置いた。

フランキーはブラシをひきだしにしまい、彼の首に両腕を回した。精いっぱいの力で彼に抱きついた。

「どういう風の吹き回し？」クレイは尋ねた。「別に文句はないけど」

「なんでもない」フランキーはつぶやいた。「ただ、あなたでよかったと思って」

クレイは眉をひそめた。「誰だと思ったんだ？」

答えられないもどかしさに、フランキーは彼の胸に顔を埋めた。「わからないわ。ときどき、振り返ると誰かがそこにいる気がするの」

クレイは内心の不安を隠して言った。「でも、それはいい徴候じゃないのか？　記憶が戻りはじめたのかもしれない」

フランキーはため息をついた。「だったらいいんだけど。なんだか頭の中に穴があって、そこから少しずつ過去が漏れ出てくる感じなの。浮かんできたイメージに集中しようと思うんだけど、努力すればするほど、イメージがぼやけちゃうのよ」

「とにかく、君はもう一人じゃない。それだけは忘れるな」そう言い切ると、クレイは無言で彼女をじっと見つめた。

「何？」フランキーは問いかけた。

「俺たち、これからどうなるんだろう？」

フランキーの心臓の鼓動が一拍飛んだ。声が消え入りそうになった。「それ、私たちの関係ってこと？」

クレイはあわてて彼女の頬に触れた。「違うよ、そういう意味じゃない」

「だったら、どういう意味なの？」

「考えてごらん。君が何か思い出すまで、警察は動くに動けない。しかも、連中は君の失踪を単なる家出と見ている。きちんとした説明ができない限り、連中は事件とは見てくれないんだ。結婚生活にいやけが差した女が夫を捨てた。それだけの話だ」

フランキーの顔が青ざめた。「私は絶対に――」

「わかってる」クレイはその先を遮った。「でも、それが世間の解釈なんだよ」

フランキーは肩を落とした。「じゃあ、私たちはどうすればいいの？」

クレイは彼女の笑顔が絶望の表情に変わるのを見守っていた。そのきっかけを作ったのは自分だと思うと、たまらない気分だった。だが、また同じことが起こるかもしれないという彼女の不安を知った以上、その不安が的中するかどうかを手をこまねいて見ているわけにはいかない。

「君がいなくなり、警察に犯人扱いされそうになったとき、俺は私立探偵を雇って、自力で君を捜そうとした」

フランキーは泣きそうな顔になった。「そうだったの。私、ちっとも知らなくて」

クレイは肩をすくめた。「ほかにも君の知らないことがたくさんある。でも、それはいいんだ。俺が言いたいのは、もう一度その探偵を雇ったらどうかってことだ」

フランキーは視線を上げた。最初はあっけに取られたものの、考えれば考えるほど心が動いた。

「でも、うちにそんなお金があるの？」

クレイは渋い顔になった。「金なんてどうでもいいだろう、フランセスカ。このまま何もしないでいいのか？」

フランキーはため息をつき、自分の体に両腕を回して背中を向けた。クレイはその背中を胸に引き寄せ、立ったまま彼女を抱擁した。

「言ってくれ、フランキー。君の考えを聞かせてほしい」

フランキーが答えるより先に電話が鳴り出した。クレイはマットレスに腹這（はらば）いになって手を伸ばし、ベッドの向こう側の受話器を取った。

「もしもし」

「クレイ、私よ。フランキーの具合はどう？」

「やあ、母さん。元気だよ」答えながら、クレイは自分の服に包まれたフランキーの体の動きを目で追った。フランキーは下のひきだしから靴下を取り出した。またしても俺のだ。

彼はにやにや笑った。

「今日は仕事に行くつもり？」ベティが尋ねた。

クレイは工事の進み具合を考えた。本当なら行くべきなのだが、退院したばかりのフランキーを一人きりにしたくなかった。

「いや、今日はやめておく。父さんはもう現場に行ってるんだろう？」

「ええ、七時過ぎにうちを出たから」

「よかった」クレイは安堵した。「あとで父さんにも電話するけど、今日はフランキーとうちで過ごすよ。彼女一人にするのはまだ不安だからね」

「実はそれもあって電話したの。私も協力するわ。看護師役、子守り役、義母（はは）役。なんでもござれよ」ベティが申し出た。

フランキーは化粧だんすに近づき、ヘアバンドを取り出した。クレイは彼女が消えたあとのことを思い返した。毎朝この部屋に立ち、どうすれば彼女のいない人生を乗り切れるのか思案していたころを。でも、今はフランキーがここにいる。不意に思慕がこみ上げ、最も親密な夫婦の交流を求めて彼の体が震えた。

「クレイ、どうなの？」ベティが答えを促した。

クレイは目をしばたたいた。「ああ、ごめん。今日はいい、また今度頼むよ。明日あたりはどう？」

「いいわよ。電話をくれたら、十五分で行くわ」

「わかった」

「じゃあね。フランキーを大切にするのよ」

「ああ、そうする」答えてから、クレイは電話を切った。

フランキーがブラシとヘアバンドを手に振り返った。

「誰だったの？」

「母さんだ。君が元気になるまで付き添ってくれるって」

フランキーは顔をしかめた。「あなたのお母さんのことは大好きだし、来てくれるのも嬉しいけど、付き添いはいらないわ」

「そいつはどうかな」

クレイはまだ何か言いたそうな彼女の手からブラシを奪い、化粧だんすのひきだしに戻した。

「おいで」フランキーを引き寄せながら、彼は優しく言った。「君にあげたいものがあるんだ」

フランキーはためらいがちに微笑した。「どんなもの？」

「母さんに君を大切にしろと言われた。俺にできるのはこれが精いっぱいだけど」クレイは彼女の唇の端にキスをし、それから、唇と唇を合わせた。

フランキーはうなり声をのみ込み、彼の首に両腕を絡めた。

空気を求めてクレイが唇を離すと、彼女はため息をついた。「本当にこれで精いっぱい？」

クレイの青い瞳が熱っぽく輝いた。「まさか。でも、本気を出したら、今の君の手には負えないだろ」

フランキーの頬がかすかに赤らんだ。「手に負えない？　それって少し自信過剰なんじゃない？」

クレイは彼女から後ずさった。「そうは思わないな。俺たち、ずっとご無沙汰（ぶさた）だったし」

フランキーは彼の首に絡めた腕に力を込めた。「だからこそ、そろそろなんとかするべきだと思わない？」

7

クレイの心に緊張が走った。フランキーが姿を消して以来、眠れない夜はいつもこの瞬間を想像していた。そして、自分に残されたのは思い出だけだとあきらめていた。でも、今は違う。フランキーは本当に戻ってきた。ここには医者も刑事もいない。俺と彼女がいて、かつて二人を結んでいた愛情があるだけだ。フランキーは俺を許してくれるだろうか？　俺はフランキーを信じられるだろうか？　クレイはため息をついた。つまらないこだわりはもう捨てよう。

傷に触れないように気をつけながら、彼はフランキーの顔を両手で包み込んだ。まだ早すぎるのではないか、という不安がよぎった。

「本気か？」

フランキーの顎が震えた。「本気であなたを愛しているかってこと？　本気であなたと愛し合いたいかってこと？　クレイ、あなたはどうなの？」

クレイはゆっくりと息を吐き、それから頭を低くした。フランキーは顔を上げ、彼のキスを受け入れた。しばらくは体と体がこすれ合う音だけが続き、甘いキスはたちまち狂おしいキスに変わっていった。

壁に押しつけられたフランキーは、うめきながら彼の攻めに屈した。貪欲(どんよく)なキスを繰り返すうちに、二つの体が震え出した。彼らは空気を求めてあえいだ。髪をまさぐられたフランキーがたじろいだ。傷のことを思い出し、クレイは後ろ髪引かれる思いで身を引いた。

「ごめん。悪かった」彼は小さな声で謝り、さらに後ろに下がろうとしたが、フランキーは彼をとらえて引き戻し、腰と腰を密着させた。「無茶はするな、フランセスカ」

「私は無茶がしたいの。愛されたいの」フランキーは懇願した。

クレイは低くうなった。フランキーを、そして自分自身を拒むことなどできなかった。彼は再びフランキーを腕の中に抱き締めた。彼女の顔に、まぶたにキスをし、最後に唇を求めた。温かく柔らかな唇が彼の求めに応じ、キスを返してくる。しかし、まだ足りなかった。彼はもっと欲しかった。

フランキーは眩暈(めまい)を感じていた。クレイの情熱にのみ込まれていた。彼女は震えながら唇を離し、クレイの顔を見上げた。

「クレイ……」

クレイの声はささやきに近かった。「どうした、ハニー？」

「ベッドに連れていって」

彼の顎の筋肉がぴくりと動いた。彼はフランキーを抱き上げ、ベッドへ向かった。シーツに横たえられたフランキーは、彼の体を引き寄せた。もつれ合うように転がる二人の体に、乱れたベッドカバーが絡みついた。

クレイが彼女の服を引っ張りはじめた。無言のメッセージは性急で、その意味は明らかだった。クレイは彼女を裸にし、今すぐ一つになりたがっている。

フランキーは喜んで従った。自分も彼のシャツやジーンズを脱がせにかかった。すべてが取り払われると、彼らの間には情熱だけが残された。

クレイは肘をついて体を浮かせ、妻を見下ろした。彼の笑顔はひきつり、息遣いも荒く、苦しげだった。二年間の独り身生活で、抑えが利かなくなっていた。

「フランセスカ……スウィートハート……俺は――」

フランキーは彼の唇に指を当てた。「いいのよ、あなたの好きにして」

彼女の中に導かれ、クレイは思わずうめいた。すぐに腰を動かしはじめ、彼女の奥深く押し入った。様々な思いが弾丸のように彼の意識を駆け抜け、唯一の友だった孤独感を引き裂いた。

ずっと、ずっと待っていた……この喜びを。

フランキーは彼の腰に両脚を巻きつけ、彼をさらに引き寄せた。クレイは再びうめいた。これじゃ、とてももちそうにない。

不意に耳の奥で血が轟き、彼の体がふっと軽くなった。とらえどころのない感覚を追いかけ、彼は夢中で動いた。

その動きはさらに性急さを増し、激しくなった。小さな叫びが聞こえた。続いて、深く苦しげなうめき声が。これは……俺の声だ。そのことに気づくと同時に、クレイは果てた。

玄関のチャイムが鳴ったのは、午後三時を五分ほど過ぎたころだった。昼寝しているフランキーを起こさないように、クレイは大急ぎでキッチンを出た。今朝の出来事はフランキーを疲れさせたが、二人にとっては何よりの薬になった。とくにクレイは初めて愛し合ったときのような感動を覚えた。

窓の外に停まった父親の車を見て、彼はいぶかしげな顔をした。工事現場で何かあったのだろうか？　彼は素早く手櫛で髪を整えてから、玄関のドアを開けた。強い風とともに冷たい空気が流れ込んできた。

「やあ、父さん、寒いから早く入ってよ」クレイは急かし、父親が中へ滑り込むと、すぐにドアを閉めた。

「まったく、ひどい天気だ」オーバーを脱ぎながら、ウィンストンはぼやいた。

クレイは父親の顔色をうかがいつつ、受け取ったオーバーをコートかけに吊るした。いつものことだが、父親の感情を読み取るのは至難の業だった。

「じゃあ、一杯もらおうか」ウィンストンは両手をこすり合わせ、息子に続いてキッチンへ入った。

クレイは父親の前にカップを置いた。ウィンストンはきょろきょろと周囲を見回した。

「フランキーはどうした？」

「昼寝してる」

ウィンストンはうなずき、熱いカップを持ち上げ、かいろのように両手で包み込んだ。

「で、具合は？」

クレイはカウンターにもたれた。「まあ、ぼちぼちってところかな」彼は静かに答えた。

「何か思い出したか？」

「これといったものはないね、今のところは」

ウィンストンは再びうなずき、コーヒーをゆっくりとすすった。

「現場のほうは問題なし？」今度はクレイが尋ねた。

「ああ、順調だ」

「父さんのおかげで、本当に助かってる。感謝しているよ」

ウィンストンはまたうなずき、コーヒーをもう一口すすった。

気まずい沈黙が続いた。ウィンストンはコーヒーを冷ますのに忙しく、クレイはそんな父親の様子を黙って眺めていた。

「で、おまえはどうなんだ？」とうとうウィンストンが口を開いた。

クレイはため息をついた。父親の質問の意味は明白だった。以前のクレイは激しい怒りと不信感を抱いていた。だからこそ、両親は彼の精神状態を心配しているのだ。

「俺の態度はロバ並みだったと思ってる」クレイは苦々しく答えた。「でも、ありがたいことに、フランセスカは長い耳と尻尾のある男が好きみたいだ」

ウィンストンはにやりと笑った。「ま、判断の難しい状況だったからな」

クレイはうなずいた。「だとしても、彼女の言い分を聞いてから判断すべきだった」

「だが、注射針の跡なんぞ見せられたら、誰だって勘繰りたくなる。まして、本人にここ二年間の記憶がなく、わけのわからないことだらけときてはな」

「まあね」クレイは相槌を打った。「でも、俺は脳震盪で苦しんでいるフランキーを、どこへ行ってたと責め立てたんだ」彼は身震いした。「あの場で彼女が死んでいたらと思うとぞっとするよ」

「だが、そうはならなかった。それ以上考えるな」ウィンストンは慰めた。「ところで、母さんが明日の朝八時くらいにここへ来ると言っとったぞ」

クレイはほっとした表情になった。フランキーを残して出かけることを考えただけで気分が悪くなった。

「さあ、どうかな。実は……できたら、もう一日休もうかと――」

ウィンストンは息子の腕をとらえた。「クレイ」

「何?」

「おまえのせいじゃない」

「何が俺のせいじゃないって?」クレイは問い返した。

「フランキーの失踪(しっそう)だ。彼女が戻ってきたからって、死ぬまで二人でここに閉じこもってるわけにはいかんだろう。今度のことを乗り越えて結婚生活を続けていきたいなら、二人とも、できるだけ早く普通の暮らしに戻るべきだ」

理論的には父親の言うとおりだ。しかし、まだ心の準備ができていなかった。

「考えてみる」クレイはぼそりとつぶやいた。

ウィンストンはコーヒーカップをカウンターに置き、腕時計を見やった。

「じゃあ、気合を入れて考えろ。母さんがここに現れるまであと十七時間しかないからな。それが過ぎたら、おまえはいやおうなく追い出されるわけだ」

クレイはため息をついた。いやおうなく、か。ベティ・ルグランドがいったん思い込むと、誰にも止められない。

「フランキーが起きたら、その話をしてみるよ」

「その話って何?」フランキーの声がした。

男たちは同時に振り返った。クレイの表情が曇った。フランキーは風が吹いたら飛ばされそうなほど頼りなげに見える。

「ごめん。起こしちゃったかな?」彼は言った。

「気にしないで」フランキーは義父におずおずとほほ笑みかけた。外見だけでなく性格までよく似た父親と息子。彼女が失踪したとき、ウィンストンも息子のように怒り狂ったのだろうか?

「どうした?」ウィンストンはおどけた口調で問いかけた。「挨拶のキスはなしか?」

顔いっぱいに笑みを浮かべて、フランキーは義父の腕の中へ進み出た。ウィンストンのシャツは冷たく、葉巻と軽油の臭いがしたが、彼の温かい抱擁はすべてを吹き払った。

「キスをしたら、いやがられるかと思って」フランキーは小声でつぶやいた。

ウィンストンは息子に向かって眉を上げ、それから彼女に視線を戻した。瞳がきらきら輝いていた。「なんでわしが大切な娘からのキスをいやがるんだね?」

フランキーは泣きそうになった。寡黙な男の口から出た貴重な褒め言葉だけに、涙が出るほど嬉しかった。

「じゃあ、おまけ」彼女はウィンストンのもう一方の頬にもキスをした。

ウィンストンは頬を赤らめたが、笑顔は少しも揺るがなかった。「さてと、用件は伝えたし、嬉しいキスのプレゼントももらったし。少々もらいすぎって気もするが、ありがたくいただいておこう」

クレイはくすくす笑った。浮き足立った父親を見ていると、自分の気持まで軽くなった。

「オーケー、二人とも」フランキーは言った。「気持は嬉しいけど、答えがまだよ。私になんの話をするつもりだったの？」

クレイが答えるより先に、ウィンストンが口走った。「ベティが明日こっちに来て、君と一日過ごすと言ってる。そうすれば、クレイも仕事に戻れるしな」

フランキーは戸惑いの表情を見せた。「もちろん、お義母さんと一日過ごせるのは嬉しいけど、私に子守りは必要ないわ」

クレイは身を硬くした。君を一人にすると、消えてしまいそうで心配だから。そんなことを自分の妻に言えるだろうか？

「あのね、お二人さん、ときどき頭痛がすることを除けば、私はどこも悪くないの。医者だってそう言ったわ」フランキーは憮然とした様子でクレイに目を向けた。「仕事が忙しいなら、遠慮せずにそう言って。私は一人でも大丈夫なんだから」

ウィンストンが顔をしかめた。「こんな騒ぎを起こすつもりじゃなかったんだが」彼はぶっきらぼうに言った。「とにかく、ベティのメッセージは伝えたからな。断るつもりなら、おまえたちから連絡しろ。わしはもう帰るが、困ったときはいつでも電話するんだぞ」

「ああ、わかった、父さん」クレイは答えた。「いろいろとありがとう」

「おやすいご用だ」ウィンストンは言った。

ほどなく玄関のドアが閉まり、車のエンジン音が遠ざかっていった。

フランキーはいまだにクレイの答えを待っていた。しかし、クレイは父親が使ったカップをむきになって洗っている。ついにフランキーは我慢しきれずに言った。「クレイ、私を無視しないで」

クレイが振り返った。硬い表情と姿勢から見て、譲る気はなさそうだった。

フランキーはため息をついた。「いったいどういうこと?」

両手から水をしたたらせながら、クレイは彼女を見返した。必死に答えを探すうちに、時間は一秒また一秒と過ぎていった。とうとう彼は本音を吐いた。

「君を一人にするのが怖いんだ」

フランキーは平手打ちされたようにひるんだ。顔から血の気が引いた。「どうして?」

クレイは固唾(かたず)をのんだ。自分の怯(おび)えた声が恨めしかった。「もしまた同じことが起きたらどうする? 腹を立てる前に、自分に正直になれよ。君だって怖がっていたじゃないか」

フランキーは彼を見つめつづけた。非難を口にすることはなかったが、彼女の思いはクレイにも伝わった。クレイはうろたえた。次の展開は見えていたが、彼にはそれを止める術がなかった。

フランキーは突然身震いし、目をしばたたいた。一粒の涙が頬を伝い落ちた。

「あなたが心配しているのは誘拐じゃないわ。私の行動よ。私がまたあなたを捨てると思っているんでしょう」

「そんな……俺はそんなつもりで……」

フランキーは両手に顔を埋めたが、クレイが近づこうとすると、きっと視線を上げた。怒りのまなざしを前にして、彼の足が止まった。

「二度と言わないからよく聞いて」フランキーは冷静な口調で切り出した。「私を信じてくれない人間に弁解しても無意味よね。いいわ。お義母さんを呼びなさいよ。近所の人でも、警察でも、なんでも呼べばいいわ。私にはこれ以上言うことはありません」

それだけ言い渡すと、彼女はキッチンを出ていった。クレイは頭を抱えた。二人の間に生じた亀裂は、愛し合うだけで埋められるものではなかった。

シャワーの湯がフランキーの髪を濡らし、白い蒸気が立ち上った。傷口を強くこすらないように気をつけながら、彼女は二度シャンプーを泡立て、髪をすすいだ。ようやく頭がさっぱりし、体が温まると、シャワーの栓を閉めて浴槽の外へ出た。濡れた髪をターバンのように包み、別のタオルで体を拭いはじめた。

浴室には湯気が立ち込め、鏡まで曇るほどだったが、フランキーは寒気を感じた。クレイがいないと、自分が空っぽになった気がする。確かに彼はまだ家の中にいるけれど、私の心の中にはいない。私たちは愛し合ったけれど、本当の仲直りはまだできていない。クレイは私を愛しているかもしれない。でも、私を信頼してはいない。これは認めざるをえない事実だ。彼の気持もわからなくはないけれど、やっぱり納得できない。もし立場が逆だったら、私はひざまずいて、彼が戻ってきたことを神様に感謝するのに。

手早く体の水分を拭き取ると、彼女はローブへ手を伸ばした。ピンク色の分厚いタオル地で体をくるみ、紐を結んだ。それから鏡に向き直り、髪を梳かすためにハンドタオルで曇りを拭き取った。

そのとき、うなじにむず痒いような感覚が走った。フランキーはローブの襟から手を入れ、むず痒さの原因を探したが、何も見つからなかった。いったい、なんでちくちくするんだろう? 彼女は体を横向きにし、襟を引っ張りながら鏡をのぞき込んだ。

不意に彼女の視線がローブからうなじへ移った。髪の生え際のすぐ下に、何か黄色っぽいものが見えた。流しそこねたシャンプーかと思い、その部分をこすってみたが、手には何も付いてこなかった。彼女は改めて目を凝らした。やっぱり、まだ残っている。金色にも見えるけれど。

興味を引かれたフランキーは、ひきだしから手鏡を取り出し、鏡に背中を向けた。手鏡をのぞいた瞬間、心臓が止まった気がした。

何、これ！　タトゥーじゃない！　そういえば、クレイがそんなことを言っていた。すっかり忘れていた。

突然、視界がぼやけ、彼女の脳裏にイメージが浮かんだ。男の胸に彫られた同じ金色のタトゥーのイメージが。恐怖に打ちのめされ、フランキーはあえいだ。手鏡が滑り落ち、床で砕け散った。その音に彼女の悲鳴が重なった。

悲鳴が聞こえたとき、クレイはリビングにいた。彼は弾(はじ)かれたように椅子から立ち上がり、廊下を駆け抜け、寝室へ飛び込んだ。危険に立ち向かう覚悟で浴室のドアをたたいた。しかし彼が中に入ったとき、浴室から逃れ出ていったのはシャワーの湯気だけだった。彼はまずフランキーを見つめ、それから割れた鏡に目をやった。破片を踏まないように急いで彼女を抱き上げ、寝室へ引き返した。マットレスに腰かけ、彼女がどこか切っていないか調べたが、傷口は見当たらなかった。

「何があったんだ？」

フランキーは視線を上げた。顔に表情がなかった。「クレイ？」

クレイの鼓動が高まった。ちくしょう。フランキーはどうなってしまったんだ？

フランキーの視線が動き、意識が戻った。顎が小刻みに震えている。彼女はうなじへ手を伸ばし、肌をかきはじめた。そこに汚いものが張りついているかのように。

「取って、この首に付いてるの。取ってよ。取ってったら」

傷になりそうなほど強くかきむしっている彼女の手を、クレイはあわててつかんだ。

「落ち着いて、ハニー」彼は穏やかに諭した。「ただのタトゥーじゃないか」

フランキーは身震いし、そしてうめいた。「誰？　誰が私にこんな真似を？」

彼女の怯えた様子がクレイの罪悪感を刺激した。クレイは彼女に両腕を回して抱き寄せた。

「それはわからない。俺だって知りたいとは思うけど」

フランキーの目から涙があふれた。クレイは彼女をさらに引き寄せ、体を揺すってやった。

「少しの辛抱だ。そのうち、答えがわかる日が来る。俺がついてるから、な？」

「私は独りぼっちよ」フランキーは泣きつづけた。「もう味方なんていない。あなたにまで見捨てられて。全部あいつのせいだわ」

クレイの体がこわばった。今のは無意識に出た言葉だろうか？　彼はゆっくりと息を吸い込んだ。フランキーをこれ以上動揺させたくないが、確かめないわけにはいかない。

「誰だ、フランキー？」彼はやんわりと問い返した。「誰のせいなんだ？」

不意にフランキーの嗚咽が止まった。彼女はのろのろと背を起こし、クレイを見つめた。

「あの男よ」彼女は小声でつぶやいた。

「どの男だ?」クレイはさらに追及した。

フランキーはまぶたを閉じ、男の顔を思い浮かべようとした。しかし、いくら努力しても、男の胸のタトゥーしか浮かんでこなかった。

「フランキー?」

彼女はまぶたを開け、かぶりを振った。「顔が思い出せないの」

「どうして男だとわかった?」

「胸が見えたからよ」フランキーの体が震えた。「そこにタトゥーがあったの。私の首にあるのと同じようなタトゥーが」彼女はうめいた。「こんなのいや。早く取って」

クレイは歯を食いしばった。俺だって同じ気持だ。でも、タトゥーを取るにはレーザー手術を受けるしかない。今のフランキーの体調で手術は無理だ。

「そうしよう、君が元気になったら。オーケー?」

フランキーの体はまだ震えていた。「約束してくれる?」

クレイは彼女を抱き締めた。「ああ、約束する」

ようやく動揺が治まりはじめ、数分後、フランキーは目をつぶった。彼女がうとうとしかけていることを知って、クレイは髪を包んでいたタオルを外した。彼女をベッドに横たえ、毛布をかけてやった。

まだ髪が乾いてないけれど、いいんだろうか？　クレイはふと心配になったが、肩をすくめ、濡れたタオルをフックにかけた。フランキーには睡眠が必要だ。おそらく、濡れた髪で眠るよりはるかにひどい経験をしてきたんだから。

その夢が始まったのは、まもなく夜が明けようとするころだった。しかし、フランセスカにとって時間は無意味だった。彼女の意識の中にあるのは、死を前にした恐怖だけだった。

足下の床がうねりはじめた。窓の外を見ると、木々が激しく揺れていた。地面に倒れている木もあった。まるで焼き上がったチョコレートケーキがひび割れるかのように、不意に窓の下の地面が裂けた。大地が崩れていく。フランセスカは窓の鉄格子をつかみ、助けを求めて絶叫した。だが、誰も来なかった。誰も彼女のことなど気に留めていなかった。ここにいる人間たちは皆、彼のために働いているのだから。

背後のオニキスで作られた像が、いきなり台座からひっくり返り、銃声のような音をたてて砕け散った。フランセスカはぎょっとして振り返り、人間の体から外れたはやぶさの頭を見つめた。全身に震えが走った。ホルス――光と天を司（つかさど）る古代エジプトの神――が残骸（ざんがい）と化して床に散らばっていた。

再びやってきた大きな揺れに怯え、彼女はドアへと走った。こんな場所に閉じ込められたまま、人生を終えたくはなかった。

フランセスカは死にもの狂いでドアをたたき、何度も大声で叫んだ。

「助けて！　誰か私を助けて！　ここから出して！　ここから出してよ！」

いきなりドアが開いた。鷹に似た瞳を見た瞬間、彼女はホルスが現れたのかと思った。だが、それはファラオだった。ファラオは彼女の手首をつかみ、豪華な監獄から荘厳な雰囲気の廊下へ引っ張り出した。その廊下も崩れつつあった。

「走れ、フランセスカ！」ファラオは怒鳴った。「死ぬ気で走れ！」

フランセスカは走った。しかし、それはファラオに言われたからではなかった。クレイのために彼女は走りつづけた。

フランキーははっとして起き上がった。クレイの名前が唇まで出かかった。顔は汗まみれで、全力疾走したあとのように心臓が轟いていた。クレイはかたわらで、彼女のほうに腕を突き出す格好で眠っていた。夢の余韻を引きずりながら、フランキーは髪をかき上げ、ベッドから這い出した。その気配でクレイが目を覚ました。

「フランキー？」

「浴室に行くだけよ」フランキーは静かに答え、爪先立ちで浴室へ向かった。

中へ入り、ドアを閉め、明かりをつけると、彼女は洗面台の鏡をのぞき込んだ。そこに映った自分が見知らぬ他人に見えた。これで一つはっきりした。私はこの二年間、別の男と暮らしていた。自分で選んだことじゃなくても、事実は事実だ。

「どうしてそんな真似ができたの？」フランキーは自分自身に問いかけた。

疑問を口にしたとたん、答えがひらめいた。私は暮らしていたんじゃない。耐えていたんだ。クレイのために耐えていた。いつかクレイの元へ戻れる日が来ることを信じて。

そしてその日はやってきた。私は自分がいるべき場所へ戻れた。だけど、これでもう安全だと言えるだろうか？　それとも、この不安は的中してしまうのだろうか？　もしあの男が私を連れ戻しに来たら。ここから逃げたい。別の家に引っ越すとか、どこかに隠れるとか……。

フランキーは自分を叱った。おろおろしてみっともない。私が望んでいるのはそういう生き方じゃないでしょう？　クレイと出会って、ようやく確かな人生をつかんだのに。私の望みは二年前の暮らしを取り戻すこと。逃げるだけの人生なんてまっぴらだ。

自問自答を繰り返す中で、彼女はふと考えた。もしあの男がまたやってきても、私がさらわれなければいいのよ。敵を待ち受け、逆にやっつけてやればいい。

ベティ・ルグランドはシーザーサラダから視線を上げ、息子の妻にほほ笑みかけた。二人はダウンタウンにある彼女のお気に入りのレストランでランチを食べていた。

「そのチキン、いけるでしょう?」フランキーが注文したチキングリルとパスタサラダをフォークで示して、彼女は尋ねた。

「ええ」フランキーは口を動かしながら笑顔でうなずいた。

頬張った野菜をゆっくり噛みながら、ベティは考え込む表情でフランキーの様子を観察した。すっかり痩せてしまって。早くフランキーの記憶が戻ればいいんだけれど。正体のわからない悪魔ほど恐ろしいものはないもの。

一方、フランキーは今朝のことを思い返していた。約束どおり、ベティは八時までに彼らの家へやってきた。クレイはそれから三十分ほどあとに仕事へ出かけたが、フランキーが一人になれたのは浴室へ行くときだけだった。しかし彼女はもう気にしていなかった。昨夜、腹をくくったからだ。過保護な愛情に文句を言う前に、彼女にはするべきことがあった。

「お義母さん、新聞の切り抜きを見せてくれてありがとう」

ベティはフォークを置いた。「一度は迷ったのよ。でも、あなたの立場に立って考えてみたの。私があなたなら、きっと知りたいと思ったはずよ」

フランキーはうなずいた。「本当に感謝しているわ。私の失踪を扱った記事を読んで、クレイがどんなにつらい経験をしたかわかったし、彼の今の態度についても見方が変わったから」

ベティは真顔に戻った。「別にクレイの弁護をしたつもりはないわ。ただ、あなたのいない間に何があったか、知ってほしかっただけ」

フランキーはため息をついた。「これで私に何があったかわかれば、ずいぶん楽になるんだけど」

返事をするより早く、バッグの中の携帯電話が鳴り出した。ベティはうんざりした表情で天井を仰いだ。「たぶん、ウィンストンかクレイね」

不意にフランキーの瞳が輝いた。「クレイにホットファッジ・サンデーを一つ」

ベティはにんまり笑った。分の悪い賭だけど、まあ、いいわ。どうせ今日は奢るつもりだったのだし。

「オーケー、乗ったわ」そう答えてから、彼女は電話に出た。「もしもし。ああ、ちょっと待ってちょうだい」彼女は通りかかったウェイターに手を振った。「ホットファッジ・サンデーを二つお願い。お勘定は私持ちでね」

「かしこまりました」答えたウェイターは、客で混み合うテーブルの間をすり抜け、注文を伝えに行った。

ベティはフランキーにウィンクしてから電話へ戻った。「ごめんなさい。いえね、ちょっと賭の清算をしていたのよ。え、なんですって？　ええ、彼女は元気よ。直接本人に訊いてみるのね。私はお化粧を直してくるわ」

彼女はフランキーに携帯電話を渡し、ウインクを残してテーブルを離れた。

「クレイ?」

クレイの唇から安堵のため息が漏れた。フランキーの声を聞いただけで、不安が消えていった。「やあ、ハニー。楽しんでる?」

「ええ、もちろん」フランキーは答えた。「今、お昼を食べ終えたところ。これから少し買い物をして、そのあと、うちへ戻るわ」

「あまり張り切りすぎるなよ」

「大丈夫」

短い沈黙のあと、クレイはまたため息をついた。「愛しているよ、フランセスカ」

フランキーの胸が詰まった。「私も。愛しているわ」彼女はそっとつぶやいた。

「じゃあ、夕方には帰るから」

彼女はクレイの声に不安げな響きを聞き取った。ただし、今の彼女にはわかっていた。それが自分への不信から来る不安ではなく、運命に対する不安であることを。

「ええ、待ってる」

フランキーは接続を切り、携帯電話を置いた。視線を上げると、茶色の瞳には涙がにじんでいた。彼女はあせって瞬きを繰り返した。今は自分を哀れんでいる場合ではない。ほどなく、ベティが戻ってきた。それを待っていたかのように、ウェイターが彼女たちのデザートとともに現れた。

「じゃあ、いただきます」フランキーは言った。「これを食べたら、連れていってほしいところがあるの」

「任せてちょうだい」ベティは言い、最初の一口を頬張った。「うーん、最高」

「ほんと」フランキーも相槌を打った。「ごちそうさま」

ベティはスプーンをチョコレートに覆われたアイスクリームの山へ突っ込んだ。「こっちがお礼を言いたいくらいよ」

フランキーはくすくす笑った。

「ところで、どこへ連れていってほしいの？」ベティは尋ねた。

フランキーは肩をすくめた。「どこでもいいの。銃が買えるところなら」

ベティの手の動きが止まった。スプーンのアイスクリームがテーブルに落ちるのもかまわず、彼女は義理の娘をまじまじと見つめた。

「ちょっと待って。私の聞き間違いかしら？　今、銃って言葉が聞こえたんだけど」

フランキーの表情がこわばった。「聞き間違いじゃないわ。私は銃を買って、使い方を覚えるつもりなの」

ベティは身震いした。心優しい嫁の口から出た言葉とは思えない。「でも、フランセスカ、銃だなんて……本気なの？」

フランキーの視線は少しも揺るがなかった。「被害者になるのは一度でたくさんよ」

「クレイには話すつもり？」ベティは尋ねた。

「どう思う？」フランキーは問い返した。

ベティはため息をついた。「やめたほうがいいわね」

フランキーは身構えた。「黙っててくれる？」

ベティはためらった。それから、そんな約束をしてはいけないと思いつつも、アイスクリームをまた口へ運んだ。視線を上げると、フランキーはまだテーブルの向こうから見つめていた。

「何？」アイスクリームを頬張りながら、ベティは尋ねた。

「クレイには黙っててくれる？」フランキーはもう一度念を押した。

ベティは瞬き一つしなかった。「黙ってるって何を？」

フランキーはため息をついた。義母の言葉を耳にして、ようやく全身の力を抜いた。

「ありがとう」彼女は小声でつぶやいた。

ベティの唇が引き結ばれた。「ただし、私を後悔させないでね」

「おい、ドーソン」

エイバリー・ドーソン刑事は視線を上げた。部屋の反対側から相棒が手を振っていた。

「おまえに電話が入ってる。三番だ」ポール・ラムジーは怒鳴った。

ドーソンは受話器を取り上げた。「デンバー市警、ドーソン」

「ドーソン刑事、私はロス市警のポール・フォーニア警部だが」

ドーソンの背筋が伸びた。「警部、何か問題でも?」

短い沈黙の中、書類をかき回すような音だけが聞こえてきた。

「もしもし? もしもし?」ドーソンは呼びかけた。

フォーニアは咳払い(せきばら)いをした。「いや、申し訳ない。ノートがなかなか見つからなくて。ああ、あった、あった。知ってのとおり、こっちは地震だなんだでごたついててね」

「ええ、全国ニュースで見てますよ」ドーソンは答えた。「ご無事でしたか?」

「職場よりも自宅のほうがひどかった。まあ、死ななかっただけましと思わないと」フォーニアは言った。「ところで、用件は地震とは別でね。昨日、私のデスクに行方不明者のポスターが回ってきた。その人相風体がうちの死体公示所の身元不明死体と合致するっていうんだが」

ドーソンは眉をひそめた。「それとうちとどう関係してるんです?」

「ポスターの連絡先にそこの部署と君の名前が書いてあった。それで、確認のために電話してみたわけだ」

「ああ、なるほど」ドーソンはペンとまっさらの紙を用意した。「で、行方不明者の名前は？」

「フランセスカ・ルグランド」

ドーソンはペンを放り出し、椅子の背にもたれかかった。

「だったら、答えは簡単だ。そのポスターは処分してください。フランセスカ・ルグランドはもう行方不明じゃありませんから」

「ほう？　どういうことかな？　彼女の遺体が見つかったとか？」フォーニアが尋ねた。

「いやいや。本人が戻ってきたんですよ。放蕩息子の帰還って感じでね」

「生きて、かね？」

「ええ。それも、ぴんぴんして」ドーソンは付け足した。

「そいつはすごい。なかなかないケースだな」フォーニアは驚きを口にした。「オーケー、じゃあ、この線はチェックずみにして、ほかを当たろう。ま、あと二百件程度のもんだが」

「その気持、よくわかりますよ」ドーソンは警部に同情した。「どうもお役に立てなくて」

「いやいや。だめでもともとだ」フォーニアは答えた。

「では」ドーソンは話を締めくくろうとした。「幸運を祈ってます」

フォーニアはくすくす笑った。「確かに幸運は必要だ」

受話器を置きかけたところで、ドーソンは相手がまだしゃべってることに気づいた。

「失礼。今なんて言いました?」

「いや、別に意味はないんだが、ミセス・ルグランドがいつ戻ったのかと思ってね」

「つい数日前でしたかね」ドーソンは答えた。

「そうか。いや、ありがとう」フォーニアは礼を言った。

受話器を置いたドーソンは、自分のデスクに散らばるファイルを見下ろした。身元照会の連絡はよくあることだが、何かが心に引っかかった。彼はフォーニア警部とのやり取りを思い返し、一言一言確認していった。会話の最後に差しかかったとき、はっと気がついた。なんでフォーニアはフランセスカ・ルグランドが戻った時期を知りたがったんだ?彼女がここにいるなら、死体公示所の身元不明死体は彼女じゃない。それだけのことなのに。

いやな予感に背中を押されて、ドーソンは受話器へ手を伸ばした。

「交換手、ロサンゼルス市警の番号が知りたい。ああ、代表番号でいいから」

数十秒後、彼は呼び出し音を数えていた。

「ロサンゼルス市警です。どちらにおつなぎしますか?」

「フォーニア警部と話したいんだが」ドーソンは答えた。

「申し訳ありませんが、こちらにフォーニアという名前の職員はおりません」

ドーソンは不意に眩暈を感じた。いきなり立ち上がったときのように頭がくらくらした。

「本当に?」彼は念を押した。

「はい」受付係は答えた。「今、名簿を確認していますが、そのような名前は見当たりません」

電話を切ったとき、ドーソンの体は震えていた。ルグランド事件はいちおうまだ捜査中ということになっているが、彼とラムジーの間ではすでに結論が出ていた。フランセスカ・ルグランドの話は信用できない。力ずくで自宅から拉致(らち)された人間が、自力で戻ってきたというところに無理があると。しかし、さっきの電話をきっかけに、彼の中に迷いが生じた。もしフランセスカ・ルグランドが真実を語っているとしたら、俺は身元を偽った男に重要な情報を漏らしたことになる。そう思うと落ち着かなかった。ドーソンは椅子から立ち上がり、部屋を横切って、上司のオフィスへ向かった。今後、問題が起こる可能性を考えれば、このことを自分一人の胸にしまっておくわけにはいかなかった。

8

「これなんてどう？」フランキーは問いかけた。

銃器店の店員は眉を上げた。この客は本人も言っているとおり、銃については何も知らないみたいだが、見る目はある。彼はケースから小型のピストルを取り出し、カウンターの上に置いた。

「いいところに目をつけましたね。今まで見せた銃と同じで、こいつも九ミリ口径のグロックだ。G二六モデルってやつで、小型、軽量、携帯に便利。お客さんの掌にもすっぽり収まる。しかも、十一連発で、護身用としては十分すぎるほどだ。ほら、持ってみて」

店員は促した。「握り心地を確かめてください」

フランキーはピストルを手に取った。グリップを掌で包み込み、引き金に指を当ててみた。

「これもほかのグロックと同じ特徴を持っているわけね？」

「特徴？」店員は訊き返した。

「うっかり落としても暴発しないってことよ」

「ああ、それはもちろん」店員は請け合った。「実際、そこがグロックの売りでしてね。内部に三つの安全機能が備わっていて、そのすべてが引き金と連動してるんですよ。つまり、引き金を引かない限り、弾は出ないってこと」

フランキーはうなずいた。銃身を見下ろし、壁に貼られた紙の標的に狙いをつけてみる。

「銃を撃った経験は？」

「ないわ」

「だったら、ぜひ訓練を受けたほうがいい」批判めいたことを口にしたと気づいた店員は、笑顔でそれをごまかした。

「レイクウッドのフットヒルズ射撃センターで訓練を受けようと思っているの。あそこの評判、聞いたことある？」

「ええ、しっかりしたところですよ。あそこで訓練を受けとけば間違いない」

フランキーはまたうなずいた。確認すべきことはだいたいしてしまったが、正直に言えば、まだ戸惑いがあった。自分が真剣に銃の購入を考えていることが現実だと思えなかった。

彼女は銃を見下ろした。掌に収まったグリップが、自分の体温で温まっていく。握りつづけるうちに、銃が体の一部のように思えてくる。本当なら、違和感を覚えるべきだった。

不快に思うべきだった。しかし、そうはならなかった。逆に不安が薄らぎ、顔の見えない敵と互角の力が自分にあるような気さえしてきた。

不意にフランキーは身震いした。銃で武装しても、まだ安心はできない。解けない謎が山ほどある。二年間の空白が埋まらない限り、気を抜いてはだめ。銃を持っているだけじゃ危険防止にはならない。だけど、銃は精神的なゆとりを与えてくれる。今の私には、その精神的なゆとりがどうしても必要だ。

フランキーは店員の視線を感じた。なぜか、彼と面と向かうのがためらわれた。予想外の罪悪感。銃を買うことがこれほど後ろめたく思えるなんて。なんだか、私の人生はごたごたしています、そのごたごたを暴力で解決するつもりです、と世間に認めているような気分だ。

しかも私は、クレイに相談もしないで、こんな重大なことを決めようとしている。でも、危険な立場にあるのはクレイじゃない。フランキーは窓の外に視線を投げた。車の中で辛抱強く待っているベティの姿を確かめてから、大きく息を吸った。

「いくらするの？」

「六百二十七ドル。プラス税金ですね」店員は付け加えた。「ただし、実際に手に入るのは三日先です」

フランキーはうなずいた。「じゃあ、改めて取りに来るわ」

「よし、商談成立ですね。あと、何枚か書類に記入してください」

店員の指示どおりに記入をすませたあと、フランキーは銃器店を出た。車の助手席に乗り込みながら、ベティに神経質な笑みを向けた。

「買ったの？」ベティは尋ねた。

「ええ」

「自分のしてることがわかっているなら、まあ、しかたないけど」

フランキーの微笑が薄れた。「私にわかっているのは、二度と被害者になるつもりはないってこと」

ベティは同情のまなざしになり、フランキーの手をつかんで握り締めた。

「こんなことになって本当に残念だわ」彼女は優しく言った。「でも、くれぐれも気をつけるのよ。銃の暴発事故で亡くなる人は大勢いるんだから」

フランキーはきっと唇を引き結んだ。「私が銃の引き金を引くときが来るとしたら、それは事故じゃないわ」

ベティの顔が青ざめた。こういうフランキーの表情は今まで見たことがなかった。

「あなたにできるの？　人を殺せるの？」

「ええ。私かクレイの命が危ないと感じたら」

「本気なのね？」

「本気よ」答えてから、フランキーは目を逸らした。

二人は無言で自宅へ向かった。フランキーがようやく口を開いたのは、車が私設車道へ入ったときだった。

「クレイが帰ってきてる」彼女はつぶやき、思い出したように付け加えた。「今日はありがとう。お昼をご馳走になったうえに、あちこち連れていってもらって」

ベティは車を停め、義理の娘を抱擁した。「いいのよ、ハニー。私も楽しかったわ。あなたがいなくなったときは、血を分けた我が子を失ったみたいにつらかった。それがこうしてあなたと一緒に過ごせるなんて。本当に夢のようよ。またいつでも誘ってね」

「ええ、近いうちに」フランキーは約束し、車を降りて駆け出した。

強い風が吹いていた。雪が降りそうな気配だった。玄関へ着いた彼女は、寒さにかじかんだ指でドアを開けようとした。だが、彼女がノブを回すより早く、クレイがドアを開けた。

彼はにっこり笑った。フランキーを暖かい家の中へ引き入れ、ドアを閉めた。「おいで」

彼は両腕を広げた。

フランキーはその腕の中へ飛び込み、赤いスウェットシャツに顔を埋めて、彼の力強い抱擁を味わった。

クレイは彼女の髪に顎をこすりつけた。腕の中の柔らかな感触を喜び、再び彼女を抱きしめられる幸せを神に感謝した。

「ずいぶん母さんに付き合わされたみたいだな。疲れただろう?」

フランキーはため息をついた。「少しね。でも、楽しかったわ。知ってるでしょう、私はお義母さんが大好きだってこと?」

クレイの顔に微笑が広がった。「ああ、知ってる。母さんも君が元気そうなのでほっとしてるよ」彼は少し身を引き、フランキーの顔をのぞき込んだ。「夕食の前に熱い風呂にでも入ったら?」

フランキーはうなずいたが、はっと気づいて眉をひそめた。「いやだ。夕食のことをすっかり忘れていたわ。食料品も買ってこなかったし。うちにあるものだけで何か作れるかしら?」

「大丈夫。夕食ならもうできてるよ」クレイは答えた。

フランキーは肩を落とした。「私、自分の務めを疎かにしているわね?」

クレイは怪訝そうな顔になった。「務めって?」

「あなたは外で働き、私は家事をする」

「パートとはいえ、君だって働いていたじゃないか」クレイは反論した。「それに、誰が文句を言った? 君の問題は俺の問題だし、俺の問題は君の問題でもある。俺に言わせると、君はまだベッドで休んでいるべきだ。家事はもっと元気になるまでお預けだな」

フランキーはなんとか笑顔を作った。「オーケー」

「で、熱い風呂はどうする?」クレイは改めて尋ねた。

「そうまで言われちゃ断れないわね」フランキーは答えた。「長くはかからないから」

「急がなくていいぞ、ハニー。どのみち、ベイクド・ポテトがまだオーブンの中だ」

フランキーは小走りで寝室へ向かった。クレイがこれだけ気を遣ってくれているのに、私は彼に内緒で銃を買おうとしている。罪悪感で心がうずいた。でも、と彼女は考え直した。銃を買うのは私一人のためじゃない。クレイを守るためでもあるのだ。


ファラオはベッドで寝返りを打った。上唇に汗がにじんでいた。彼はウサギの足をつかみ、指の間でさすりながら、痛みを押しとどめようとした。鎮痛剤の服用は二日前からやめていた。傷の回復の遅さと薬がもたらす眠気に我慢できなくなったからだ。おかげで意識ははっきりしたが、体は抗議の悲鳴をあげていた。彼は歯を食いしばり、ベッドの反対側のアルコーブの上にある、エジプト製の一対の像を見つめた。

イシスはオシリスの妻で、死者の守護女神であるとともに忠実な妻の典型と言われる古代エジプトの母神だ。隣に鎮座しているオシリスも古代エジプトの神で、冥界(めいかい)の支配者、死者の王と言われている。

ファラオは歯噛みして、新たに襲ってきた激痛に耐えた。目をつぶり、己の出自を思い返すことで痛みから気を逸らそうとした。古代の王たちが支配する豊かで怠惰な世界。砂嵐と際限のない暑さ。ナイルの冷たい水。ナツメヤシの木陰。生まれると同時に捨てられ、ニューメキシコの施設で育ち、自分の血筋さえ知らないという事実については、あえて考えないようにした。

彼の狂気は出生の謎を歪め、自分は見たこともない世界からの生まれ変わりであるという妄想を作り出した。そのきっかけとなったのは、ファラオという名前だった。

彼は胸の中央に彫られたアンク十字のタトゥーに手を当て、二つの像を食い入るように見つめた。冷たい大理石でできた二つの顔に、自分と共通するものを見出そうとした。

ふと脳裏をよぎったフランセスカのイメージが、ファラオを過去から現在へ引き戻した。今ごろ、フランセスカはどこかの死体公示所で身元不明の死体として横たわっているのだろうか？　彼の顎の筋肉が小刻みに震えた。フランセスカはまだ生きていると思いたい。だが、どうしてもそう思えない。彼女があの地震を生き延びたとすれば、そろそろ見つかってもいいころだ。数日前にデンバーへやったスタイコウスキーも、まだ何も言ってこない。ファラオはもどかしげに歯噛みした。あの能なしめ、せめて電話くらいはかけてこい。

ドアが控えめにノックされた。

「入れ」

ドアが開き、デューク・ニーダムが現れた。しかし、彼は戸口で立ち止まった。

「ボス、お休みのところをすみませんが、ヒューストンの埠頭で面倒が起きました」

ファラオは素早く思考をビジネスモードに切り替えた。

「どういうことだ？」

「麻薬取締局の仕業ですよ。奴ら、リトル・エジプトと積み荷全部を押収しやがったんです」

ファラオの顔が怒りで赤く染まった。リトル・エジプトは彼個人のヨットで、これまでは聖域とされてきた。どうやら麻薬取締局の中に、受け取った賄賂分の仕事をしなかった人間がいるらしい。

「手を貸せ」ファラオは命じた。「今から電話をかける」

デュークはあわててベッドに駆け寄り、ボスを助け起こした。「で、どうします？」立ち上がったファラオに彼は問いかけた。

「オフィスへ行く」ファラオは怒鳴った。「あの腐れ看護師を見つけて、車椅子をどこにやったか訊いてこい」

「はい、ボス」そう答えるなり、デュークは部屋を飛び出した。

数分後、ダブニー・カラザズなる男をこの世から永久に消し去るよう命じたうえで、ファラオは電話を切った。

らどうなるか教えてやる」

「下っぱ役人が」彼はぶつぶつ言った。「俺のヨットに手を出しやがって。俺を裏切ったらどうなるか教えてやる」

ふと目を覚ましたクレイは寝返りを打ち、眠たげな視線を時計に向けた。午前五時四十五分。彼はアラームが鳴り出す前に目覚ましのボタンを押し、もう少し横になっていようと考えて、毛布の下へもぐり込んだ。

フランキーが眠ったまま彼のほうへ顔を向けた。磁器製の人形を思わせる繊細な顔を、豊かな黒髪が縁取っていた。クレイは彼女に手を伸ばした。ほんの少し触れるだけのつもりだった。しかし、触れられたフランキーは彼に身を寄せ、たくましい胸に頬を預けて、毛布の下に鼻を埋めた。

クレイの胸が詰まった。彼は体格がよく、自分の力に自信を持っていた。だが、愛は彼を怯(おび)えさせた。自分の人生も幸福もこの小さな存在にかかっているのだと思うと、不安でたまらなかった。

彼はフランキーに両腕を回し、華奢(きゃしゃ)な体の感触を楽しんだ。彼女――この美しくはかなげな女性――が俺の妻なんだ。一番怖いのは自分の弱点を認めることじゃない。彼女を守れなかったことだ。俺は彼女を敬うと誓った。命ある限り彼女を守ると誓った。だが、その誓いはたった十二カ月しかもたなかった。俺には誓いを守る力がなかった。

腕の中でフランキーが姿勢を変えた。クレイは乳房の丸みを感じ、肌をくすぐる息の穏やかさを感じた。彼の中で怒りが燃え上がりはじめた。いいや、俺は誓いを守る。俺の妻を守ってみせる。

フランキーは窓辺に立ち、私設車道をバックで出ていくクレイに手を振った。自宅前の通りには彼の両親が貸してくれた予備の車が停まり、玄関ホールのテーブルには新しい携帯電話が置いてあった。フランキーはカーテンを閉め、振り返って、静けさを味わった。自宅へ戻って以来、一人きりになるのはこれが初めてだ。嬉しいような怖いような複雑な気分だった。彼女の心の奥では、正体のわからない不安がくすぶりつづけていた。でもその不安を解消するために、クレイはできる限りの手を打ってくれた。車があれば自由に動けるし、いざというときは携帯電話がある。これでクレイはいつでも、どこでも私に連絡を取り、無事を確かめることができる。

フランキーは無言でリビングを見つめ、計画を遂行するべきかどうか思案した。注文した銃はもう用意できているはず。だけど、私のほうは用意できていると言える？　私はクレイをだましているだけじゃなく、私自身もだまそうとしている。確かに、身を守りたいという気持は本当だ。でも、どこかで復讐を望んでいる気持もある。何者かに人生の二年間を奪われたんだから。二年間の空白。どうして？　なぜ思い出せないの？

ため息とともに、フランキーはキッチンへ向かった。とにかく、食器を洗って、洗濯物を片づけてしまおう。考える時間はまだある。途中で気が変わることだってありうるし。

彼女は食洗器に食器を詰め、テーブルとカウンターの汚れを拭いた。濡れ布巾を干そうとしたとき、隅の小さなひきだしが目に入った。クレイが私の服から出てきたお金をしまったひきだし。さんざんためらった末に、彼女は問題のひきだしを開け、取り出した紙幣の束をじっと見つめた。その紙幣たちが今にもしゃべり出し、謎を解き明かしてくれるかのように。

しかし、何も起きなかった。

何も思い出せなかった。

フランキーは顔をしかめ、金をひきだしに戻した。まだ洗濯が残っている。私たちの人生をこれ以上ややこしくすることよりも、そっちに集中すべきだ。

洗濯物を選り分けはじめたフランキーは、ふとクレイのTシャツに目を留めた。ぼろぼろに着古され、ハーレーダビッドソンのロゴも消えかけていたが、彼女はこのTシャツを寝間着代わりに愛用していた。フランキーは微笑し、Tシャツを胸に抱き締めて、クレイのことを考えた。

図書館に勤めていた当時、クレイはよく迎えに来てくれた。そのときの同僚たちの反応は凄まじく、彼女が焼きもちを焼くほどだった。クレイはいつも仕事着のままでやってきた。色褪(いろあ)せた柔らかなジーンズと青いシャンブレー織りのシャツが、アダムが身につけたイチジクの葉のように、その下に包み隠された筋肉質の大きな体を想像させた。高校時代に一度折れたという鼻にはわずかな隆起があった。眉は黒く濃く、彼が興味を引かれたときには弧を描いた。いかつい顎は強情そうに突き出ていた。瞳は憂いを帯びた濃いブルーだった。しかし、悪そうなのは外見だけだった。彼はとんでもなく魅力的だったが、誠実で正直な人間でもあった。

フランキーはため息をつき、Tシャツを色物の山へ落として、下準備を終えた。数分後、洗濯機と食洗器のスイッチを入れるとキッチンの中央に立ち、ほかに仕事はないかと見回した。再び、例のひきだしが目に入った。彼女は唇を噛み、顔を背けた。

「集中、集中」フランキーは自分を叱咤(しった)し、リビングへ移動してテレビをつけた。

途中七度のコマーシャル休憩を挟んだトーク番組を最後まで見終えたが、気持は少しも落ち着かなかった。マントルピースの上の時計に目をやると、十時近かった。昼食まであと二時間、クレイが帰ってくるまで少なくともあと六時間はあった。

トーク番組のあとの、短い最新ニュースが流れた。今夜じゅうに雪が降る可能性が伝えられたあと、話題は南カリフォルニアで続いている大地震後の復旧作業へ移った。

ニュースキャスターが話しはじめ、現地の映像に切り替わったとたん、フランキーの全身に鳥肌が立った。顔から血の気が引いた。倒壊した建物と人々の沈鬱(ちんうつ)な表情を、彼女は食い入るように見つめた。

〝走れ、フランセスカ、走れ!〟

後ろに誰かいる。フランキーははっとして振り返った。しかし、そこには誰もいなかった。彼女は弾(はじ)かれたようにソファから立ち上がった。玄関へ走り、ドアがロックされていることを確かめた。さらに家じゅうを巡り、ほかのドアや窓の戸締まりも確かめて、ようやく胸を撫(な)で下ろした。

それから、フランキーは廊下にたたずんだ。静寂の中で耳を澄まし、あの声が再び聞こえてくるのを待った。やがて、記憶の断片と思えるものがおぼろげに浮かび上がってきた。

フランキーは走っていた。必死に走っていた。長い階段があった。銃声のような音をたてて、窓が砕け散った。開かれたドア。フランキーは眉をひそめ、そのドアの向こうを見通そうとした。緑一色の世界。鬱蒼(うっそう)と茂る木々。その木々が倒れつつあった。何もかもが倒れつつあった。次第に鮮明になっていくイメージに、彼女は身震いし、目を閉じた。

誰かが彼女につかみかかった。壁にたたきつけられ、首筋に痛みが走った。

彼女は悲鳴をあげた。〝うちに帰して!〟

彼女を押さえつけている男の、怒りにぎらつく黒い瞳が見えた。

〝ここがおまえのうちだ、フランセスカ。おまえは俺のものだ〟

彼女は抵抗し、喉をつかむ手から逃れようと必死にもがいた。喉が詰まった。息ができなかった。

〝放して〟彼女は懇願した。〝私、死にたくない〟

次の瞬間、彼女が突き出した両手が男の体にぶつかった。バランスを失った男は階段を転げ落ち、玄関ホールの床に突っ伏した。男の頭の下から血がにじみ出していく。血は黒っぽい筋の入った大理石の表面に広がり、崩れ落ちた漆喰のかけらや割れたガラスと混じり合った。

床が激しく揺れた。つんのめった彼女は階段を三段ほど滑り落ち、膝と手を擦りむいた。至るところで粉塵が舞い上がっている。家の外で何かが破裂し、同時にすべての照明が消えた。階段が崩れはじめた。彼女は痛みを振り切って階段を駆け下りたが、男の体につまずき、床に倒れ込んだ。視線を上げると、目の前に意識のない男の顔があった。

そこからイメージがぼやけはじめた。

「待って」フランキーはつぶやき、消えていくイメージにしがみついた。目をつぶり、男の顔を思い出そうとした。相手の人相がわからなければ、警察に訴えることもできない。しかし、男の顔は見えてこなかった。思い出せたのは、男の体を裏返して財布を奪ったときに見えた襟の形だけだった。

フランキーははっと息をのみ、目を開けた。あのお金！　あれはそうやって手に入れたものだったんだわ！

あのお金に触ってみたら、何か思い出せるかもしれない。彼女はキッチンへ走った。しかし、ひきだしから札束を取り出しても、吐き気を感じただけだった。銃はもう必要ないんじゃないだろうか？　あの男は死んでいるみたいだった。でも、何か気になる。階段から落ちる直前、あの男は私を殺そうとしていた？　それとも、助けようとしていた？

フランキーは再び目を閉じてささやいた。「お願い、神様。私の記憶を返して」しかし、何も浮かんでこなかった。

彼女は両手でつかんだ金を盾のようにみぞおちに押しつけた。様々な筋書きが脳裏をよぎったが、どれも推測にすぎなかった。わかっているのは、まだ安心はできないということだけだ。時間とともに不安が冷たい怒りに変わりはじめた。覚悟を決め、着替えのために寝室へ向かった。

ほどなく、フランキーは玄関を出た。周囲に目を配りながら、縁石に停めてある車へ歩み寄った。

朝刊を取りに出ていたミセス・ラファティが、通りの向こうから手を振った。フランキーは手を振り返し、微笑した。二年前と変わらないものもあった。ミセス・ラファティの寝坊は相変わらずのようだ。いかにも起きたばかりという顔だった。

車のドアを開け、乗り込もうとしていると、今度は一ブロック先に住むミスター・デイヴィッドソンが犬と一緒にやってきた。彼は手を振らなかった。愛想が悪いからではない。

理由は彼の白い杖を見れば明らかだ。彼は目が不自由だった。

フランキーは運転席に乗り込んだ。ミスター・デイヴィッドソンが通り過ぎてから、ようやく盲導犬が以前の犬と違うことに気づいた。彼女はバックミラーを見上げ、角を曲がっていく飼い主と犬の姿を目で追った。これも二年の月日が流れた証拠だと思った。

銃器店の住所を確認してから、彼女は車を発進させた。通りを走るうちに、あることに気づいた。確かに、私は記憶の一部を失ったかもしれない。でも、一番大切なもの――生き延びようという意志――だけは手放さなかった。だからこそ、こうしてクレイの元に戻ってこられたのだ。


「あとはこれですね、ミセス・ルグランド。ここに署名したら、手続きは完了です」

フランキーは受け取りに署名し、七枚の百ドル紙幣を慎重に数えた。店員は銃をケースに収め、紙袋に入れた。

「弾薬はどれくらいにしておきますか？」

フランキーは視線を上げた。「そうね。ちゃんと射撃を覚えられるくらいで」

店員は箱を五、六個つかみ、銃と同じ紙袋に突っ込んだ。「とりあえずはこれで足りるでしょう。ただし、お代は別にいただきますよ」

フランキーは封筒から百ドル紙幣をもう一枚取り出した。この金を使うことに抵抗は感じなかった。どこから来た金であれ、有効に使えばいいのだ。

「銃を持ち歩くつもりなら、許可を申請しないといけませんよ」店員が助言した。

フランキーは虚を突かれた顔になった。新たな問題発生だ。話がどんどんややこしくなってくる。

「具体的にはどうすればいいの？」

「警察署長を通して申請するんです」

「申請書はどこで手に入るの？」

店員はカウンターに置かれた八枚の百ドル紙幣を手に取った。「うちにも一枚くらい残っていた気がするな。釣銭を用意するついでに、ちょいと見てきますよ」

彼はフランキーを店先に残し、オフィスの中へ消えた。ドアのベルがからからと音をたてた。彼女は振り返り、店に入ってきた迷彩服の男を疑わしげに眺めた。男は彼女に目もくれず、棚の前へ直行し、そこに並べられた弾倉を選びはじめた。

フランキーは体の向きを戻し、店員が消えた戸口を不安そうに見やった。突然、この場所から逃げ出したい衝動が襲ってきた。

彼女は紙袋を見下ろし、肩を落とした。この銃を買ったら、自分の自由と安全を守る責任を引き受けてしまったら、もう逃げ出すことはできない。彼女はオフィスから出てきた店員をちらりと見やった。今なら間に合う。今だったら引き返せる。

「はい、これ」店員はフランキーに釣銭を手渡した。「で、こっちが申請書です。空欄を埋めて、この住所に送るといい。あとはただ待つだけ。簡単でしょう？」

フランキーは震える手で釣銭を財布にしまった。車へたどり着くころには、胸がむかむかしていた。ドアを開けて運転席に乗り込み、ドアを閉める。その大きな音のせいで、車内の静寂がひどく意識された。

助手席の紙袋を見下ろすと、急に息が詰まった。私はなんてことをしてしまったのだろう。

クレイ。クレイの声が聞きたい。彼女はバッグから携帯電話を取り出し、番号をプッシュした。

「はい、ルグランド建設、ジョーです」

「ジョー、クレイの妻のフランセスカです。もし手が空いているようなら、替わってもらえない？」

「もちろんですとも、ミセス・ルグランド。少しお待ちください。今、呼んできます」

フランキーは目をつぶり、携帯電話の向こうから聞こえてくる雑音に意識を集中させた。せわしない釘打ち機の音。重機のうなり。男たちの荒々しい会話。これがクレイの世界だ。二年前はこの世界がとても身近に感じられたのに、今は自分が部外者になった気がする。

そこまで考えたところで、クレイの声が聞こえた。安堵のあまり、彼女の全身から力が抜けた。

「フランキー……何かあったのか？」

心配そうな声。まぶたの裏が熱くなり、フランキーは唇を噛んだ。「いいえ、何もないわ」

「動揺した声だったってジョーが言ってたぞ」

フランキーは再び紙袋を見下ろした。クレイに話したい。すべて打ち明けてしまいたい。でも、彼は私がいなくなったせいでさんざん苦しんできた。これ以上、彼を苦しめたくない。彼女は事実を話す代わりに嘘(うそ)をついた。

「別に動揺なんてしてないわ。ただ、あなたの声が聞きたかっただけ」

「本当に大丈夫なのか？　なんだか泣いてるみたいな声だぞ」

フランキーは嗚咽(おえつ)をのみ込み、笑ってごまかそうとした。

「心配性ね。今日は遅くなりそう？」

「そうでもないかな」クレイは答えた。

「よかった。夕食には特別メニューを用意するわね」

「張り切りすぎるなよ。なんだっていいんだから」そこでクレイは声をひそめた。「俺が本当に食べたいのは君だけだ」

フランキーはようやく心から笑うことができた。「言ったでしょう、特別メニューを用意するって」それから、彼女は付け加えた。「愛しているわ」

「俺もさ、フランセスカ。この愛の深さ、君には永遠にわからないだろうな。じゃあ、あとで」

「ええ、またあとで」フランキーは答えたが、電話はすでに切れていた。

彼女は携帯電話を放り出し、改めて紙袋を見やった。茶色の瞳が光ったが、それは涙のせいではなかった。彼女は車を発進させ、駐車場を出た。次の目的地はレイクウッドのフットヒルズ射撃センターだ。クレイに打ち明けなかったのは間違いかもしれない。でも、もう私は一歩踏み出してしまった。今さら引き返すわけにはいかない。

彼女の後を追うように、銃器店から迷彩服の男が走り出てきた。しかし、前方の車の流れを見つめるフランキーに、背後を気にする余裕はなかった。

9

肩をつかれ、フランキーは銃を下ろして振り返った。インストラクターの声が聞こえるように、イヤープロテクターを耳から浮かせた。

「まだ引き金を引っ張ってますね、ミセス・ルグランド。リラックスして、引き金を絞る。それだけでいいんですよ」

フランキーはうなずき、イヤープロテクターを被り直すと、改めて標的に向き直った。インストラクターの指示を心の中で繰り返しながら、両手で銃を握り、狙いを定めた。

集中して。

息を吸って。

吐いて。

引き金を絞る。

手の中のピストルが振動し、強烈な火薬の臭いが鼻孔を満たした。今度は手応えが違った気がした。インストラクターが親指を突き出し、〝上出来〟と口を動かす。それで彼女は自分が標的を撃ち抜いたことを知った。

満足げな笑みを浮かべ、フランキーはまた銃を構えて、同じ手順を繰り返した。

何度も、何度も。


「おい、ドーソン、署長がお呼びだぞ」

エイバリー・ドーソンはペンを放(ほう)り出し、嬉々(きき)として椅子から立ち上がった。やれやれ、これできりのない書類仕事から解放される。たとえ一瞬の解放だとしても、息抜きできるのはありがたいことだ。二分後、彼は署長室へ入っていった。

「お呼びですか?」

署長は一枚の書類を彼に手渡した。

「これが私のデスクに回ってきてね。君に調査を頼みたいんだが」

書類をちらりと見て、ドーソンは眉をひそめた。

「銃の携帯許可申請書?」

「ただの申請書じゃないぞ。申請者の名前を見たまえ」

ドーソンはあんぐりと口を開けた。「これは……なんでまたフランセスカ・ルグランドが?」

「私も同じ疑問を抱いた」署長は言った。「そこで、彼女が何を考えているのか、君に探ってきてもらいたい。ああいう事情のある人間に対して、おいそれと銃の携帯を認めるわけにはいかんからな」

「でも、どうすればいいんです？　彼女に銃の所持や携帯を禁じる法律なんてありませんよ」

「君は彼女の失踪事件の捜査担当だろう？」

ドーソンはうなずいた。「ええ、まあ。彼女が戻ってきてから、捜査は行きづまっていますがね」

「しかし、本人は拉致されたと主張しているわけだ」署長は指摘した。

「そう言われても、新しい手がかりがなきゃ始まらない。状況は二年前とちっとも変わっていないんです」

「先日、君は不審な電話を受けたそうだな？　身元不明死体の照会をしたいとかいう？」

ドーソンの良心がうずいた。「確かに、警部にそう報告しましたが、今のところは何もつかめてません」

「君の勘ではどうだね？」署長は尋ねた。

ためらったあげく、ドーソンは自分の考えを口にした。「まあ、偶然にしては出来すぎかなと」

「その件はルグランド夫妻に知らせたか？」

「いいえ。確かな証拠がない限りよけいな心配をさせないほうがいい、と警部に言われまして」

署長は渋い顔になった。「不審な電話は確かな事実だろう。あの夫婦には知る権利がある。ちゃんと知らせるように」

「わかりました」

署長は立ち上がった。窓辺へ歩み寄り、下の通りと舞い落ちる雪を眺めた。

「ミセス・ルグランドの失踪事件だが、本人からはまだなんの情報もないのかね？」

「はい、何も」

署長は申請書を指し示した。「おそらく彼女は何かを隠しているな。私は隠し事というやつが嫌いでね。明らかに彼女は脅威を感じている。そうでなければ、銃に手を出したりはしないはずだ。だが、民間人の自警などろくなもんじゃない。事情を探ってくれ、ドーソン。一人の人間が被害妄想に陥ったために、死人が出るようなことがあっては困る。わかったな？」

「わかりました」

それから、署長は付け加えた。「結果は私にも報告するように」

「はい。明日一番に取りかかります」

フランセスカ・ルグランドが射撃センターから出てきたのを見て、マーヴィン・スタイコウスキーは歩道から木の背後へ身を隠した。彼が尾行を始めて、すでに丸一日が経過していた。ボスへの報告をこれ以上先延ばしにすることはできなかった。

まず、ルグランドの家を見つけ出すのに二日かかった。目指す相手がそこにいることを確認するのに、さらに半日を要した。連絡が遅れれば、ファラオの怒りを買う。それはわかっていたが、彼には仕事に取りかかる前に片づけるべき問題——売人に渡りをつけ、予備の麻薬を仕入れること——があった。いったん張り込みを始めれば、麻薬を買いに走る暇はないだろう。だからといって、麻薬抜きでは仕事をうまくこなせそうになかった。

スタイコウスキーは自分が薬物依存だということを組織の誰にも秘密にしていた。もしその事実を知られたら、困ったことになるのは目に見えていた。彼に言わせれば、ファラオが定めた麻薬禁止のルールはお笑いぐさだった。なにしろ、麻薬を売り買いするのが自分たちの仕事なのだから。彼がボスの上得意だという事実は、本来なら褒められるべきことであって、隠すべきことではないはずだった。

フランセスカ・ルグランドの車が走り去るのを待って、スタイコウスキーは自分の車へ戻った。急ぐ必要はない。女の行く先はわかっている。彼はただ公衆電話を見つけ、ボスに報告するだけでよかった。

ところが、途中で信号を無視したのが運の尽きだった。交差点から半ブロックも進まないうちに、警官が追いかけてきた。サイレンの音に気づき、赤いライトを見た瞬間、彼の心臓がひっくり返った。グローブボックスの麻薬が見つかったら、えらいことになる。うろたえたスタイコウスキーは、とんでもない過ちを犯した。ブレーキの代わりにアクセルを踏んだのだ。

五分後、彼は地面にうつ伏せにされ、手首に手錠をかけられていた。

「おい、この手錠、きつすぎるぜ！」スタイコウスキーはわめいた。

「だったら、暴れずにじっとしていることだな」警官は言った。

ファラオに殺される。スタイコウスキーはうなった。

フランキーがクレイのトラックの音に気づいたのは、オーブンからローストを取り出そうとしていたときだった。彼女はあわててローストを脇に置き、こんろの火がすべて消えていることを確認した。それから廊下を走り、寝室へ飛び込んだ。それと同時に、クレイが玄関から入ってきた。

「フランキー、ただいま」

「こっちよ」脱いだ服をベッドに放り出し、浴室へ向かいながら、フランキーは叫んだ。

シャワーの栓をひねると、たちまち熱い湯が噴き出し、周囲に湯気が広がった。彼女はシャワーの下に立ち、棚から出したボディソープを全身に付けて泡立てた。細かい泡が彼女の肌を覆い、顎の先や乳房、指先に付いた。

「何やらいい匂いがするぞ」クレイの声がした。

彼は寝室に入ってきて、仕事着のシャツを脱ぎはじめた。体は疲れ、冷え切っていたが、我が家に戻ってほっとしていた。

「フランキー、もう出るのか？」彼は叫んだ。

フランキーはシャワーから後ずさり、音をたてないようにドアのロックを解除した。

「今なんて言ったの？」

クレイは作業用ブーツをクロゼットのそばに置き、浴室へ向かった。

「もう出るのかと訊いたんだよ」

フランキーはくすくす笑いたいのを我慢した。「ごめんなさい。よく聞こえないのよ」

クレイは浴室のドアへ手を伸ばした。ところが、ドアがいきなり開き、華奢な手が現れて彼のシャツをつかんだ。気がついたときには、クレイは全身ずぶ濡れでシャワーの下に立っていた。

フランキーは笑いながら彼のシャツを押し広げ、むきだしになった腹に手を這わせた。

クレイはうめいた。食欲は忘れられ、別の欲望に取って代わられた。

「後悔するぞ」クレイは彼女の腕をつかんで警告したが、泡だらけの腕はするりと逃げていった。

フランキーはくすくす笑い、シャツを脱がせにかかったところで、大きな腕の中に捕まった。

「このおてんばめ」

「あなたこそ厚着のしすぎじゃない?」彼女はからかい、クレイの腰に両腕を回した。胸に乳房を押しつけられ、クレイはうめき声とともに頭を屈(かが)めた。

「フランセスカ、君といると頭がくらくらする」

「じゃあ、私の頭もくらくらさせて」フランキーはキスを求めて顔を上げた。唇と唇が出合った。クレイの唇は激しく求め、フランキーの唇は優しく受け入れた。戯れは欲望に変わり、二人は彼の服をむしりはじめた。濡れたシャツを引っ張り、脚に張りついているジーンズを引き下げた。

クレイの体が硬くなり、欲望にうずいた。彼はシャワーの栓をひねって湯を止めた。狭い浴室に残ったのは、湯気と二人だけだった。

フランキーの肌の上で、水滴が小粒の宝石のようにきらめいている。クレイは貪欲(どんよく)なまなざしで彼女を見つめ、乳房に手を当てた。その手は下へ進み、脚の間にもぐり込んだ。フランキーの膝から力が抜けた。彼女は頭をのけぞらせ、支えを求めてクレイにしがみついた。

数十秒後、フランキーは浴槽の底に横たわり、クレイの欲望を受け入れていた。彼のシヤツのスナップが肩にこすれ、足のそばにはジーンズが丸まっていたが、彼女は気づかなかった。感覚のすべては、二つの濡れた体の動きにとらえられていた。

時間は忘れられた。肉体と肉体がぶつかり合い、最後の瞬間が近づいてきた。クレイに駆り立てられ、フランキーはかつてないほどの高みに昇りつめた。

次の瞬間、激しい衝撃が襲いかかり、彼女の最後の抑制を打ち砕いた。彼女はクレイの腰に両脚を巻きつけ、叫び声をあげた。クレイの体から震えが伝わってきた。彼のうめき声が聞こえた。最後に二度腰を突き上げると、クレイは彼女に覆い被さるように崩れ落ち、全身を激しく震わせながら、空気を求めてあえいだ。

「ああ、ごめん」彼は低くつぶやき、体を起こそうとした。しかし、フランキーが彼を引き戻した。

「待って。まだ離れないで」

クレイは彼女の体に両腕を回し、寝返りを打って上下の位置を入れ替えた。フランキーは彼の胸に背中を預けてもたれかかった。クレイは身震いし、深々と息を吸って心臓の轟(とどろ)きを静めようとした。

「フランセスカ、今のは……」

フランキーは彼の手を持ち上げ、掌(てのひら)に唇を当てた。「わかってる」彼女はささやいた。「私も同じ気持よ」

一分が過ぎ、さらにもう一分が過ぎた。湯気が消え、空気が冷たくなってきた。フランキーは身震いした。クレイは彼女を抱く腕に力を込めた。

「寒いんだろう、ハニー?」

「少しだけ」

クレイは顔をしかめた。彼女を放したくはないが、病気になられては大変だ。

「ほら」彼はフランキーを助け起こそうとした。「早く服を着ないと風邪をひくぞ。俺は急いでシャワーを浴びるから」

フランキーはたくましい腕の中で向きを変え、彼の唇の両端にキスをした。浴槽の底にあったシャツとジーンズを拾い、できるだけ水を絞ってから床に放った。そして、蛇口をひねった。

「何してるんだ?」クレイは尋ねた。

「あなたのお風呂の用意をしているの」フランキーは静かに答えた。「ついでに、背中を流してあげてもいいわよ。あなたがどうしてもって言うなら」

クレイはにやりと笑った。「いったいなんのご褒美かな?」

フランキーはじらすような微笑を浮かべて立ち上がった。自分がクレイを挑発していることは承知のうえだった。彼女は上の棚から新しいタオルを取り出し、戻りしなにボディソープの容器をつかんだ。クレイの前にひざまずき、ボディソープを掌に垂らして、彼の腹へ手を伸ばした。

「あなたにはご褒美をもらう資格があると思わない？」

彼女の指に包まれ、クレイは目を閉じてうなった。

「俺にここまでしてもらう資格があるかどうかはわからないが」彼はささやいた。「もしやめたら、そのきれいな首を締め上げるぞ」


夜はすでに明けていたが、クレイは起き上がる気になれなかった。時計をにらみつけ、アラームが鳴らないことを祈った。しかし、時計の針が六の数字に迫るにつれて、だんだんあきらめの境地に近づいてきた。

アラームのボタンを押し、ベッドを滑り出て、自分の服をつかんだ。フランキーを起こさないように、リビングで着替えるつもりだった。戸口まで来たところで、クレイは振り返った。以前のフランキーは子供のように寝相が悪かった。片腕を投げ出すのはもちろん、ときには足がベッドからぶら下がることさえあり、彼はよくそのことでフランキーをからかっていた。しかし、今は違った。毛布を殻のように体に巻きつけ、一箇所で眠っている。クレイは眉をひそめた。フランキーの記憶さえ戻れば、この二年間に何があったのかわかるんだが。彼女は俺の妻というだけじゃない。俺の命、俺の生き甲斐だ。俺の命がベッドで眠っている。二年前のあの朝のように。

クレイはたじろいだ。しかし、不安を振り払い、自分の弱気を叱った。気持の整理はとっくについたはずなのに。たぶん昨夜のせいだ。最高の一夜だった。でも、そのせいでフランキーが消えたあとの失意の日々を思い出してしまったんだ。

自分の後ろ向きな考え方にうんざりしながら、クレイはリビングへ向かった。そこで着替えをすませると、次はキッチンへ移動して、コーヒーメーカーに水を注ぎ、今日一日の予定について考えた。コーヒーのフィルターが切れているのに気づいた。細かいことにこだわらないクレイは、買い物リストにフィルターを追加し、いつものようにペーパータオルで間に合わせることにした。コーヒーメーカーにペーパータオルを押し込み、右側のひきだしから取り出した鋏で余った部分を切り取った。

鼻歌混じりでコーヒーをすくい入れ、代用フィルターを改めて押し込み、スイッチを入れる。鋏をひきだしへ戻し、冷蔵庫へ向かいかけたところで、不意にうなじにいやな感覚が走った。回れ右をし、元の位置へ戻ってひきだしを開けた。

封筒。

あの封筒が消えている。

心臓が締めつけられ、鼓動が速くなった。

クレイは隣のひきだしを開けてみた。その隣も。そのまた隣も。キッチンのありとあらゆるひきだしをすべて開けてみた。顔から血の気が引き、一瞬、吐き気に襲われた。いやな考えが頭をよぎったが、どんなにいやでも認めざるをえない。千五百五十ドルが消えたことは紛れもない事実だ。いつ消えたのだろうか？

「クレイ、いったい何をしてるの？」

振り返ると、フランキーの笑顔があった。クレイはその笑顔をまじまじと見つめた。フランキーは本当に変わってしまった。昔の彼女は隠し事なんてできなかった。嘘をついているときは表情でわかった。でも、今は？　彼は身震いした。

「どこにやった？」クレイは詰問した。

「なんの話？」フランキーは問い返した。

「あの金のことだ」

とたんにフランキーの表情がこわばった。クレイは暗い気持になった。とっさに彼女の腕を見やり、注射針の跡を探した。その視線に気づき、フランキーはかっとなった。

「ひどいわ、クレイ。もう疑いは晴れたと思っていたのに」

青い瞳がすっと冷めた。クレイの声には落胆と怒りがにじんでいた。

「ああ、フランセスカ、俺だってそう思っていた」

フランキーの頬が怒りで赤く染まった。「あなたの考えはお見通しよ。でも、私は麻薬の吸引も注射もやってない」

クレイはキッチンを横切り、フランキーの肩をつかんだ。彼女を揺さぶりたい衝動をぎりぎりで我慢した。

「何をどう考えればいいっていうんだ」クレイは低くうなった。「俺が結婚した女は隠し事なんてしなかったし、嘘もつかなかった」

フランキーは平手打ちをくらったようにひるんだ。クレイの非難の言葉が胸に突き刺さった。それでも、彼女は毅然と顎を上げた。茶色の瞳が涙で光っていた。

「そのとおりよ、クレイ・ルグランド。私はあなたと結婚したときの私じゃない。もう無邪気な女には戻れない。私の身に何かが起こったの。それがなんなのか自分でもわからないけど、一つだけはっきりしていることがあるわ。私はもう二度と元には戻れないのよ」

フランキーはクレイの腕をつかみ、廊下へ引きずり出した。

「どういうつもりだ？」クレイは尋ねた。

「あなた、あのお金が欲しかったんでしょう」

クレイの心臓が止まった。しまった。フランキーはあの金を別な場所に移しただけなのか？　なのに、俺はばかな結論に飛びついてしまった。

「聞いてくれ、フランキー。もし俺が――」

フランキーは涙をためた瞳で振り返った。「黙って、クレイ。ごちゃごちゃ言わないで」

クレイは悄然として寝室の戸口に立った。フランキーがクロゼットへ入っていく。後を追ったクレイは、思いもよらないものを手に押しつけられた。

「ほら、これを買ったの。そして、これが残りのお金」

彼は手の中の冷たい感触にぞっとしながら、銃からフランキーに視線を移した。フランキーが見知らぬ他人に見えた。

「なぜだ?」

フランキーの体が震え出した。今にも泣き出しそうな顔だった。

「怖いからよ。起きているときも寝ているときも怖くてたまらないの。これでもう大丈夫と思ったとたん、頭の中を人の顔や場所みたいなイメージがよぎるのよ。まるで小さくて不気味な幽霊みたいに。そのたびに私は窒息しそうな気分になるわ」

クレイは銃と金を置き、彼女の顔を両手で包み込んだ。そして、後悔のにじむ声で言った。

「記憶が戻りはじめたのか。なぜ俺に言ってくれなかった?」

フランキーの顔がくしゃくしゃになった。「だって、そのイメージがなんなのか、自分でもわからないのよ。壁の絵みたいに見えることもあれば、窓からの景色みたいに見えることもある。ときどき、床が揺れている気がして、はっと目が覚めるの。物音にびくついたり、何かの臭いを嗅いだだけでぎょっとしたり」ついに茶色の瞳から涙がこぼれた。

「私、頭がおかしいのかもしれない」

クレイは彼女を腕の中に抱き寄せ、立ったまま揺すった。

「おかしくなんかない」彼はつぶやいた。「約束する。もう二度と君を疑ったりしない。だから、俺を信じて、なんでも話してくれ。一人で背負い込むことはない。二人で一緒に謎を解いていこう」

「でも、どうやって？」

クレイの表情が厳しくなった。「私立探偵を雇う。もっと早くそうするべきだった。連絡先はオフィスに行かないとわからないから、出勤したら一番に電話するよ。ついでにドーソン刑事にも電話する。何か新しい情報が入ってるかもしれないし」

フランキーはうなずいたが、身を引きかけたクレイにしがみついた。彼と離れたくなかった。

「おいで」クレイは優しく言った。「もっと暖かい服を着よう。それから、一緒にシリアルでも食べよう」

「なんだか赤ん坊になった気分だわ」スウェットパンツとシャツを用意している彼のかたわらで、フランキーはつぶやいた。

クレイは銃に視線を投げた。「やってることは赤ん坊らしくないけどな。それ、使えるのか？」

フランキーは決然とした表情になった。「目下訓練中よ」

「冗談だろう？」

「いいえ。レイクウッドのフットヒルズ射撃センターでレッスンを受けてきたわ」

クレイは新たな尊敬の念を込めて自分の妻を見返した。「本気なんだな？」

「もちろん」フランキーは答え、スウェットシャツを頭から被った。

まもなく正午になろうというころ、玄関のチャイムが鳴った。フランキーはペティナイフを置いた。手に付いたトマトの汁を洗い流し、ドアへ行く途中でタオルをつかんだ。窓の向こうに、縁石に沿って停められたダークブルーのセダンが見えた。フランキーの事件を担当している刑事だ。胸の高鳴りを感じつつ、彼女はカーテンを引き戻した。クレイが連絡してくれたのだろう。さっそくうちを訪ねてきたということは、何か新しい情報があるに違いない。彼女は期待を胸に玄関のドアを開けた。

「ドーソン刑事、急にいらっしゃるから驚きました」フランキーは言った。「どうぞ、お入りください」

エイバリー・ドーソンは玄関の中に入り、ドアを閉めた。フランセスカ・ルグランドは病院で見たときとは別人のようだった。肌につやがあり、顔には微笑があった。服装はカジュアルで、周囲には家庭料理の匂いが漂っていた。どう見ても、気がふれかけた女という感じではなかった。だが、彼女が銃を購入したことは事実だ。そして、署長が銃の携帯を許可する前に事情を知りたがっていることも。

「お邪魔して申し訳ない、ミセス・ルグランド。迷惑は承知で、二、三質問させていただきたいんですが」

「ええ、かまいません」フランキーは答えた。「コートをお預かりしましょうか？」

ドーソンは首を横に振った。「いや、長居はしませんから」

「せめてリビングのほうへどうぞ。ここは寒いでしょう」

ドーソンは後に続いてリビングへ入り、彼女の向かいのソファに腰を下ろした。

「今朝、クレイがあなたに連絡すると言ってましたが、こんなに早く対応していただけるなんて思っていませんでした。何か新しい情報でも入ったんですか？」

ドーソンは眉をひそめた。「ご亭主から連絡を受けた覚えはありませんが」

フランキーの微笑が薄れた。「本当に？」

「ええ。今日こちらへうかがったのは署長の指示なんです。ミセス・ルグランド、あなたは銃の携帯許可を申請しましたね？」

フランキーは困惑の表情になった。「しましたけど」

「つまり、最近になって銃を購入したというわけだ」

なんだか引っかかる口調だ。まるで尋問されているみたい。私は被害を受けたほうなのに。むっとしたフランキーは、持っていたタオルを膝に置き、身を乗り出した。

「ええ、先日銃を買いました。銃を買うだけでこんな尋問をされるとは知らなかったもので」

ドーソンは落ち着かない気分を振り払った。「まあ、普通ならやらないでしょう」

「でしょうね」フランキーはぴしりと言った。「どうぞ続けてください」

ドーソンは言葉に詰まった。急にばつの悪さを感じた。どうもうまくいかない。いつもの自制心はどこにいったんだ?

「わかっていただけませんか、ミセス・ルグランド。私は指示に従ってるだけで……」

フランキーは何も言わなかったが、まなざしに非難が表れていた。

ドーソンは筋の通りそうな質問を探した。

「あなたは、その……どういう精神状態……いや、何をお考えで銃の購入を決めたんです?」

フランキーはあきれてかぶりを振った。わめき散らしたい衝動を我慢するだけで精いっぱいだった。

彼女の声が一オクターブ上がった。「あなたはいつもこういうやり方で捜査しているわけ? もしそうなら、私を発見できなかったのも当然ね」

ドーソンは赤面した。「いや、ミセス・ルグランド、とにかく話を聞いて――」

フランキーは出し抜けに立ち上がった。「いいえ、ドーソン刑事、聞くのはあなたのほうよ。私は誰かに人生の二年間を盗まれた。自分がどこにいたか、どうやってうちへ戻ったか。それがわからないから、もしまた危険が迫っても危険だと認識する手だてがないの。ええ、私は銃を買いました。自分が安全だと思えないから。それに、あなたと話してみて、デンバー市警が頼りにならないこともわかったわ。銃の使い方はフットヒルズ射撃センターで習っています。私は頭がおかしいんじゃない。恐れを感じているのよ」

「いや、あなたのお気持はわかりますよ。だが、署長の立場もわかってもらえませんか。使う人間次第で、銃は甚大な害を及ぼすんですから」

フランキーは皮肉っぽく微笑した。「あら、それってキャンペーンの標語にぴったりじゃない？　目新しさはないけど。この際だから、お互い本音でいきましょう。警察は私の頭がおかしいと思っているのよね？　夫を捨てたくせに、都合が悪くなると戻ってきて、狂言まがいの真似をしてるいかれた女だと思っているのよね？　そうなんでしょう？」

ほとんど図星だ。確かに、最初はそう考えていた。ドーソンはまた赤面した。相手の目を見返すことができなかった。

「いや、そうは言っていませんよ」

「そうね、口に出しては言わなかった」フランキーは畳みかけた。「でも、あなたの口調から伝わってきたのよ。何も悪いことはしていないのに、行動をいちいち詮索されるなんて。私がどんな気持かわかる？」

ドーソンはなんとか彼女の視線を受け止めた。「さっきも言ったように、私は指示に従ってるだけでしてね」

「もっともな理屈ね」フランキーは皮肉った。「ついでに、私からも二、三質問させてもらっていいかしら?」

冷たい怒りのまなざしに耐えられなくなり、ドーソンは立ち上がった。「どうぞ」

「私の事件に関する新しい手がかりは何か見つかったの?」

ドーソンは電話の一件を思い返した。それから、銃のことを考え、首を横に振った。

「いや。あなたを空港で拾ったというタクシー運転手の証言が最後です」

フランキーはうなずいた。「じゃあ、メモの用意をして。何日か前から少しずつ記憶が戻ってきたの。わけのわからないイメージばかりだけど、何もないよりはましでしょう」

ドーソンがペンを構えると、彼女はリビングを歩き回りはじめた。

「私がいたのは、それがどこであれ、地震があった場所だと思うの。絶対とは言えないけど、私が逃げ出せたのはその地震のおかげだという気がする。それに、緑の多いところだったわ。広い芝生があって、木々が鬱蒼と茂っていて……そう、ヤシの木もあったわね。カリフォルニアみたいに」フランキーは付け加えた。ドーソンはどきりとした。

ロサンゼルスからの長距離電話を思い出し、ドーソンはどきりとした。

フランキーの足が止まり、顔から表情が消えた。

「たまに男の顔が見えそうになるんだけど」彼女はため息をつき、肩を落として、刑事をちらりと見やった。「どうしても見えないの。でも、男の胸のタトゥーははっきり見えた」

ドーソンの顔に驚きの表情が走った。「タトゥー？　形は？」

フランキーは髪を持ち上げ、後ろを向いた。「これと同じよ。ただし、男のタトゥーは胸の真ん中にあったわ」

ドーソンは身を乗り出し、小さなアンク十字を食い入るように見つめた。

「そのタトゥーはいつから？」

フランキーは振り返った。「わからない。わかっているのは、私が消えたときにはなかったということだけ」

ドーソンはせっせとメモを取りつづけた。

「それに、私がいた部屋の窓には鉄格子がはまっていた気がするの。もしかして、私が刑務所にいた可能性はない？」

「いや、緑豊かな刑務所っていうのは聞いたことがありませんね。だいいち、刑務所から逃げ出してきたのなら、あなたの手配写真が全国に出回っているはずだ」

フランキーは少し肩の力を抜いた。「よかった。自分が刑務所にいる理由なんて想像もできなかったけど、刑事さんにそう言ってもらえると気が楽になるわ」

「ほかには？　なんだっていい。どんな些細なことでも、重要な鍵になりうるんです」

フランキーは額に皺を寄せて考え込んだ。そして、肩をすくめた。

「だめね。思い出せない」

ドーソンはメモ帳をポケットにしまった。その瞬間、気持は決まった。やはり不審な電話の件は彼女には言わないほうがいい。代わりに夫の耳に入れておこう。「じゃあ、私はこれで。もし何かあれば、どんなことでもいいですからすぐに連絡をください」

フランキーはうなずき、先に立って玄関へ向かった。彼女がドアを開けようとしたとき、ドーソンが制止した。

「ミセス・ルグランド、一つ言っておきたいことがあるんです」

フランキーは待った。

「ここだけの話ですが」ドーソンは念を押した。

彼女はうなずいた。

「何はともあれ、私はあなたを信じますよ」

フランキーは思わずほほ笑みそうになった。「何はともあれ、感謝するわ」

刑事が立ち去ると、彼女はまた一人になった。なんだか私の世界はややこしくなる一方だ。こんな調子で、銃の携帯は許可してもらえるのだろうか？　彼女は肩をすくめ、疑問を振り払った。許可されてもされなくても、たいした違いはない。私は銃を持っているし、使い方も知っているんだから。

10

クレイはデスクの上の回転式カードファイルをめくり、かつて雇った私立探偵の名前と電話番号を捜した。二分後、彼は私立探偵ハロルド・ボーデンに電話をかけていた。一度、二度、三度。呼び出し音ばかりが続いた。いくら待っても、相手は電話に出なかった。

ボーデンと最後に話したのは、一年以上も前のことだった。その後、ボーデンが探偵業を引退した可能性もなくはないが、クレイはそうは思わなかった。ハロルド・ボーデンは死ぬまで仕事を続けるタイプの男だ。食事の間の時間潰(つぶ)しにガレージにこもったり、ゴルフコースを回ったりという隠居生活は似合わない。

クレイが電話を切ろうとしたとき、ようやく呼び出し音が途切れ、走った直後のような荒い息が聞こえてきた。

「ボーデン探偵事務所」

「クレイ・ルグランドといいますが、ミスター・ボーデンはいらっしゃいますか?」

ボーデンはコーヒーとドーナツの袋を置き、どさりと腰を下ろした。

「ああ、私だよ。本人だ。クレイ・ルグランドか。ひさしぶりだな、坊主。調子はどうだい?」

仮設オフィスの床に空疎な足音を響かせながら、クレイは建設現場に面した窓へ歩み寄った。

「いいような……悪いような」

ボーデンはアップルソース・ドーナツへ手を伸ばし、一口頬張ってから話を続けた。

「まず、いいニュースから聞かせてくれ」

「フランセスカが戻ってきた」

ボーデンは危うくむせそうになった。「そいつはまた!」コーヒーを喉に流し込んでから、彼は身を乗り出した。「いつ? どうやって? いったいどこにいたんだ?」

クレイはため息をついた。「それが悪いニュースだ」

「てことは、こいつはご機嫌うかがいの電話じゃないわけか」

「ああ」

「待った」ボーデンはぶつぶつ言った。「ペン、ペン、ペンと……あった。オーケー。始めてくれ」彼はドーナツをかじりながら、クレイの説明に耳を傾けた。

「とにかく、仕事から戻ったら、我が家のベッドで彼女が眠っていた。はっきりしているのは、彼女がデンバーに着いてすぐに交通事故に巻き込まれたってことだけだ。自分がどこにいたか、彼女は覚えていない。それどころか、自分がどこかに行ってたことさえ記憶にないんだ」

「で、問題は……？」

クレイは深呼吸をした。「フランキーは自分が危険な状況にあると信じている。自分の意思で家を出るはずはないと言っている。もしどこかのいかれた奴が彼女を拉致したんだとしたら、逃げ出した彼女をそのまま放っておくとは思えないだろう？」

「ああ、確かに」ボーデンは相槌を打ち、さらに付け加えた。「気を悪くしないでほしいんだが、君の考えはどうなんだ？」

「俺は彼女を信じる」

「オーケー。で、私にどうしてほしい？」

クレイは髪をかき上げた。「それがまた問題なんだ。頼みたいことははっきりしてるんだが、手がかりが足りない」

ボーデンはノートをめくり、新しいページを広げた。フランキーの捜索を打ち切ってからというもの、彼はずっとクレイの信頼を裏切ったような後ろめたさを引きずってきた。これはその後ろめたさを払拭する千載一遇のチャンスだった。

「わかっていることは？」ボーデンは問いかけた。

「フランセスカに似た女をバス乗り場で拾ったというタクシー運転手がいて、警察が彼の話を聞いた。その女は様子が変で、怯(おび)えているようにも見えたそうだ。でも、フランキー自身は何も覚えていない。ときどき、わけのわからないイメージが浮かぶらしいが。あと手がかりになりそうなのは、彼女のうなじに彫られた金色のアンク十字のタトゥーくらいだな」

「そのアンク十字ってのはなんだ？」

「十字架みたいなものだ。ただし、直線じゃなくて、てっぺんが輪になってる」

「ああ、あのエジプトふうのやつか」

「そう、それだ」

「ほかには？」

「フランキーは自分を閉じ込めていた男の胸にも同じタトゥーがあったと言っている。それから、どこかわからないが、自分のいた場所で地震があったとも。ほら、最近カリフォルニアで大きな地震があっただろう？」

探偵の好奇心がかき立てられた。「まずはそこから当たってみるべきだな」

「ああ、俺も同意見だ」

ボーデンは椅子の背にもたれ、フランキーに関して集めた情報を思い返した。

「前にも言ったことだが、彼女の過去を調べてみるっていうのはどうだ？」

クレイは渋い顔になった。「前にも答えたが、フランセスカに秘密の過去があるとは思えない」

「いや、誤解しないでくれ」ボーデンは説明した。「私が言ったのはそういう意味の過去じゃない。彼女の子供時代のことだよ」

「彼女は施設で育ったんだ」

「ああ、知ってる。まあ、あまり収穫は期待できないが、何か手がかりがつかめるかもしれないぞ」

クレイはため息をついた。「今はどんなことでも試してみたい気分だよ」

ボーデンはノートに数行書き足した。「たしか、アルバカーキの児童施設だったな？」

「ああ」

ボーデンはペンをもてあそびはじめた。デスクの表面をペンでこつこつたたきながら、様々なシナリオを検討した。

「なあ、クレイ、児童福祉の施設っていうのは、部外者に対して口が固いものなんだ。私が調べてもある程度のことはわかるだろうが、一番効果的なのは、君がフランセスカを連れて施設を訪ねることだね。そこで働く人間と話をし、彼女の友人関係について訊いてみる。彼女の習慣とか、養子にされなかった理由とか。まあ、そんなことをな。だめでもともとだ。そのときは夫婦でアルバカーキに旅行したと思えばいい。うまくすると、彼女が何か役に立ちそうなことを思い出すかもしれないぞ」

クレイは壁のカレンダーへ目をやり、頭の中で計算した。もう一度父親の助けを借りれば、なんとかなるかもしれない。

「悪くないアイデアだ」彼は答えた。「今夜、フランキーに話してみるよ」

「よし」ボーデンは言った。「こっちはこっちで探ってみよう。お互いの得た情報を突き合わせれば、何か見えてくるかもしれない」

「ありがとう、ハロルド。こんなに早く動いてくれるとは思わなかった」

ボーデンは顔をしかめた。「君には借りがあるからな。一年も報酬をもらっておきながら、彼女を見つけることができなかった。まあ、なんにしろ、彼女が戻ったと聞いてほっとしたよ。ところで、連絡先は前と同じか?」

クレイはその後購入した携帯電話の番号を教えた。

「オーケー。以上だ」ボーデンは締めくくった。「何かわかったら、すぐに連絡をくれ。こっちもそうする」

クレイは電話を切った。フランキーが戻って以来心にのしかかっていた重圧が少し軽くなった気がした。ドアから出ようとしたところで電話が鳴った。ボーデンとの会話を思い返しながら、彼は上の空で受話器を取った。しかし、エイバリー・ドーソンの声を聞いた瞬間、彼の思考が切り替わった。

「やあ、ドーソン刑事、今日あんたに電話するつもりだったんだ」

「奥さんから聞きましたよ」ドーソンは答えた。

クレイは眉をひそめた。「フランキーと話したのか?」

「ええ。申請書に署名する前に、ちょっと調べるように署長に言われましてね」

クレイは戸惑った。「申請書?　なんの申請書だ?」

ドーソンはためらった。フランセスカ・ルグランドは銃のことを夫に隠していたのだろうか?　だが、今さら気がついても手遅れだ。

「銃の携帯許可ですよ」彼は答えた。

「ああ、あれか」クレイは言った。「うっかり忘れてた。それで、何か問題でも?」

「いや、別に。たぶん署長もオーケーを出すでしょう」

「そのためにわざわざ電話を?」

ドーソンの眉間(みけん)に皺(しわ)が寄った。「いや。この前、ちょっとしたことがあって、あなたに知らせておくべきだと思ったものだから。ロサンゼルス市警の警部を名乗る男が電話をかけてきましてね。身元不明の死体があって、家出人のリストを当たってるという話でした」

フランキーを捜し求めて全国各地の死体公示所を巡った日々を思い出し、クレイはいやな気分になった。少なくとも、あれだけは二度としないですむわけだ。

「で、それと俺の妻とどういう関係があるというんだ?」彼は尋ねた。

ドーソンは大きく息を吸った。「問題はここからですよ。男はフランセスカ・ルグランドの捜索用ポスターが回ってきたと説明し、問題の死体が彼女の人相と一致すると言った。だから、私は言ってやりました。それは彼女じゃない。彼女はもう行方不明じゃないから、ポスターは捨ててくれ。幸い、彼女は無事に戻ってきたとね」

クレイは黙って聞いていたが、話の流れがいまだにつかめなかった。

「それで、です」ドーソンは言葉を続けた。「ちょっとばかり軽口を言い合ったあと、私は電話を切ろうとした。男はもう一つ質問があると言って、彼女が戻った時期について尋ねてきた。私はそれに答えたが、電話を切ったあとになって、なぜ男が彼女の戻った時期を知りたがるのか気になりはじめた。彼女がここにいるってことは、死体公示所の女は別人だってことになる」

「当然だ」クレイは言った。「それで、何が問題なんだ?」

受話器の向こうでドーソンが深呼吸するのがわかった。クレイのみぞおちが締めつけられた。刑事が言おうとしていることがわかった気がした。

「問題なのかどうか」ドーソンはつぶやいた。「勘繰りすぎだと言われてもしかたないが、とにかく、私はロス市警に折り返し電話をかけ、その警部に回してくれと頼んだんです。受付の答えは、そんな名前の職員はいないというものだった」

クレイの脚から力が抜けた。「ということは、つまり?」

「何者かがフランセスカ・ルグランドの情報を手に入れるために、身分を詐称し、嘘(うそ)の理由をでっち上げた。今までの状況から考えて、これは大いに憂慮すべきことだと思いますね」

「なんてことだ」クレイはつぶやいた。「フランキーの不安は当たってた。危機はまだ去っていないということじゃないか」

ドーソンは言葉を濁した。「断言はできませんが、いちおうあなたに知らせておくべきだと思いましてね。なんであれ、必要だと感じる予防措置は取っておいたほうがいい。私たちのほうでも捜査を進めていますが、正直言って、手がかりはほとんどない。通話記録も調べてみたが、その電話がラスベガスの公衆電話からかけられたことしかわからなかった」

「このことを妻に話したのか？」

「いや。一番の被害を受けた当人より、あなたに話すほうがいいと判断しました。奥さんにはあなたからうまく話してあげてください」

今すぐにフランキーを連れて逃げたい。クレイは強い衝動に駆られたが、それでは問題の解決にならないこともわかっていた。

「実はフランキーと一緒にアルバカーキへ行って、彼女が育った施設を訪ねてみようかと思っているんだ。もしかしたら、謎(なぞ)を解く鍵(かぎ)が見つかるかもしれないし」

ドーソンは素早くメモを取った。「アイデアとしては悪くないですね。なにしろ、証拠がまるでないときてますから。いつ出発されるつもりですか?」

「できるだけ早く」クレイは答えた。「何かわかったら、あんたにも連絡するよ」

「ちゃんと連絡してくださいよ」

「もちろん。知らせてくれて助かった」

数十秒後、クレイは再び電話をかけていた。今度の相手は父親だった。それから一時間とたたないうちに、ウィンストン・ルグランドが現場に駆けつけ、クレイは自宅へ向かった。

ファラオ・カーンは落ち着かなかった。傷のせいで動けないからではない。傷の痛みは徐々に和らぎつつあった。体力も日一日と回復してきた。ほんの数日前までは二時間と起きていられなかったが、今日はデスクに向かい、四時間近くも仕事をした。実際、悪いことばかりではなかった。彼の帝国も正常な状態に戻りかけていた。

ラスベガスへ戻ってからというもの、仕事仲間からの連絡で、電話は鳴りやむ暇がないほどだった。これは喜ぶべきことなのだが、本来そばにいるべき女がいない状態では、自分が助かったことを喜ぶ気にはなれなかった。このままどこまで持ちこたえられるのか、想像することさえ怖かった。いかに努力しようと、どれだけ金をかけようと、フランセスカがいない限り、帝国を維持することは不可能に思われた。

フランセスカと再会する前も、彼はそれなりに成功していた。しかし、アレハンドロ・カルテルの何百人といるブローカーの一人にすぎず、権力の中枢にいるとは言えなかった。フランセスカを発見したのは、シアトルからロサンゼルスへ戻る飛行機の中だった。彼がシアトルへ出向いたのは、内輪の些細な問題を解決するためだった。実際、ペペ・アレハンドロの義弟が一人減ったことなど、行方不明になっていたアレハンドロの数百万ドルを取り戻せたことに比べればたいした問題ではなかった。

ファラオは椅子の背にもたれ、目を閉じた。ウサギの足を指の間で転がしながら、あの日のことを思い返した。フランセスカとは久しく会っていなかったが、彼女の顔だけは見間違えようがなかった。

新聞を手に取ったのは退屈しのぎのためだった。最初にその写真を見たときは、うっかり見すごしそうになった。それは取るに足りない写真で、デンバーの写真家が雨の中で笑う若い女性を撮影したものだった。だが、その写真はAP通信の目に留まり、全国の新聞に配信された。女の顔に気づいた瞬間。それは彼の人生が一変した瞬間でもあった。

フランセスカだ。俺のフランセスカ。

彼は舞い上がった。それから、二人を隔てる距離に愕然とした。今すぐになんとかしなければ。彼はあせった。自分の今いる場所を思い出し、歯噛みした。しかしその事実は、飛行機が着陸するまではどうすることもできなかった。

それからロサンゼルスへ着くまで、彼はフランセスカのことを考えつづけた。キタリッジ・ハウスにいたころの思い出がよみがえった。いつも後をついてくる幼いフランセスカを、彼は親代わりとなって支えた。しかし、フランセスカが成長するにつれて、年下の子供に対する少年の愛情は女に対する男の愛情へ変わっていった。

予想に反して、フランセスカがその愛情に応えなかったとき、彼はそれをフランセスカの幼さのせいにした。あと何年かすれば、フランセスカも大人になる。それまで待とうと考えた。

ところが、そこで彼はへまをやった。愚かさの代償は五年間の服役だった。彼が出所するころには、フランセスカは十八歳になり、施設を卒業していた。行く先はわからなかった。それを知ったときの衝撃と戸惑いはいまだに忘れられない。ほかの人々と同じように、フランセスカもまた彼の人生から消えてしまったのだった。

飛行機がロサンゼルスに着いたときには、ファラオの覚悟は決まっていた。何がなんでもフランセスカを見つけ出すつもりだった。だが、物事には順序がある。ペペ・アレハンドロは旅の結果を知りたがっているはずだ。ボスを待たせても、ろくなことはなかった。

四時間後、ファラオは思わぬ幸運に胸を躍らせながら自宅へ向かっていた。ペペはファラオの仕事ぶりに大いに満足したらしく、彼の独立を認め、シマを与えてくれた。シマといっても、ギャングの抗争が絶えないロサンゼルスのいかがわしい地区だったが、ファラオは少しも気にしなかった。これは自分の力を証明するチャンスなのだ。そのチャンスを棒に振るつもりはなかった。

そして、もう一つ無視できない事実があった。フランセスカを見つけてから、運が上向きはじめたことだ。彼はにやりと笑った。昔もそうだった。施設の教師たちは彼をお先真っ暗な問題児としてしか見ていなかった。そこへフランセスカが現れた。あどけない幼児が彼を慕う姿を見て、教師たちは彼を問題児と決めつけにくくなった。彼がフランセスカの存在価値を知ったのはそのときだ。フランセスカはただの友人ではなかった。彼の幸運の守り神だった。

ファラオはズボンに両手をこすりつけ、満面の笑みで再び例の新聞を見下ろした。雨に降られただけで喜んでいるフランセスカ。俺の顔を見たら、もっと喜ぶに違いない。きっと見つけ出してやる。成功の鍵を握る幸運の守り神を。

そう、当時の俺はまだのんきだった。だが、現実はそう甘いもんじゃない。価値あるものはそう簡単に手に入らない。ファラオは椅子に座ったまま身じろぎした。全身が抗議の悲鳴をあげた。フランセスカとの再会は予想どおりには運ばず、のんきだった彼は落胆した。彼女が思いもよらない激しさで抵抗したのだ。永遠に彼女を閉じ込めておくつもりはなかったが、一日が二日となり、三日となって、気がつけば数カ月がたっていた。一年が過ぎ、二年目に入っても、フランセスカは彼を拒みつづけた。自由を求めて懇願し、夫の元へ帰りたいと訴えた。そして皮肉なことに、結果的に彼を打ち負かしたのは人の力ではなく、自然の力だった。慎重に練り上げたプランが地震で押し潰されるとは、彼自身、予想もしていなかったことだった。

ファラオは窓へ体を向け、雲のない灰色の空を眺めた。どうも様子がおかしい。なぜスタイコウスキーは連絡をよこさないのだろう？　これも地震のせいだと考え、彼はいらつく気持をなだめた。あの大地震以降、世の中では混乱が続いている。組織内部に限って見ても、アレハンドロの優秀な部下二人が高速道路の倒壊で命を落とした。十人近くが負傷し、一人はいまだに行方不明だった。その影響は組織全体に及んだ。彼がマーヴィン・スタイコウスキーのような二流の男を使わざるをえないのも、たびたび頼りにしてきた男たちがほかの用事で手が空かないためだった。

ファラオはウサギの足をデスクに放り出して悪態をついた。彼の過ちはフランセスカを閉じ込めたことではなく、彼女の夫を生かしておいたことだ。フランセスカを解放することを考えないことはなかったが、彼の貪欲さがそれを許さなかった。フランセスカを得てから、彼の財産は膨れ上がった。カルテル内での地位も、アレハンドロに次ぐまでになっていた。

だが、俺はもう疲れた。考えるのに疲れた。苦労して築き上げた世界が壊れはじめるのを待つのに疲れた。俺にはフランセスカが必要だ。そして、休息が必要だ。ファラオは東側の壁の本棚に視線を投げた。いや、休息ならあとでも取れる。それより先にやるべきことがある。

もたもたとした足取りで、彼は本棚へ近づいた。数を数えながら背表紙に沿って指を滑らせ、端から十一番目の本に達した。その本を引くと、壁が音もなく開いた。目の前に現れた通路へ足を踏み入れると、壁は元どおりに閉ざされた。

通路は狭く、曲がりくねっていた。目くらましの曲がり角や行き止まりがあり、侵入者の行く手を阻む仕掛けになっていた。しかし、ファラオには自分が目指す場所がわかっていた。その場所が近づくにつれて、足取りも早くなった。壁に囲まれた空間にいると、子宮の中へ戻った気がした。巨大なコンクリートブロックがピラミッドを構成する壮大な石を連想させた。彼が歩いている狭い通路も、古代エジプト王の棺の部屋へ続く通路に似ていた。間近に迫る光を見て、心臓が高鳴る。

戸口へたどり着くと、かすかな香の匂いが彼を出迎えた。彼の視線は自ずと壁際に並ぶ一対の大理石の像へ向かった。威厳ある風貌が刻まれたその石像は、はるか昔から崇められてきた神を模したものだった。神のイメージから力を得ようとして、深々と息を吸い込む。無理な運動をしたせいで両脚が震えていたが、ここに来たことで得られるものに比べればさしたる問題ではなかった。

ファラオは像から数十センチの距離で足を止めた。ここは屋敷の奥深くにあるため、恐ろしいほど静かだった。自分の心臓の鼓動と呼吸の音が、彼一人だけがいまだに生者の世界にいることを物語っていた。彼は女神の像に視線を這(は)わせた。高く秀でた高貴な額、視力を持たない大きな瞳。彼女の頬骨と自分の頬骨の形を比べ、彼女の唇が自分の額に触れる感覚を想像した。

イシス。

もし俺に母親がいたら、こんな感じの人だろうか。気高く、堂々として。

ファラオはゆっくり息を吐いた。閉ざされた狭い空間の中で、その音はもの悲しい泣き声のように聞こえた。暗がりの中にたたずみ、お告げを待った。彼の中で時間が止まった。答えは必ず返ってくる。足下の大理石から忍び寄る冷気も、全身に広がる疲労感も忘れて、真剣に耳を澄ませた。

不意にフランセスカの美しい顔が目の前に浮かび、彼は身震いした。フランセスカの声が聞きたい。彼女の肌に触れたい。強い欲望に心がうずいた。だが、答えは出た。俺にははっきりわかった。フランセスカ・ルグランドは生きている。俺たちはまた再会できる。

飛行機がデンバー空港を離陸すると、クレイはようやく安堵(あんど)のため息をついた。計画を急いで実行に移したのは、何よりもドーソン刑事の電話の影響が大きかった。彼は通路側の席に座るフランキーに目をやった。フランキーはこわばった表情で、両手を拳(こぶし)に握っていた。クレイは彼女の手に自分の手を重ね、体を横に傾けて耳打ちした。

「もう大丈夫。離陸したよ」

フランキーは彼の視線を受け止めた。茶色の瞳が恐怖に見開かれていた。「前にもこういうことがあったわ」彼女はつぶやいた。

クレイの顔に怪訝(けげん)そうな表情が浮かんだ。「でも、君は飛行機に乗ったことが――」

不意に彼は悟った。フランキーは思い出しかけているのだ。

「話してごらん」

「胸がむかむかする」フランキーの声には力がなかった。

クレイは視線を上げた。飛行機は上昇を続けており、シートベルトのサインもついたままだ。今、洗面所へ立つのは難しいだろう。

「がんばれ、フランキー。すぐに乗務員を呼ぶからな」

「待って」フランキーは彼の手をつかんで止めた。「そういう気持悪さじゃないの」

クレイは眉をひそめ、彼女の顔をとらえて上を向かせると、茶色の瞳をのぞき込んだ。

「どういうこと?」

フランキーは身震いした。「私、怖いのよ。怖くて胸がむかむかするの。あのときも飛行機だった」彼女は目を閉じた。「地面がどんどん遠ざかって。雲……雲の間を飛んだのよ。エンジンはこういう音じゃなかった。もっと小さかった気がする。操縦桿を握る男の手が見えたわ。目の前にある装置のライトが全部光ってた」

「場所は？　場所はわかるか？」クレイは尋ねた。「下に何が見えた？　緑？　それとも――」

「山よ！　山が連なっていて……下に大きな町があった」

クレイは彼女の手を軽くたたいた。「よかったな、フランキー。本当によかった。君の記憶が回復してきた証拠だ」

フランキーの喜びはすぐに萎んだ。「でも、これだけじゃどこに着陸したのかわからないわ」

「そのうちわかる」クレイは断言した。「そのうちにな。今はキタリッジ・ハウスを訪ねることだけ考えよう。向こうには君と親しかった人たちがいるはずだ」

「そうね。あなたの言うとおりよ」

クレイはにんまり笑った。「当然だ」

フランキーは軽く鼻を鳴らし、皮肉めいた笑みを返した。「男ってこれだから」

クレイはさらに体を傾け、彼女の耳元でささやいた。「そう、俺は男だ。そいつを忘れてもらっちゃ困る」

フランキーは眉を上げ、微笑した。「忘れたくても、あなたが忘れさせてくれないじゃない」

クレイの笑みが顔全体に広がった。「なんだよ、俺は自分の存在を正当化するために、できることをしてるだけだぞ」

フランキーは笑った。その声がクレイの心を和ませた。ほどなく緊張した雰囲気は消えた。フランキーがうとうとと寝入ったあとも、クレイは不安げに彼女を見守っていた。フランキーが思い出せば思い出すほど、自分たちは追い込まれていくのではないか。そんな予感が頭から離れなかった。


到着したアルバカーキは快晴の天気だったが、冷たい空気が肌を刺した。フランキーはジャケットの前をかき合わせ、急ぎ足でレンタカーの助手席に乗り込んだ。クレイはトランクに二人の荷物を詰めた。通りかかった警備員がフランキーに向かって会釈した。彼女は笑みを返した。平和な旅の風景。これで旅の目的さえ違っていたら。

クレイはトランクを閉め、運転席へ乗り込んだ。キーをイグニションに差し込みながら、彼女にウィンクした。

「オーケー、準備完了だ。まずはモーテルを探そう。モーテルの部屋からキタリッジ・ハウスに電話をかけて、所長と会う約束を取りつけ、それから、おいしそうなレストランを見つける。このプラン、どう?」

「いいんじゃない」フランキーは答えた。「私、おなかがぺこぺこよ」

モーテルにチェックインすると、クレイが荷物を部屋へ運び込む間にフランキーは電話帳を広げ、施設の電話番号を調べた。キタリッジ・ハウスの文字を見つけた瞬間、彼女の胸に緊張が走った。

「クレイ？」

クレイは浴室の戸口で立ち止まり、振り返った。「どうした、ハニー？」

「なんだか変な気分」

クレイは眉をひそめた。「どう変なんだ？」

「それが自分でもよくわからないんだけど。なんだか嘘の口実で故郷に戻ろうとしているみたいな感じ。今度のことについて、所長にどの程度話せばいい？　何を言っても、信じてもらえないんじゃない？」

「そうは思わない」クレイはベッドに彼女と並んで腰を下ろした。「考えてごらん。施設のスタッフは何年も子供たちを手助けする仕事をしてきた。そうだろう？」

フランキーはうなずいた。

「君が大人になったからって、そのスタッフが君を見捨てると思うか？　君を飢えから守り、面倒を見てくれた人たちだ。なかには君を愛してくれた人だっているはずだよ」

不意に心の中で少年の笑い声がこだました。フランキーは身震いした。

クレイはフランキーの顔をよぎった影に気づいた。彼女が震えるのを見て、自分の腕の中へ抱き寄せた。「どうかした？」

フランキーは震える手で自分の顔をこすった。「わからない。一瞬、何か思い出しそうになったんだけど」彼女はため息をついた。「いつもこうなのよね」

「俺が代わりに電話しようか？」クレイは問いかけた。

ためらった末に、フランキーは背筋を伸ばした。「いいえ、私がするわ。ただ、近くにいてほしいの。お願い」

「フランセスカ、俺は君のそばにいる。いつだってそばにいるよ」

11

クレイはキタリッジ・ハウスの敷地内に車を乗り入れた。フランキーは座席の背にもたれ、押し寄せる記憶の洪水に備えて身構えた。初めてこの門をくぐったとき、私はまだ小さくて、車の窓から外を眺めることができなかった。でも、骸骨(がいこつ)の腕のように天に突き出た裸木の枝が見えたことは覚えている。そして、怖くてたまらなかったことも。私は自分の存在を支えていたものをすべて失った。両親も、我が家も、おもちゃまでも。私に残ったものは服と小さなクマのぬいぐるみ、それに、お気に入りの毛布だけだった。

フランキーはため息をついた。だけど、あの毛布だってすぐに消えてしまった。ある日洗濯に出したら、二度と戻ってこなかった。少し大きくなったころ、よくこう考えた。毛布は本当になくなったのだろうか、私に過去を忘れさせるために、大人たちがわざと処分したんじゃないだろうか、と。

「大丈夫?」クレイが問いかけてきた。

フランキーはうなずいた。夫の気遣わしげな表情に胸が熱くなった。

「ええ、大丈夫」彼女は静かに答えた。「いろいろと考えていただけ」

クレイはうなずき、四歳のころの自分を思い返した。自分を彼女の立場に置き換えてみようとした。四歳で父親と母親を失ったつらさは想像すらできない。当時のフランキーの悲しみを思うと、涙が出そうになった。

カーブに差しかかり、クレイは車の速度を落とした。初めて施設に来た四歳のころと、再び施設を訪ねようとしている今と、状況はあまり変わりないのかもしれない。四歳でフランキーは両親を失い、今のフランキーは人生の二年間を失った。心の傷を負っているという意味では同じことだ。

「ずいぶん大きな施設だな」クレイは建設業者の目で見た感想を口にした。

「それに、すごく古いでしょう」フランキーは付け加えた。

手入れの行き届いた敷地には南西部ふうの趣があったが、あちこちの大木の下には凝った造りのベンチが配されていた。装飾の施された縁取りに沿って、サボテン園も見受けられた。アルバカーキの緑が灌漑と巨大なスプリンクラー設備に支えられていることをクレイは思い出した。

建物は大きかったが、装飾性に欠けていた。日除けもポーチもない二階建ての本館を中心として、別棟の建物が正面玄関から放射状に延びていた。

キタリッジ・ハウスは孤児の保護と安全のためにグラディス・ユージニア・キタリッジ

が一九二二年に創設した施設だった。その後、基本方針は多少変更され、遺棄された子供たちも受け入れるようになった。子供たちは全員が孤児というわけではないので養子縁組できない子供もいたが、一つだけ共通点があった。彼らにはキタリッジ・ハウス以外に行き場がなかったのだ。

車が用地管理人のかたわらを通り過ぎた。フランキーは振り返り、その男をじっと見つめた。記憶にない顔。でも、当然かもしれない。私がここにいたのは八年も前のことだもの。八年もあればいろいろ変わるわ。

「けっこう狭いのね。昔は広く感じたんだけど」

クレイは微笑した。「違うな。君の世界が広がっただけさ」

フランキーは彼の太股に手を置いた。彼のたくましさに慰めを求めた。「あなたが私の世界よ」

クレイの胸が締めつけられた。お願いです、神様。俺からフランキーを取り上げないでください。彼は正面玄関の前で車を停め、エンジンを切った。フランキーは彼の次の動きを待った。彼はウィンクをした。

「愛しているよ、フランキー」クレイはそっとつぶやいた。「この続きはあとで、モーテルへ戻ってからにしよう」

「名案ね。じゃあ、さっさとこれを片づけましょう」

「まだ怖いのか？」

フランキーはフロントガラスの向こうを眺めやった。一つの建物から別の建物へ移動する子供たちの集団が見えた。彼女は腕時計を見て、彼らの行く先を知った。今日は土曜日。ということは、おそらく体育館へ行こうとしているのだろう。

「いいえ、怖くないわ。少なくとも、この場所とここにいる人たちは怖くない。問題は自分で自分のことがわからないということよ」

クレイはドアを開け、彼女の手をつかんだ。「行こう。二人で力を合わせて鬼退治をするんだ」

車から降り立った瞬間、冷たい突風が吹いた。背筋に悪寒が走り、フランキーは身震いした。

「寒い？」クレイは尋ねた。

「少しね」

「じゃあ、走るか」彼はフランキーの手を取った。

二人は笑いながら走った。玄関へ着くころには、彼女の陰鬱な気分も消えていた。顔に笑みを残したままドアを開けたクレイは、戸口に立っていた白髪で長身の女性と危うくぶつかりそうになった。

「おっと、失礼」彼はあわてて謝った。

女性は丁重にほほ笑み返したが、フランキーを見たとたん、その笑みが顔全体に広がった。

「フランセスカ・ロマーノ、やはりあなただったのね」

「ミス・ベル！」フランキーは叫び、長身の女性に抱きついた。

クレイは肩の力を抜いた。この調子なら、少なくとも今度の訪問でフランキーが傷つくことはなさそうだ。

アディ・ベルはフランキーの肩ごしに視線を投げた。「こちらはあなたのご主人ね？」

フランキーは微笑した。「ええ。クレイ、こちらがキタリッジ・ハウスの所長のミス・ベルよ。ミス・ベル、夫のクレイ・ルグランドです」

アディは手を差し出し、クレイと握手をした。力強い手、真っすぐなまなざし。なかなかしっかりした人物のようね、と彼女は思った。

「私の名前はアデリーンですが」彼女は素っ気なく言った。「アディでけっこうよ」それから、フランキーへ視線を戻した。「フランセスカ・ルグランドから面会の申し込みがあった、と秘書から聞いたとき、あなたじゃないかとぴんときたのよ。今はどこに住んでいるの？」

「デンバーです」フランキーは答えた。

アディはうなずいた。「私は行ったことがないけれど、いいところだそうね。それで、アルバカーキにはどういう用件で来たの？　ビジネス？　それとも、休暇？」
アディ・ベルほど信頼の置ける人物はいない。フランキーはほっとした。心の中のわだかまりも消えた。早くミス・ベルにすべてを話してしまいたい。私の重荷を分かち合ってもらいたい。彼女は唇を噛んだが、不意にこみ上げた涙を押しとどめることはできなかった。

「一言では説明できないんですが、私たち、問題を抱えているんです」フランキーは答えた。

アディの微笑が薄れた。

「私のオフィスへ行きましょう。あちらのほうが落ち着いて話ができるわ。みんなで力を合わせれば、解決できない問題なんてないのよ。でも、まずは全部聞かせてちょうだい。ここを出てから今まで、あなたがどうしていたかを」それから、アディはクレイを見やり、軽くウィンクした。「まあ、全部でなくてもいいけれど」

フランキーは背後のクレイに視線を投げた。そして、過去に何度となくそうしてきたように、ミス・ベルに手を引かれて廊下を進んでいった。クレイは二人の後に続きながら、長身の老婦人の様子を観察した。ミス・ベルはフランキーの言葉を一言も聞き漏らすまいとして体を傾けている。この感じ、なんと表現すればいいのだろう？　一瞬考えたあとに彼は気づいた。

信頼。

フランキーはこの女性に絶対の信頼を寄せている。やっぱり、フランキーをここに連れてきたのは間違いじゃなかった。


二人の話を聞いたアディ・ベルの反応は、驚きなどという生やさしいものではなかった。しかし、目の前にいるフランキーからは、確かに恐怖が伝わってきた。

「まあ！　本当なの？」アディは尋ねた。

フランキーはほっと肩の力を抜いた。「ええ、本当です」

「二年間も……そのうえ、自分がどこに連れていかれたかもわからないのね？」

フランキーはうなだれた。見かねたクレイが助け船を出した。

「そうなんです。ただ、彼女の話では、逃げ出す直前に地震があったようなんですが」

アディは息をのんだ。「少し前にカリフォルニア南部で地震があったわ」

「ええ、知ってます」クレイは答えた。

アディは身を乗り出し、真剣なまなざしでフランキーの顔をのぞき込んだ。

「フランセスカ、あなたは本当に自分が意思に反して拘束されていたと信じてるのね？」

フランキーはクレイをちらりと見やった。彼の顔を見ると、いつも心が落ち着くからだ。

そうしてから、アディに視線を戻した。

「はい。私が自分の意思でクレイの元を去るわけがありません。彼は私の命なんです」フランキーはため息をついた。「だから、何がなんだかわからなくて。警察は一時クレイに疑いをかけ、彼が私を殺したことを証明しようとしていました。クレイは私を捜すために私立探偵まで雇ったんです。実は、その私立探偵が今カリフォルニアにいて、私の乏しい記憶を頼りに調査してくれているんですけれど」

「それで、何かわかったの？」

フランキーは首を横に振った。「まだ何も。それが誰であれ、私を拉致(らち)した人間はお金が目当てではなかったんでしょう。身の代金の要求は一度もなかったし」

そこで、彼女はためらった。これを言ったら、クレイを傷つけることになる。でも、クレイだって覚悟はしているはずだ。

「私が戻ってきたとき、みんなは私が麻薬をやっていたと思ったんです。腕のあちこちに注射針の跡があったので。でも検査してみると、鎮静剤の痕跡(こんせき)しか見つかりませんでした」フランキーは大きく息を吸った。婉曲(えんきょく)な表現を探したが見つからなかった。「私は自分が身体的な虐待を受けていたとは思っていません。交通事故で負った傷を除けば、体はどこも悪くなかったんです。でも、性的な虐待については、なかったとは言い切れません。だって私……私、何も覚えていなくて」

アディは愕然(がくぜん)とした様子だった。「ともあれ、相手はあなたを家へ帰したわけでしょう」

フランキーは首を横に振った。「解放されたんじゃない。自分で逃げ出したんだと思います。だから、これで安心と言えるのかどうか、判断できずにいるんです」

アディ・ベルはデスクを回り込み、フランキーを抱擁した。「かわいそうに！　本当にまあ、なんと言ったらいいか」彼女はクレイに目を転じた。「あなたもつらい思いをしたでしょうね」

クレイは肩をすくめた。「こうしてフランキーが戻ってきた。俺にはそれで十分です」

アディはうなずき、フランキーの頬を撫でた。それから、話の本筋へ戻った。

「あなたたちがここへ来たのは、この話をするためだけじゃなさそうね。私が力になれることはあるかしら？　何か訊きたいことがあるんじゃない？」

フランキーは助けを求めてクレイを見やった。

「最初に私立探偵を雇ったとき、俺たちはフランキーの現在の生活に手がかりを見出そうとしました。彼女の職場の関係者とか、俺に恨みを持っていそうな人間とか、たまたま彼女と接触があった異常者とか、まあ、そのあたりを調べたんです。でも、フランキーが自宅から連れ去られた事実から見ても、行き当たりばったりの犯行とは考えにくかった。犯人は俺たちの習慣を知っていたに違いない。俺が毎朝早く仕事に出かけ、暗くなるまで戻らないことを知っていた人間。俺が仕事先から電話をかけて、彼女が出なくても疑問に思わないことを知っていた人間の仕業なんです」

「それで、その私立探偵は何か発見できたの？」

「何も」クレイはフランキーの肩に腕を回し、身を寄せてきた彼女を軽く抱き締めてから、先を続けた。「今回、改めて連絡を取ったとき、その探偵が最初から始めてみようと提案してきたんです。つまり、フランキーが思い出せる限りの過去までさかのぼって調べてみようと。それで、俺たちはここに来たんです。なんでもいい、どんな人でもいい、こういう奇妙なことをしでかしそうな人に心当たりはありませんか？」

「とんでもない」アディは気色ばんで反論した。「過去にキタリッジ・ハウスで問題が起こったことなど一度もありませんよ。身寄りがあるのにやむをえずここにいる子供たちもいますが、フランセスカには誰もいませんでした。彼女は幼くしてうちへ来たんです。それ以前のことはあまり覚えていないんじゃないかしら」

フランキーはため息をついた。「ええ。両親の顔はぼんやりと覚えているけど、住んでいた家のことも、両親がいつ亡くなったかもわかりません」

「なぜフランキーは養子にならなかったんです？」クレイは尋ねた。

アディは肩をすくめた。「さあ。養子縁組の話は何度か持ち上がりましたよ。でもそのたびに、あと少しというところで、先方が赤ん坊のほうがいいと言い出してね」

「そういえば、どこかのうちに引き取られたことがあったわ」フランキーはつぶやいた。

「そのうちには娘が一人いて、その子が私をいやがったから、ここに戻されたの」

「でも、私たちはあなたが戻ってきて嬉しかったわ」アディは言った。「フランセスカは本当に愛らしい子供でした。みんな、彼女が大好きで」不意にアディの唇が不快そうに歪んだ。「あの変わった男の子でさえ。ええと……名前はなんていったかしら。とにかく、フランセスカがここへ来るまで、彼は手のつけられない問題児でした。トラブルばかり起こすし、すぐかっとなるし。でも、フランセスカとはうまが合ったのね。不思議な取り合わせだったわ。あなたはまだ四歳、あの子は十代前半といったところで。フランセスカに慕われて、彼は少し変わりましたよ。私たちが期待したほどではありませんでしたけど」

フランキーの意識の隅で何かが動いた。しかし、まだ記憶と呼べるほどはっきりしたものではなかった。彼女は待った。何か思い出せますようにと祈りながら、意識を集中させた。

クレイは彼女が静かになったことに気づいた。少し静かすぎる。不安を感じた彼は身を乗り出し、フランキーの肩に触れた。

「ハニー、大丈夫か?」

フランキーははっと我に返った。「ごめんなさい、今なんて言ったの?」

クレイは眉をひそめた。「ミス・ベルが君の友人たちについて話していたんだよ。何か特別記憶に残っていることはある?」

「いいえ。どういうわけか、そういう男の子がいたって記憶さえないんだけれど」

アディ・ベルは信じられないと言いたげな表情でフランキーを見つめた。

「本当に覚えていないの？」

フランキーは肩をすくめた。「男の子ととくに仲良くしていた覚えはありません」

アディはますます渋い顔になった。「おかしいわね。実際、あなたが成長するにつれて、私たち全員、彼との関係を心配しはじめたくらいだったのよ。彼は異常と言ってもいいほど執拗で、私もあなたの身を案じて冷や冷やしたものだわ」

フランキーは身を硬くした。「つまり、彼は私に暴力をふるいそうだったということですか？」

「あなたが考えているような暴力とは違うけれど」アディは急に青ざめた。「ああ」彼女は嘆息を漏らし、椅子にへたり込んだ。

「どうしたんです？」クレイが問いかけた。

「今、思い出したことが」

「なんですか？」フランキーは叫んだ。

アディは震える手でブラウスの襟を直した。「いいえ、たいしたことじゃないわ。きっと私の考えすぎね。だいいち、もう遠い昔のことだし」

「お願いです、ミス・ベル。話してください。たいしたことかどうかの判断は私たちがしますから」

アディの唇がむっつりと引き結ばれた。

「あなたは本当に愛らしい子だった。でも、成長するにつれて、あなたの美しさが人目を引くようになったの。ちょうど今みたいにね」

フランキーは頬を赤らめた。

アディは続けた。「その少年は……まったく、どうして名前が出てこないのかしら？　とにかく、その少年は大人の男になった」彼女はクレイに視線を投げた。「うちの子供たちは全員、十八になったらここを出る決まりなんです。彼もここを出て、自活を始めました。でも、何かと理由をつけては戻ってきたんです。一時期はうちの用地管理人まで務めて。最初は私たちも首を傾げていたんですが、しばらくして気がつきました。彼が戻ってきたのはフランセスカのそばにいるためだということに」

クレイのうなじにいやな感覚が走った。そこまで執着するのは不自然だ。しかも、相手はまだ子供じゃないか。

「それで、私はどうしたんですか？」フランキーは尋ねた。

「最初はなんとも思っていなかったようね。なにしろ、彼とは小さなころからの仲良しだったから」アディは答えた。「でも、時間がたつにつれて、あなたは不安を感じはじめた。彼を怖がるようになった。そんなある日、彼が欠勤したの。逮捕されたのを知ったのは数日後のことよ。その後、彼は刑務所に送られたわ」

フランキーは椅子から身を乗り出した。「じゃあ、彼と私はそのあと一度も会ってないんですね？」

アディは肩をすくめた。「それはなんとも言えないわね。でも、刑務所を出たあと、彼はあなたを捜しにここへ戻ってきたわ」

アディは落ち着きなく身じろいだ。

それで、クレイはこの話には続きがあると確信した。

「で、どうなったんです？」彼は促した。

「あなたがいないと知ると、彼は逆上したわ。このオフィスをめちゃくちゃに壊し、私たちをさんざんののしったのよ。フランセスカは自分のものだとかなんとかわめきながら」

フランキーは身震いした。再び何かが意識をよぎった。何か不気味なもの、醜いものが。

クレイはメモを取りはじめていた。ここで得た情報を細大漏らさずハロルド・ボーデンに伝えるためだった。

「彼の名前は、ミス・ベル？　なんとかしてわかりませんか？」クレイは食い下がった。

アディはうなずいた。「わかりますとも。ファイルを調べれば。変わった名前だったと記憶していますよ」彼女は背後にあるファイルキャビネットのひきだしを開けた。「ええと、たしか、彼がここを出た年に体育館が火事で焼けたのよ。彼が放火したという説もあったわね」

フランキーは目を丸くした。「そんなに悪い人だったんですか?」

「ええ、まあ。残念だけど」

「どうして私はそんな人に懐いていたんだろう?」フランキーはつぶやいた。

アディはファイルをめくりながら肩をすくめた。

「彼はあなたにはひどいことをしなかった。それどころか、あなたをとてもかわいがっていたわ。それに、子供の心理は思いもよらない働き方をするものよ。あなたは両親を失い、馴染(なじ)みのない場所へ移されたばかりで、不安を抱えていた。その不安から彼を頼ったんでしょうね」

フランキーはクレイに寄り添った。

ファイル捜しはさらに数分続いた。やがて、アディ・ベルは一冊のファイルを手にキャビネットから後ずさった。

「これ、これ!」彼女は叫んだ。「これだわ」

「名前……名前はなんていうんです?」クレイは勢い込んで質問した。

アディは視線を上げた。「名前も風変わりだけど、本人もかなり風変わりですよ。ほら、ここに写真があるでしょう。浅黒い肌に黒い巻き毛。彼の両親についてはよくわかっていませんが、少なくとも、どちらかが中東出身だったんじゃないかしら。ファラオという名前もエジプトふうだし。まあ、断言はできませんけどね」

　写真を見た瞬間、フランキーはパニックに襲われた。息が止まりそうだった。なんとか息をしようとしても、うめき声しか出てこない。部屋が回りはじめた。彼女はクレイにすがろうと手を伸ばしたが、その手は虚しく空気をつかんだだけだった。

　自分の名前を叫ぶクレイの声が遠くに聞こえた。返事ができないほど遠くに。フランキーは椅子からずるずると滑り、音もたてず床の上に崩れ落ちた。

　フランキーはローブ姿でモーテルのベッドに腰かけ、壁にかかった海の絵をぼんやりと見つめていた。隣の浴室から流れ出る湯気が、霧の毛布のように部屋全体に広がり、カモメ柄のシャワーカーテンと灯台柄のベッドカバーをかすませていた。

　クレイはまだ浴室の中にいた。彼らはボーデンへの連絡をすませ、ドーソン刑事が折り返し電話をかけてくるのを待っているところだった。

　部屋のインテリアはかなり間が抜けていた。砂漠の町のモーテルよりも海辺の町に似合いそうな代物だった。しかし、動揺しているフランキーにインテリアを気にする余裕はなかった。心臓の鼓動が乱れ、ときどき痛みが走る。ストレスから来る不整脈だろう。けれど、ストレスを抱えるなと言うほうが無理だ。毎日毎日、問題が増えていくのだから。

　フランキーはベッドに仰向けになり、目を閉じた。アディ・ベルのファイルにあった顔を思い描いた。今はもっと老けているだろう。でも、浅黒い肌と黒い巻き毛は変わらないはずだ。それに、あの日も。彼女の体が震えた。あのぞっとするような無表情の目。

フランキーは横向きになった。顎の下で手を組み、今日の出来事を振り返った。私は気を失ってしまった。それは間違いのない事実。つまり、私のどこかにあの少年の記憶が残っているということだ。でも、大人になった彼の記憶についてはなんとも言えない。顔を見ただけで気絶するなんて。私は何をそんなに怖がっているの？　私はファラオ・カーンの愛情に応えなかった。そうミス・ベルは言っていたけれど。

仮にファラオ・カーンが私を拉致した犯人だったとして、あれから何年もたつのに、どうやって私を見つけたのだろうか？　キタリッジ・ハウスの事務局は私の居場所を知らなかった。つまり、キタリッジ・ハウスから情報が漏れた可能性はない。拉致されるまで、私の暮らしは地味そのものだった。私もクレイも新聞の社交欄に載るような著名人ではなかった。駐車違反切符を切られたこともないから、その方面から情報が流れたとも思えない。

フランキーは突然起き上がった。

「クレイ！」

シャワーの音は止まらなかった。

彼女はベッドから転がり出て、浴室へ駆け込んだ。

「クレイ！」

その声に驚いて、クレイはシャワーカーテンを引き開けた。シャンプーの泡が彼の頭から首筋へ伝い、濡れたタオルのしずくが床にしたたった。

「どうした？」

「私の写真よ」

「写真ってなんのことだ？」

「このままじゃ床が洪水になっちゃう」フランキーはシャワーカーテンを閉じた。「髪をすすいで。大声で話すから」

「写真ってなんのことだ？」クレイは質問を繰り返した。それから、シャンプーを洗い流すためにシャワーの下に立った。

「ほら、雨の中の私を撮った写真が新聞に載ったでしょう？」

クレイは泡を流してしまうと、我慢しきれずシャワーを止め、タオルを腰に巻きながら浴槽を出た。フランキーが興奮しているのは明らかだったが、彼にはまだ話の趣旨がつかめなかった。

「ああ、覚えてるよ。でも、それがどうしたっていうんだ？」

「考えてみて」フランキーはうろうろ歩き回りはじめた。「子供のころの私に執着していたファラオって少年が、私を拉致した犯人だったと仮定してみて」

クレイは便座の蓋に腰を下ろした。

「それから」彼は促した。

「ミス・ベルの話を聞いてから、ずっと考えていたの。もし彼がそこまで私のことを気にしていたなら、なぜもっと早く私を拉致しに来なかったのかって。ねえ、疑問だと思わない？」

「ああ、そうだな」クレイはつぶやいた。「でも、ミス・ベルが言ってただろう。彼は君を捜しに戻ってきた、でも、君はもうキタリッジを出たあとだったって」

「そのとおりよ。でも、こうも言っていたわ。誰も私の居場所を知らなかったから、彼が逆上したって」

クレイはうなずいた。

「じゃあ、次の疑問。もしある日たまたま私を見つけたとしたら、彼はどう反応すると思う？」

クレイは身を硬くした。「たまたま？　たまたまってどういう意味だ？」

「外れているかもしれないけど、そう考えると辻褄（つじつま）が合うの。デンバーの新聞に載った私の写真を覚えてる？　あの写真、ＡＰ通信が全国に流したでしょう？」

「ああ……それで？」

「それから二週間後に私は拉致されたのよ」

クレイの表情がこわばった。「あの野郎……」

「ただの仮説よ」フランキーはなだめた。

クレイは立ち上がった。「でも、いいところを突いてるぞ、フランセスカ」

フランキーは微笑した。謎(なぞ)の解明に向けて一歩踏み出せたのだと思うと心が躍った。

「で、どう思う?」

「まずはボーデンに電話だ。ドーソンが電話をかけてきたら、彼にもこの仮説を伝えよう」そこでいったん言葉を切ってから、クレイは付け加えた。「もちろん、俺たちの考えすぎという可能性もある。ファラオ・カーンは幸せな結婚をして、今ごろどこかの郊外で平凡に暮らしているかもしれない」

「ミス・ベルの話を忘れたの?」フランキーは指摘した。「放火したり、刑務所に送られたりするほどの少年が、郊外の平凡な暮らしに満足できると思う?」

「気をつけろ、このくそったれ」ファラオはうなり、理学療法士をにらみつけた。

「すみません、ミスター・カーン。でも、筋肉を動かさないと力も回復しませんよ」

ファラオは低く悪態をついたが、理学療法士は涼しい顔だった。

「さあ、ミスター・カーン、次はうつ伏せになってください」

ファラオは寝返りを打ち、マッサージの痛みに耐えた。耐えるしかなかった。理学療法士の長い指が使われていない筋肉に食い込み、ファラオはまたひるんだ。上体を起こして抗議しようとしたが、彼が口を開く前に、デュークが電話を手に部屋へ駆け込んできた。

「ボスにお電話です」

「俺は今、忙しいんだ」ファラオはにべもなく言い放った。

「出られたほうがいいと思いますよ。デンバーからです」

「やれやれ」ぶつぶつ言いながら、ファラオは電話を受け取った。「誰だ?」

「ボス、俺です」

ファラオは顔をしかめた。スタイコウスキーめ、やっと連絡してきたか。

「いったいどこをうろついてた? なぜ電話をよこさなかった?」

「早くしろ、スタイコウスキー」看守が言った。「一日じゅう電話してるつもりか?」

マーヴィン・スタイコウスキーは肩ごしに看守を振り返ってうなずいた。

「今のは何者だ?」ファラオは尋ねた。「誰かそばにいるのか? 極秘にやれと言ったはずだぞ」

「それが……ちょっと面倒なことになりまして」スタイコウスキーは言葉を濁した。

ファラオは身を硬くし、理学療法士を部屋から追い出すよう、デュークに目で合図を送った。

「で、面倒ってのは?」

「パクられたんです、ボス。ぶち込まれちまったんですよ」

ファラオは痛みを無視して寝返りを打ち、マッサージ台の端に腰かけた。口調と言葉遣いは普段どおりだったが、内心は怒りで煮えくり返っていた。

しかし、部屋へ戻ってきたデュークは、すぐにボスの怒りに気づいた。ファラオの目から表情が消えていたからだ。デュークは緊張に身を硬くした。スタイコウスキーはどんなへまをやらかしたのだろう?

「なんでパクられた?」ファラオは尋ねた。「今どこにいる?」

スタイコウスキーは返事をためらった。「麻薬所持です、ボス。信号無視で止められて、車の中にあったのが見つかっちまった。今、拘置所で保釈を申請してるとこです」

ファラオは必死に怒りを抑えた。耳の奥がじんじん鳴っていた。

「罪状認否はいつだ?」

「二時間以内には」

「弁護士をつけてやる。保釈されたら、今夜じゅうにベガスへ戻れ。わかったか?」

「はい、ボス」

「二度としくじるな」ファラオは警告した。「俺はミスが嫌いだ」

ようやくボスの怒りの大きさに気づき、スタイコウスキーは青ざめた。

「必ず戻ります、ボス。信じてください」

「必ずだぞ」

「あの、ボス、例の件は……?」

ファラオは冷ややかな表情でぴしりと言い渡した。「口を慎め。そばに誰かいるだろうが」

スタイコウスキーは看守に視線を投げた。「ああ、はい。じゃあ、そっちに着いたときにご報告するってことで」

電話が切れるやいなや、ファラオは受話器を投げつけた。受話器は壁にぶつかり、砕け散った。

「療法士を呼び戻しますか?」デュークが尋ねた。

ファラオはうなずいた。「ああ、さっさと片づけちまおう。こうなったら、何がなんでも体を治すぞ。頼れるのは自分だけだからな」

ファラオはもう何時間も書斎の窓辺に張りついていた。立ったり座ったりを繰り返しながら、街の明かりを眺めていた。今、彼の視線をとらえているのは、屋敷へ続く曲がりくねった道を近づいてくる車のヘッドライトだった。彼の中には怒りが岩のように居座り、熱く燃え盛っていた。

車が正門の前で停まった。防犯灯の光が、運転者の赤い巻き毛と山羊髭(やぎひげ)を照らし出す。スタイコウスキーだ。

ファラオはインターホンに手を伸ばした。「奴を通せ」

内側へ開いた門を抜け、車はさらに奥へ進んだ。ファラオは車から降り立った男を観察した。足取りに虚勢が感じられた。男が建物の中へ入るのを見届けてから、彼は窓に背を向けた。

指の間でウサギの足を転がしながら、ファラオはデスクへ戻った。もう間もなくだ。指示はデュークに伝えてあった。スタイコウスキーが到着したら、すぐにここへ連れてこいと。

彼はウサギの足をデスクへ放り出し、ひきだしを開けた。それと同時に、ドアがノックされた。

「入れ！」

マーヴィン・スタイコウスキーがのんびりした歩き方で入ってきた。

ファラオはデスクから後退し、狙いも定めずに引き金を引いた。わずか一メートルの距離にいたデュークにとっては幸いなことに、ファラオは射撃の名手だった。危険を認識する暇さえ与えず、銃弾がマーヴィン・スタイコウスキーの脳を貫いた。窓をたたく雨のように、飛び散る血がデュークの顔に降り注いだ。

デュークはひゅっと喉を鳴らし、その場に立ち尽くした。動くことはおろか、息をすることさえ恐ろしかったのだ。ファラオの形相には鬼気迫るものがあった。ボスに仕えて数年になるが、これほど怒ったボスを見るのは初めてだ。デュークはハンカチを取り出し、顔の血を拭(ぬぐ)いはじめた。

「このゴミを片づけろ」ファラオは低くつぶやき、銃をひきだしに放り込んだ。

デュークはハンカチをスーツのポケットにしまい、電話に歩み寄った。

それから数分もたたないうちに、死体は消えた。

ファラオは窓辺にたたずみ、両手を後ろに組んで、ラスベガスの夜景をしみじみと眺めた。

「パワフルな町だ」

「はい、まったく」デュークは相槌(あいづち)を打った。

「先にデンバーでつかんだ情報を訊き出しておくべきだった」ファラオはつぶやいた。

「おっしゃるとおりです」

ファラオは振り返り、初めてデュークを見たかのように眉をひそめた。

「スーツが台無しだな。明日はダウンタウンへ行け。俺の馴染みの仕立屋で一着新調しろ。俺は身なりにはうるさいんだ」

スーツなんかどうでもいい、命があるだけで幸せだ、とデュークは思ったが、ボスの指示に逆らう気はなかった。

「はい、そうします。ほかにご用は?」

ファラオは渋い顔になった。「誰か信用できる男をデンバーへやらないとな。おまえは誰がいいと思う?」

デュークは肩をすくめた。「私にはわかりません、ミスター・カーン。なにしろ地震以来、何もかもごたついていますから、誰がどこにいるのか、まだ生きてるのかもわからない始末で」

ファラオはため息をついた。「そこが問題だな、デューク? すべてあのいまいましい地震のせいだ。まあ、なんとかなるだろう。サイモン・ロウの手が空いてるか調べてくれ。あいつは前にも役立ってくれたからな」

「はい。すぐに調べます」

ファラオは手を振り、デュークに慈悲深い笑みを投げかけた。

「明日でいいぞ。おまえもよく眠っておけ。人間、眠れるうちが華だ」

「はい、ボス。そうさせてもらいます」デュークは答えた。銃はデスクのひきだしにしまわれているとわかっていても、恐怖で背筋がこわばった。しばらくのち、血まみれの服を脱いでシャワーの下に立ちながら、彼は考えていた。死を覚悟して殺されるのと、何も知らずに背後から不意打ちをくらうのでは、どっちがまだましだろうかと。

12

モーテルの室内にテレビの音が低く流れていた。クレイは宅配ピザの二枚目を取ろうとして、糸を引くチーズ相手に格闘し、フランキーはそんな夫の姿をほほ笑ましく眺めていた。電話が鳴ったのはそのときだった。彼女ははっとして身構えた。クレイがピザを箱へ戻し、受話器へ手を伸ばす。彼女はリモコンの消音ボタンを押した。

「はい、ルグランド」

エイバリー・ドーソンは受話器を反対側に持ち替えた。

「メッセージを聞きました。どういう用件です？」

クレイは口の動きで相手がドーソンであることをフランキーに伝え、ノートを引き寄せた。何か言い忘れては困るからだ。

「まあ、いろいろと」クレイは答えた。

「今、どこに？」ドーソンが尋ねた。

「まだアルバカーキだ。あんたが興味を持ちそうな情報をつかんだ」

「聞かせてもらいましょうか」

「今日、フランキーが育ったキタリッジ・ハウスの所長アデリーン・ベルに会ってきた。彼女の話だと、フランキーに異様に執着していた若い男がいたらしい。そいつの執着はフランキーが四歳で施設に来たときから、本人が刑務所送りになるまで続いたそうだ」

「執着？」

クレイは渋い顔をした。「俺が言ったんじゃない。アデリーン・ベルがそう表現したんだ。彼女の連絡先を教えるから、じかに話を聞いてみてほしい。彼女はフランキーとそいつの友情をあまり健全なものとは見ていなかった。俺が言っている意味、わかるだろう？」

「オーケー。で、その男は刑務所送りになったと。何をやらかしたんです？」

「そこまでは知らないが、そいつが出所したとき、フランキーは十八になり、施設を卒業していた。フランキーの行く先がわからないと知ると、そいつは一暴れしたって話だ」

「それはいつごろの話ですか？」ドーソンは質問した。

「フランキーがキタリッジを出たのが八年余り前。そいつが出所した時期はわからない。わかっているのは、そいつが彼女を捜しに戻ってきたということだけだ」

「しかし、それだけじゃ……」

「もっとある」クレイは刑事の言葉を遮った。「フランキーはそんな男は覚えてないと言っていた。ミス・ベルにはそれが意外だったらしい。だが、そいつの顔写真を見せられると、フランキーは失神した」

ドーソンはようやく興味を示した。「つまり、彼女はそいつが誘拐犯だとわかったわけですか？」

クレイはためらった。「いや。そういう細かい記憶はまだ戻っていない。誘拐犯についてフランキーが覚えているのは、胸にタトゥーがあったということくらいで」

「例のエジプトふうのやつか」ドーソンはため息をついた。「ああ、ミスター・ルグランド、確かにこいつは見込みのありそうな手がかりだ。私もその線から当たってみるつもりですが、こういうケースは物的証拠が命なんでね」

クレイはフランキーと視線を合わせることができなかった。目を合わせれば、フランキーはドーソンがあまり乗り気でないことを見抜いてしまうだろう。さんざん苦しんできた彼女を、これ以上失望させたくなかった。

「ああ、その点は承知している」クレイはぶっきらぼうに答えた。「とにかく、その男を調べてもらえるとありがたい。そいつには犯罪記録がある。居場所を見つけ出すのはそれほど難しい話じゃないはずだろう」

「わかりました。そいつの名前は？」

「ファラオだ。ファラオ・カーン」

エイバリー・ドーソンは座ったままのけぞった。

「まさか、あのファラオ・カーンじゃないでしょうな？」

クレイは眉をひそめた。「奴（やつ）を知ってるのか？」

フランキーははっと息をのんだ。手にしていたピザを放（ほう）って身を乗り出した。「どうしたの？」彼女は小声で問いかけた。

クレイは彼女を引き寄せ、二人が同時にドーソンの声を聞けるように受話器を掲げた。

「いや、個人的な知り合いとは言えないが」ドーソンは答えた。「奴のことはよく知っています。ただし、あなたの言うカーンと私の考えてるカーンが同じ人間かどうかはまだわからないが」

「あんたのファラオ・カーンだが、どこがそんなに特別なんだ？」クレイは尋ねた。

ドーソンは低く鼻を鳴らした。「特別って表現はちょっと違う。むしろ悪名高いと言ったほうがいい」

フランキーは手を握り締め、クレイを見やった。茶色の瞳がショックで見開かれていた。

「そいつは何をやらかしたんです？」クレイはさらに質問した。

「奴の仕業だと立証できる犯罪は一つもありませんが」ドーソンは答えた。「奴がペペ・アレハンドロの右腕だってことは、一部じゃ有名な事実ですよ」

クレイのみぞおちが締めつけられた。「アレハンドロ……カリフォルニアの犯罪組織の？」

「そう、それです」ドーソンは答え、さらに付け加えた。「参ったな、ミスター・ルグランド。あの連中を相手にするとなると、私たち、誰一人無事じゃすみませんよ」

「まだ続きがある。フランキーが連れ去られる二週間ほど前のことだ。AP通信が彼女の写真に目を留めた。雨の中できれいな女性が笑っているだけのたわいない写真だったが、全国の新聞に載ることになった。フランキーはそれでファラオに見つかったんじゃないかと言っている」

「なるほど。なんでもっと早く思いつかなかったんですか？」

「気づいたのは俺じゃない。フランキーだ。で、調査結果はいつごろになる？」

突然、フランキーがベッドから立ち上がり、浴室へ向かった。クレイはあせった。彼女の後を追いたかったが、この会話を途中で投げ出すわけにはいかなかった。

「とにかく、調べてみます」ドーソンは言った。「こっちのファラオ・カーンがどこで育ったか、確認する必要がある。それに、奴がこの二年間どこにいたのかも。何より肝心なのは、奴が現在どこにいるかですが」

「オーケー。俺たちも明日にはデンバーへ戻る」

「戻ったらすぐに電話をください。この線が当たりなら、いろいろと対策を相談する必要が出てくるかもしれません。もしアレハンドロ・カルテルがかかわってるとしたら、あなたの奥さんが買った銃だけじゃどうしようもないですよ。象の暴走を止めようとしてピーナツを投げつけるようなものだ」

「だろうな」クレイはつぶやいた。希望は萎みつづける一方だった。浴室から水の流れる音が聞こえてくる。彼はベッドから立ち上がった。「頼む、ドーソン刑事」

「なんです？」

「できるだけ急いでほしいんだ」

「わかりました」ドーソンは答えた。

クレイの耳元で電話は切れた。彼はピザの箱をテーブルに置いて、浴室へ向かった。

フランキーは浴槽のかたわらに膝を曲げて座り込み、両手で顔を覆っていた。彼女の足下には濡れタオルが転がり、そこから水が流れ出ていた。

「フランキー……大丈夫か？」

フランキーは顔を上げた。「もう少しで吐きそうだったわ」

「もう治まった？」

彼女はうなずいた。

「横になったほうがいい」クレイは彼女を助け起こしてベッドへ連れていき、自分も並んで横たわった。

フランキーはひどく震えていたが、彼が抱擁しようとするたびに押し戻した。

「フランセスカ、俺に当たらないでくれ」彼は懇願した。「俺は君の味方だ。そうだろう?」

フランキーの顔がくしゃくしゃになった。「ごめんなさい、クレイ。私……私……」

「泣くなよ、ハニー。そのうち、何もかもうまくいくから」

「どうやって?」フランキーはすすり泣いた。「刑事さんの話を聞いたでしょう。相手は危険な男なのよ」

「でも、君に熱を上げてた少年がアレハンドロの右腕と同じ奴だと決まったわけじゃない。もし同一人物だったとしても、そいつが君を誘拐した犯人とは限らない」

フランキーは苦々しげに笑った。「やめてよ、クレイ。このアメリカにファラオ・カーンって名前の男が何人いると思うの?」

クレイはため息をついた。確かにそうだ。これだけ珍しい名前の男がそうそういるわけがない。誘拐されていた二年の間に、彼女は身体的な危害を加えられなかった。ということは、理由はなんであれ、誘拐犯は彼女を大切にしていたということだ。これはアディ・ベルから聞いた例の若者の行動パターンと一致する。

「俺は真実が知りたい。君だってそうだろう?」クレイは尋ねた。

フランキーの動きが止まった。頬が涙で濡れていたが、茶色の瞳には怒りの輝きがあった。

「あなた、真実を受け止め切れるの？」

「どういう意味だ？」

フランキーは寝返りを打ち、上体を起こした。クレイの顔を見ることができなかった。

「もし私が……あの男が……」

クレイの声に怒りがにじんだ。「もし奴が君を犯していたら。そう言いたいんだな？ ちくしょう、フランセスカ。俺がその可能性について考えなかったと思うか？」

「そう言われても」フランキーは小さくつぶやいた。「私たち、そのことについては一度も話し合わなかったし——」

「もしそういうことがあったとしても、それは不可抗力ってやつだ。俺がそんなことで君を責めるような浅はかな人間だと思うのか？」

フランキーは答えなかった。

「こっちを向けよ」

彼女は無言で振り返った。

クレイの声が和らいだ。「もし君が路上で襲われ、レイプされたら、俺が君を愛さなくなると思うか？」

「そうは思わないわ。でも——」

「でも、はなしだ」クレイはささやいた。「同じことだよ。何があったにしろ、それは君の望んだことじゃなかった。俺たちはただ、それが二度と起きないようにすればいい」

「私、怖いのよ」フランキーの声は消え入りそうなほど細かった。

「俺だって怖い」クレイは言った。「でも、お互いがいる限り、俺たちはきっと乗り越えられる」

フランキーの声はまだ震えていた。「もしその悪党が私の昔の知り合いなら、もし私を拉致した犯人なら、私たちの力だけでは乗り切れないんじゃない？」

クレイはため息をついた。「正直に言おう、フランキー。もしそうなれば、俺たちが身を守ることは簡単じゃないだろう。でも、なんとかなる。考えてごらん。もしそいつが犯人なら、今度は俺たちにも勝ち目があるんだ」

「勝ち目って？」

「俺たちは奴の外見を知ってる」

「でも、クレイ、そういう人間は直接手を下したりはしないものよ。手下にやらせるのが普通だわ。相手がどんな人間かわからなかったら、身の守りようがないでしょう」

「じゃあ、身を隠そう、フランセスカ。少なくとも、君の記憶が戻って警察が奴を逮捕できるだけの物証をつかむまで、隠れていよう」

フランキーは顔をしかめた。身を隠すのは気が進まなかった。「それはどうかしら。もし私の記憶が戻らなかったら？　もし警察が物証をつかめなかったら？」

「大丈夫。きっとなんとかなる。俺がなんとかするよ」

フランキーは彼の腕の中にもたれかかり、大きな胸に顔を埋めた。

「私を愛して、クレイ。この不安を消して」

「アブラカダブラ」クレイは低く呪文を唱え、彼女にキスをした。

実際、それは魔法のように効き目があった。

キスを続けるうちに、フランキーの心に火がついた。頭がくらくらしてくる。空気を求めてあえぎ、その先をせがんだ。しかし、クレイは譲らなかった。巧みな優しいキスで彼女の興奮をかき立てた。

「クレイ……」

「まだだ、フランセスカ」

フランキーはため息をついた。

クレイが不意に身を引いた。フランキーは驚き、文句を言おうとした。が、それより早く、クレイは彼女を裏返し、シーツの上にうつ伏せに寝かせた。

「どうして――」

その問いはすぐに意味をなくした。クレイは彼女の足の裏に唇を押しつけ、そのまま上へとたどっていった。彼の唇が膝の裏に達したとき、フランキーはうめいた。

「クレイ」

「黙って」

彼女はまぶたを閉じ、クレイにすべてを委ねた。

ときにはついばむように、ときには愛撫するようにキスは続いた。最後に軽く歯を立ててから、クレイは唇を離した。彼女の脚にまたがり、上から覆い被さった。大きな体は重いはずだったが、フランキーは愛情しか感じなかった。クレイの両手が脇腹を滑り、乳房を包み込む。刺激を受けた乳首が硬くなり、うずきはじめた。フランキーはあえぐような息を繰り返し、理性にすがろうとしたが、それも興奮の波にあえなく打ち砕かれた。

クレイは彼女の髪をかき分け、首筋に舌を這わせた。温かく湿った舌は首筋から頬へとたどり、最後にあのいまわしいタトゥーへ行き着いた。

フランキーのもだえる声を耳にして、クレイはくすくす笑った。

彼は片手で乳房を抱き、もう一方の手で腹を抱いて、フランキーを横向きにした。腹を抱いていた手が滑るように下へ向かい、太股の間で止まった。

フランキーの体がびくりと震えた。耳元で彼の声がした。

「力を抜いて、ハニー。ただ感情に従うんだ。そうすれば、君の行きたいところへ行ける」

クレイは動きはじめた。優しかった動きが次第に速くなり、激しさを増していく。ついにフランキーは興奮に屈した。すべてのものが砕け散り、頭の中が真っ白になった。

受話器を置いたデューク・ニーダムは安堵のため息を漏らした。命令を遂行する意志と能力を兼ね備えた人材を探すのは容易なことではなかった。それでも、彼はやり遂げた。ボスに悪い知らせを届けて、スタイコウスキーのように額に風穴を開けられるのだけはごめんだった。この知らせでファラオの機嫌が直ることを祈りつつ、彼はトレーニングルームへ向かった。

ファラオの髪は汗で濡れていた。Tシャツとスウェットパンツも汗まみれだった。まだ二時間も歩いていないのに、運動不足で弱った脚の筋肉は焼けるように熱く、心臓は何キロも走った直後のように轟いている。この数字、おかしいんじゃないのか。彼は憮然としてランニングマシンのデジタル表示をにらみつけた。分刻みで怒りが膨らんでいった。彼は弱さが許せなかった。それが自分自身の弱さであっても。

ファラオが退院してから一週間以上が過ぎていた。医師たちの話によれば、回復は順調で、予想を超えるほどだということだった。しかし、本人から見れば、少しも順調ではなかった。この世界では、弱さは危険を意味する。

震える筋肉と刺すような痛みを忘れるために、彼は思考を切り替えた。フランセスカの消息さえわかれば、リハビリにも熱が入るのだが。

皮肉なことに、彼の息がかかったロスの警官たちも、こういう問題に関してはまったく役に立たなかった。ファラオの女を捜すどころか、女の存在を知っていると認めただけでも、誘拐事件にかかわることになるからだ。通常なら、密かに調査できる警官の一人や二人はいただろう。しかし、今は非常時だった。地震のせいで、様々なものが破壊され、多くの人間が死んでいた。だからといって、誘拐した女の捜索願いを出すわけにもいかなかった。

ファラオは歯を食いしばり、歩幅を広げながら、この二年間を振り返った。当初、彼は映画のワンシーンのような再会を想像していた。フランセスカが彼の腕の中へ飛び込み、終生の献身を誓うものだと思っていた。ところが、彼女は恐怖の悲鳴をあげ、逃げ出そうとした。ファラオは彼女を捕まえて言い聞かせた。昔、おまえを守ってやると約束しただろう？　おまえは俺のものなんだよ。しかしフランセスカは聞き入れず、私はクレイ以外の誰のものでもないと言い切った。

ファラオがミスを犯したのはそのときだった。彼女を平手打ちしたのだ。あとで何度も詫びたが、効果はなかった。彼が近づくたびにフランセスカはひるみ、彼が触れようとするたびに抵抗した。彼女の悲嘆に暮れた様子を見るとファラオも心が痛んだが、今さら引き下がることはプライドが許さなかった。実際、いくら拒まれようと、フランセスカを手放すことはできなかった。彼女と再会してから、再び運が上向いたからだ。彼にとって、フランセスカは単なる欲望の対象ではなかった。幸運の守り神だった。金の檻に閉じ込められた鳥のように、彼女には権力と金で手に入るものすべてが与えられた。彼女が最も望むもの――自由――を除いて。

「ちくしょう」急に脚がもつれ、ファラオは悪態をついた。

ランニングマシンにしがみつこうとしたが間に合わなかった。床がすぐ目の前まで迫ったところで落下が止まった。デュークに助け起こされながら、彼は朦朧としたまま壁に手をついた。

「椅子に座らせろ」ファラオはうなった。

「はい、ボス」デュークはファラオの腰に腕を回し、抱きかかえるようにして近くの革張りのソファまで運んだ。

「看護師を呼びましょうか？」

「死にたくなかったら、やめておけ」ファラオは語気を強めた。

デュークの顔から血の気が引いた。弱っているとはいえ、ファラオにはまだ手下を縮み上がらせるだけの力があった。

「水を持ってきます」

デュークがカウンターへ向かうと、ファラオはため息とともにソファへもたれかかり、まぶたを閉じた。氷が触れ合う音に続いて、水がグラスに注がれる音が聞こえてきた。

「どうぞ、ボス」

ファラオはグラスを受け取りながら、デュークの愛想のいい表情を冷ややかに観察した。こいつ、俺を哀れんでるんじゃないだろうな？　彼は感謝の言葉をつぶやいてから、グラスを口へ運んだ。

デュークはニュースを伝えるタイミングをうかがっていた。

水を飲み干してから、ファラオは気がついた。こいつはたまたまトレーニングルームに来たんじゃないな。俺がプライベートな時間を邪魔されるのが嫌いだということは、部下なら誰でも知っている。彼はグラスを置き、デュークを見上げた。

「何か用か？」

「いいニュースです、ボス。彼女の居所がわかりました」

ファラオの表情が固まった。「どこだ？」

デュークは一瞬ためらった。だが、事実はごまかしようがない。

「ボスが疑っていた場所……デンバーです」

ファラオは何も言わなかったが、本当は叫びたい気分だった。フランセスカが生きてた……あいつのところに戻っていた。

いや、待てよ。戻ったといっても、俺のことは話していないんじゃないか？　でなきゃ、俺は今ごろ警察(サツ)に追い回されているはずだ。

「ほかには？」ファラオは尋ねた。

「まだ詳しいことはわかりませんが、彼女は一種の記憶喪失になっているという噂です」

ファラオはソファの背にもたれた。なるほど。それで俺はいまだに無事というわけだ。

「もういっぺん彼女をさらってきましょうか、ボス？」

「待て」ファラオは鋭い口調で言った。フランセスカにこんな俺を――無様に弱った俺の姿を――見られたくない。「まだだめだ」

デュークは肩をすくめた。女がどうなったか、まだ生きてるのかと気を揉んでおろおろしていたわりには、ずいぶんあっさりした反応だ。まあ、俺にはどうでもいいことだ。俺に言わせれば、あんな女はいないほうが面倒が少なくてすむのだが。

「はい、ボス」デュークは答え、立ち去ろうとしたが、ファラオに呼び戻された。「なんでしょうか？」

「ロウに二十四時間態勢であの家を見張らせろ。わかったな？」

「わかりました。二十四時間態勢ですね」

デュークがいなくなるのを待って、ファラオはもたもたとソファから立ち上がり、西棟にある住居部分へ戻った。寝室へたどり着くころには、痛みのせいで全身汗まみれだった。

心の中で悪態をつきながら、彼は服を脱ぎ、シャワーのために浴室へ向かった。

浴室は建築デザインの傑作と言っていいものだった。瓶ガラスの煉瓦が窓の代わりを務め、床から天井まで鏡張りのタイルが並んでいた。観葉植物が天井から吊るされ、床の上にも鉢植えが配してあった。アンティークふうの金色の調度とピラミッド形の黄色い石鹸の中で、タオルの白さが際立っていた。

浴室へ入ったファラオを出迎えたのは、四方の壁に映る自分の裸身だった。百八十センチの体はすらりと引き締まっていたが、治りかけの傷跡はいまだに赤黒く腫れ、脇腹には薄紫の痣が残っていた。しかし、最初に彼の視線をとらえたのは、露骨に存在を主張する傷跡ではなく、胸の中央に彫られた小さなタトゥーだった。彼は鏡の壁に歩み寄り、さらに喉元の脈の動きが見える近さまで迫った。

タトゥーはただの象徴にすぎない。

永遠。

フランセスカはこの言葉の意味を知らない。彼は胸に掌を当てた。タトゥーの下から心臓の鼓動が伝わってきた。

俺が彼女を愛するように、彼女にも俺を愛してほしい。俺に終生の献身を誓ってほしい。それがかなわぬ夢だとしても、俺はあきらめない。夫を始末してでも彼女を取り戻してやる。だが、まずは体を元どおりにしなければ。

「居所がわからないってどういう意味だ？」クレイは問いただした。

ドーソンは肩をすくめた。「そのとおりの意味ですよ。わかってください。今ロスは大騒ぎで、人捜しができる状態じゃない。何もかもめちゃくちゃでね。緊急医療サービスがフル稼働してても、まだ追いつかない。いまだに人が入れない地域もあるし、瓦礫の下に埋まったままの犠牲者だっている。あの地震はここ数年で一番ひどかった。たしか……マグニチュードは七・六とか言ってませんでしたかね？」

「まあ、そんなところだ」クレイは不満そうに答え、フランキーに気遣わしげな視線を投げた。彼女は奇妙なほど平静に見えた。「それじゃあ、何がわかったんだ？」クレイは尋ねた。

ドーソンはデスクの上にファイルを広げ、身を乗り出した。ここ数カ月、字がかすんで見える。一度眼科に行くべきだろうか？

「オーケー……アレハンドロ・カルテルのファラオ・カーンは、ニューメキシコ州アルバカーキのグラディス・キタリッジ・ハウスで育った。そこの用地管理人として働いていたときに、武装強盗で逮捕され、五年の懲役刑をくらった」

「そのあとは……そのあと、彼はどこへ行ったの？」フランキーが口を挟んだ。

ドーソンは書類をめくった。

「ははあ、次に奴が警察の厄介になったのは、オレンジ郡で暴行事件を起こしたときだ」ドーソンは視線を上げた。「ただし、告訴は途中で取り下げられている。その後、奴はカルテルに加わった。何年か下働きで汗をかいて、命令される側から命令する側になった」

フランキーは身震いした。「私にそんな知り合いがいたなんて、なんとも言えない気分だわ」

ドーソンはうなずいた。「ああ、その気持はよくわかります。十年ばかり前だが、私と相棒とで麻薬絡みのがさ入れをやったことがありましてね。ところが、問題の家で私たちが逮捕した男は、私が大学で教わった教授だった」

クレイはドーソンの過去などどうでもよかった。問題はフランキーの過去だ。

「つまり、フランキーに執着していた若者は、やはり犯罪組織の一員だったってわけだ」

ドーソンはうなずき、考える表情でフランキーに視線を移した。「事件絡みでほかに思い出したことは?」

フランキーは肩を落とした。「何も」

クレイは彼女の肩に腕を回して抱き寄せた。「気にするな。じき思い出すさ」それから、ドーソンに視線を戻した。「フランキーが行方不明だった間カーンがどこにいたのか、調べる方法はないのか?」

ドーソンは顔をしかめた。「そんなに簡単に調べがつくなら、カーンみたいな人間のクズはとっくに塀の中だ。あなたの奥さんが奴と犯罪を結びつける特別な何かを思い出さない限り、警察は動けないんですよ」

「でも、地震があったことは……タトゥーは証拠にならないんですか？」フランキーは尋ねた。

ドーソンは詫びるような表情になった。「いいですか、ミセス・ルグランド。あなたは地震があったと考えているだけだ。実際に覚えてるわけじゃない。誘拐犯の胸にあなたと同じタトゥーがあったっていうのも、あなたの考えにすぎない。あなたは昔の知り合いのことを思い出し、それを現実にあなたを拉致した男とごっちゃにしてるのかもしれない。私の言う意味がわかりますか？」

フランキーは悲鳴をあげたかった。「ひどい見方ね」彼女はつぶやいた。

「ああ、ひどい見方だ」ドーソンは繰り返した。「だが、あなたが確かな手がかりさえ与えてくれるなら、私は石にかじりついてでも奴に引導を渡してやりますよ」

フランキーは出し抜けに立ち上がった。「クレイ、ドーソン刑事の仕事を邪魔しちゃ悪いわ。そろそろおいとましない？」

クレイはため息をついた。フランキーが腹を立てる気持もわからないではない。彼が答えるより先に、ドーソンが立ち上がった。

「ミセス・ルグランド、私の言ったことがお気に召さなかったようですね。正直言って、あなたの読みはいいところを突いていると思います。しかし、カーンの居所をつかんで、直接尋問してみないことには……」刑事は肩をすくめた。

フランキーの声に嫌悪感がにじんだ。「わかっています。私はただ次の事件が起きるのを待つしかないのよね」

「もし私の妻があなたと同じ立場になったら、私は夫婦で旅に出ますね。長い、長い旅に」

フランキーの頬が赤く染まった。「私は逃げるつもりはないわ」彼女は一語一語嚙み締めるように言った。「頭のおかしな男に生き方を左右されるくらいなら死んだほうがましよ。あの男は絶対にまたやってくる。でも、今度は私にも覚悟があるわ」

「まあ、あなたのご判断ですから」ドーソンはつぶやいた。

「それと、夫である俺の」クレイは言い切り、フランキーに目を向けた。何より肝心なのは彼女を守ることだ。「なあ、俺たち――」

「いいえ。逃げるのはいや。もしあの男がそんなに私に執着しているなら、こっちからわざと見つかるようにしてやるわ」

クレイの顔が青ざめた。「冗談じゃないぞ、フランセスカ。自分を餌代わりに使うつもりか？」

「私の人生がかかっているの」フランキーは反論した。「私の人生を取り戻したいのよ」

クレイのみぞおちが締めつけられた。しかし、ここで抗議しても、フランキーが耳を貸すとは思えなかった。

「あとでよく話し合おう」彼は言った。

フランキーが返したまなざしには、いくら説得されても気持は変わらない、という覚悟の強さが感じられた。

「パトカーを手配して、日中あなたたちの自宅周辺を巡回させましょう」ドーソンは申し出た。

彼女がドーソンに向けた視線も、さっきと大差ないものだった。「辛抱強く付き合ってくださってありがとう」フランキーは冷ややかに言った。「もっとも、あなたを煩わせるのはこれが最後でしょうけれど」

二人が立ち去ったあとも、ドーソンの耳の中ではフランセスカ・ルグランドの言葉がこだましていた。書類仕事に戻ろうとしても、彼女が買った銃のことばかりが気になった。

ドーソンはもどかしげにかぶりを振った。まったく、刑事ってのは因果な商売だ。

13

フランキーとクレイがアルバカーキから戻って一週間が過ぎた。嵐(あらし)の前の静けさを思わせる平穏な一週間だった。しかし、日々何事もなく過ごしていても、見えないものに対する不安がじわじわと二人をむしばんでいた。

クレイは職場でたびたび癇癪(かんしゃく)を起こし、フランキーはつねに泣き出したい衝動と闘いつづけた。デンバー市警の努力にもかかわらず、ファラオ・カーンの居所はいまだにつかめていなかった。フランキーが誘拐されていた間、彼がどこにいたかも特定できないままだった。私立探偵のハロルド・ボーデンは、フランキーには内緒で、彼女と接触のあった人々を調査していた。事件を中心に、全員が忙しく活動していた。

そうこうするうちに感謝祭も終わり、その二日後に雪が降りはじめた。

「ねえ、クレイ、ミセス・ラファティのアパートに誰か越してきたみたい」

雪を眺めていたフランキーの言葉に、クレイはデスクから顔を上げ、窓を見やった。書類仕事をさぼる口実ができたことを喜びながら、彼は立ち上がった。

「こんな天気の日に引っ越しか?」クレイは窓に歩み寄り、彼女の肩ごしに吹雪を眺めた。

フランキーはうなずき、彼の両腕を自分の体に巻きつけた。「私は雪が降って嬉しいけど」

「君らしくない台詞だな。寒いのが大嫌いだったくせに」

フランキーは顔をしかめた。「今だって好きじゃないわ。でも、雪のおかげであなたが家にいてくれるから」

普段はあんなに自立心の強いフランキーが。それだけストレスが大きいということか。このままじゃ、彼女はストレスに押し潰されてしまう。

「スウィートハート、ボディガードを雇わないか?　俺が仕事で留守の間、君のそばについていてもらうんだ」

「ばかなことを言わないで」フランキーは不機嫌に抗議した。「もうセキュリティシステムをつけたじゃない。だいいち、うちにボディガードを雇うお金なんて――」

「金の問題じゃない。一番肝心なのは君を守ることだ」

不意にフランキーの顎が震えた。「ごめんなさい」彼女は目をしばたたき、涙をこらえた。「最近、すぐ泣きたくなっちゃうの」

「泣いて気が楽になるなら、泣いていいんだよ。君がつらい思いをしているのはわかっているから」クレイは窓に視線を戻し、眉を寄せた。「ミセス・ラファティのところの新しい住人はずいぶん軽装なんだな。スーツケースが二つに本の箱が一つか。所帯道具にはほど遠いぞ」

フランキーは目を細め、舞い降る雪のかなたを見透かした。「思い出すわ。私も昔はあんな感じだった」

クレイは彼女の顎をつまんだ。「ホットチョコレートでもどう?」

フランキーはため息をつき、それから、無理にほほ笑んだ。「色付きの小さいマシュマロがいっぱい入ったやつ?」

クレイは困ったふりをしてみせた。「さあ、どうかな。俺はマシュマロ純粋主義者なんだ。でも、君がどうしても色付きがいいって言うなら――」

フランキーは彼の腕にパンチを見舞った。「もう、やめてよ。少なくとも、私はスクランブルエッグにマスタードをかけたりしないわ」

クレイはにんまり笑った。「でも、あれ、いけるんだぜ」

「想像しただけで吐き気が……」

「わかった、わかった。じゃあ、緑のマシュマロは俺のだからな」

「意地悪ね」フランキーは抗議した。「緑が私のお気に入りだってこと、知ってるくせに」

クレイは目を輝かせ、大げさに声を落とした。「オーケー。色付きマシュマロで手を打とう。ただし、この代償は高くつくぞ」

フランキーはにやにや笑った。「いくら払えばいいの？」

クレイは彼女を腕に抱き上げた。「〝いくら払うか〟じゃなく〝何を払うか〟だ」

フランキーは彼の髪をまさぐった。掌をこする粗い髪の感覚をいとおしんだ。

「で、何を払えっていうわけ？」

返事代わりににやりと笑うと、クレイは彼女を抱いたまま部屋を出た。

「ちょっと、キッチンはあっちよ」フランキーは彼の背後を指さした。

「悪いな、ハニー。昔からよく言うだろ。〝支払った分だけ手に入る〟って。支払いがすむまでホットチョコレートはお預けだ」

フランキーは笑い出した。「ホットチョコレート一杯でいくら取るつもりなの？」

クレイは彼女をベッドの中央へ横たえ、シャツを脱ぎはじめた。「キスを山盛り」それから、彼女の靴に手を伸ばした。

フランキーはまた笑った。「じゃあ、私が緑のマシュマロも欲しいって言ったら？」

クレイは真顔で答えた。「そいつは交渉次第だな」

「交渉？」

彼はフランキーのズボンを脱がせはじめた。「今にわかるよ。俺が十分受け取ったと感じたら、教えてあげよう」

サイモン・ロウは最後のスーツケースをベッドに投げ出し、ドアの鍵をポケットにしまいながら、二間のアパートを見回した。しけたアパートだ。けど、清潔だし、暖かい。外の吹雪を考えれば、天国みたいなもんだ。髪とコートの雪を払ううちに、彼は自分に課せられた使命を思い出した。

「ええと、電話はどこだ?」ぶつぶつ独り言を言いながらポケットを探ってみたが、携帯電話は見つからなかった。

彼は窓の外を見てうなった。そうか。今朝バンの中からボスに電話して、そのあと、座席に放り出しちまったんだった。

次第に積もっていく雪を、ロウはげんなりして眺めた。待ったところで、雪が消えるとも思えない。低く悪態をつくと、彼はコートの襟を立て、バンへと走った。

携帯電話は彼が放置した場所――座席の上――にあった。雪を呪いながら、ロウはそそくさとアパートへ引き返した。彼はイリノイ州の農場で生まれ育ち、カリフォルニアの太陽にあこがれて、数年前に故郷を出た。それなのに、なぜまた寒いところへ来てしまったのか。ファラオ・カーンの依頼を受けたことを、彼は心から悔いていた。

ロウはドアをロックしながらファラオの秘密の電話番号をプッシュし、コートを脱ぎながら荷物から双眼鏡を取り出した。

「ボス、俺です。ロウです。ええ、用意できました」彼は窓辺に近づき、双眼鏡の倍率を調節した。「ええ、奴らは家です。昨日この部屋を下見したときに会ったし、今朝も見かけました。いや、どこにも行く様子はないですけど。はあ、わかってます。とにかく見張れってことですね」

ファラオ・カーンはウサギの足を指の間で転がしながら、ロウの報告に耳を傾けた。

「連中がどこへ出かけたか、何をしたか、とにかく全部知らせるんだ！　わかったな？」

「はい、ボス。任せてください。また連絡します」

ファラオは電話を切った。口元に浮かんだ薄い笑みは、大いに満足していることを物語っていた。彼は一瞬ためらってからウサギの足をポケットにしまい、インターホンに手を伸ばした。

「デューク、車を用意しろ。これからルクソールへ行くぞ。今日はついてる気がする」

「はい、ミスター・カーン。すぐそちらに行きます」

ファラオの笑みがさらに広がった。退院後、外出するのはこれが初めてだ。ラスベガスに数あるカジノの中でも、古代エジプトをテーマにしたルクソール・ホテルのカジノは彼のお気に入りだった。今日はちょいと賭を楽しんで、〈イシス〉で遅めのランチとしゃれ込むか、と彼は考えた。〈イシス〉はルクソールの優雅なレストランで、料理の味には定評があった。

ファラオは両手をこすり合わせつつ、鏡の前へ向かった。外出ついでに散髪するか。うまいステーキも食ってやろう。そういえば、ジミー・ザ・シューがベガスに来てるという噂だ。ジミーとはここ二年ほど会っていないし、旧交を温めるっていうのも悪くない。

彼は再びフランセスカのことを考えたが、いつものあせりは感じなかった。これで彼女の居場所はわかった。準備がすんだら、彼女を取り戻しに行こう。この前は夫を生かしておくというミスを犯したが、今度は違う。奴を始末してしまえば、フランセスカも逃げないはずだ。

数分後、ファラオは屋敷を後にした。肌寒い一日だったが、アルマーニのスリーピースとカシミアのロングコートを着ていれば、寒さは感じなかった。運転手と並んでリムジンの前の席に座っている男たちがいれば、寒さ以外の危険も回避できるはずだった。

フランコ兄弟はフィラデルフィア出身で、二年余り前からファラオの下で働いていた。兄も弟も体力ばかりで頭の回転が遅かったが、ファラオは二人のそういうところが気に入っていた。ファラオ・カーンを出し抜いた人間には死が待っている。その点、フランコ兄弟の身は安泰だった。

「ミスター・カーン」

ファラオは向かいの席に座るデュークを見上げた。「なんだ?」

「ボスがお元気になられて、本当に嬉しいです」

ファラオは自分の右腕とも言うべき男に珍しくほほ笑みかけた。「ありがとう、デューク。俺も実にいい気分だ」

デュークはうなずき、窓の外に視線を戻した。彼は観察眼が鋭かった。ボスへの不意打ちを未然に防ぐのも彼の仕事のうちだった。

リムジンがラスベガス大通りを南下しはじめると、ファラオの心臓は高鳴った。遠くにルクソールの三十階建てのピラミッドが見えてきたからだ。数分後、リムジンはファラオたちを降ろすためにカジノの正面でいったん停止した。

まずデュークが車を降り、フランコ兄弟がその後に続いた。三人の男たちは周囲の人混みを素早くチェックした。そのうえで、デュークは前屈みになり、ファラオにうなずきかけた。

車を降りようとしたところで、ファラオはかすかにひるんだ。だが、痛みに負けるわけにはいかない。今日だけは。今日こそ俺の名誉を回復してやる。フランセスカは記憶喪失になり、おかげで俺は逮捕されずにすんだ。これは神の思し召しだ。俺は神に守られた存在なんだ。

リムジンが走り去ると、ファラオは堂々と顎を上げ、ルクソールの客たちとはいっさい目を合わせなかった。これは初めて服役したときにつけた知恵だった。我関せずという態度は大人物らしい印象を与える。ときにはこの超然とした態度のおかげでトラブルを免れ、命拾いすることもあるのだ。

ファラオは一つ深呼吸をし、逸る思いでカジノの入り口へ向かった。とたんに、三人の手下たちが彼を取り囲んだ。フランコ兄弟の片割れが先頭を行き、デュークは彼のかたわらを歩き、兄弟のもう一人がしんがりを務めた。人垣が割れ、彼らの前に道ができた。カジノに入って一メートルと進まないうちに、タキシードを着た浅黒い肌の小男が飛んできた。

「ミスター・カーン！　またお目にかかれて光栄です」

ファラオは微笑を浮かべた。ジャハールはカジノのフロアマネージャーで、いつ何時非常識な要求をされても対処できる有能な男だった。

「ジャハール、また世話になるよ」

「何かご希望はございますか？　なんなりとお申しつけくださいませ」

「今日は遊びに来た」ファラオが答えると、小男の顔に笑みが広がった。「ただし」ファラオは付け加えた。「負けるつもりはないぞ」

ジャハールは小躍りせんばかりだった。「さあ、それはどうでしょう？　運命の女神は気まぐれでございますから」

ファラオは腕時計に視線を投げた。「三時に〈イシス〉のいつものテーブルを用意できるか？」

ジャハールは力強くうなずいた。「お任せください。すぐに手配いたします」

ジャハールが人混みの中へ消えると、ファラオは気の向くままにフロアを回りはじめた。数分後、彼はバカラのテーブルで賭に没頭していた。

五時を十五分ほど過ぎたころ、デザートとコーヒーから視線を上げたファラオは、レストランを横切って近づいてくるジミー・ザ・シューに気づいた。デュークもこの男に気づき、指示を求めて、ボスをちらりと見やった。

ファラオはうなずいた。「代われ」

デュークは立ち上がり、脇へどいた。ジミー・ザ・シューはファラオににっこりほほ笑みかけ、デュークが空けた席に座った。

「あんたがベガスにいるとは聞いてたが」ジミーは切り出した。「いやあ、元気そうなんでほっとしたよ。一時はもうだめだって噂もあったんだぜ」

ファラオの笑顔がこわばった。「それがゴシップの怖いところだな、ジミー。どうだ、俺が死体に見えるか？」

「いや、いや。それどころか、前よりぴんぴんしてるくらいだ」それから、ジミーは神経質そうな笑みを返した。「正直言って、そうとうやばかったんだろ？」

ファラオは一瞬考えてから肩をすくめた。「どんな大怪我をしたとか、何度死にかけたとか、そんなのはつまらんことさ。肝心なのは、すべてが終わったときにまだ立っていられるかどうかだ」

ジミーはうなずいた。「いや、まったく」

「で」ファラオは言った。「そいつは社交辞令か？　飲み物はどうだ？　それとも、何か食うか？」

ジミーは身を乗り出した。「いや、遠慮しとく。ロスで警察どもがあんたについて訊き回ってるってことを、ちょいと耳に入れておこうかと思っただけでね」

ファラオの陽気な気分に影が差した。「連中、何を嗅ぎ回ってるんだ？」

「そこがまた妙でさ。ビジネス絡みじゃないんだよ。なんでも、女が誘拐されたって話らしい」

内心の動揺を隠して、ファラオはわざとゆっくりコーヒーをすすった。

「誘拐はばかがやることだ。俺は儲けにならないことには首を突っ込まない主義でね。いちおう参考までに尋ねるが、どんな連中が嗅ぎ回ってるんだ？　つまり、その女のことをって意味だが」

「地元の刑事が数人と、よそから来た私立探偵が一人」

ファラオはせせら笑った。「それだけの連中が動いてるってことは、ただの女じゃないな。その女、何者だ？」

ジミーは肩をすくめた。「さあ。とにかく、どっかの女だろ」

「で……サツどもは何を調べてるんだ？」

「女の写真を見せて、この女を知らないかとか、あんたと一緒のところを見なかったかとか、そんな質問をしてるらしいぜ」

　ファラオはまたコーヒーをすすった。「そうか。知らせてくれてありがとう、ジミー。借りができたな」

　ジミー・ザ・シューは肩をすくめた。「ただ、あんたが知りたいんじゃないかと思っただけさ」彼はにんまり笑った。「けど、調査はどうせ無駄足だぜ。最後に俺が聞いたところじゃ、誰もあんたの居場所を知らなかった。俺はあんたがこっちに家を持ってることを覚えてたから、もしかしたらと思って来てみたんだ」

　ファラオはうなずいた。「わざわざすまなかったな、ジミー。この礼はいつか必ず」

　しばらくは沈黙が続いた。デュークが急に椅子との距離を詰めると、ジミーはそわそわしはじめた。

「いや、ほんとにあんたに会えてよかったよ、ファラオ。けど、そろそろ失礼しよう」ジミーは言った。「元気でな」

　ファラオはそそくさと人混みを抜けていく小柄な男を目で追った。これで状況は一変するかもしれない。準備ができていようがいまいが、あまりデンバー行きを遅らせるのは危険だ。こいつは慎重に考えてみなければ。

「デューク、車を回せ。うちに戻るぞ」

デュークは携帯電話を取り出した。数十秒後には、彼らはドアへ向かっていた。入り口で待機していたフランコ兄弟が、カジノの人混みをかき分け、ボスをリムジンまで先導した。

雪は夜中のうちに降りやんだ。通りの除雪も夜明けまでに終わり、翌朝は快晴になった。クレイは夕方まで帰れないと言い残して、ダウンタウンの建築現場をチェックしに出かけた。一人残されたフランキーは、毛布の下にもぐり込んでうとうとするうちに、再び寝入ってしまった。

毛布のぬくもりと思い出に包まれて、意識が現実と夢の狭間を漂っていた。フランキーはため息とともに寝返りを打ち、クレイの枕にすり寄った。彼が食べさせてくれた緑色のマシュマロを思い出し、忍び笑いを漏らした。結局、ホットチョコレートはお流れになったが、二人はその分愛し合った。十分にホットで甘い一夜だった。夢の中をさまようちに心のガードが解け、恐ろしい記憶がよみがえってきた。

〝俺に刃向かうな、フランセスカ。おまえは昔から俺のものだったんだ〟

ベッドに横たえられたフランセスカは、迫ってくる男の顔を見上げた。男の目は満たされない欲望でぎらつき、鼻孔が広がっている。男は怒りに頬を染め、彼女を組み敷こうとした。男の体の重みで動きを封じられ、彼女は息をするのもやっとの状態だった。

〝いやよ、放して……お願いだから放して〟フランセスカは懇願した。

男の形相が変わった。〝おまえは俺のものだ！　奴のものじゃない！〟

〝違うわ！　私は誰のものでもない。私自身のものよ〟フランセスカは叫んだ。〝自分を誰にあげるかは私が決めることだわ。私はこの人と決めて、クレイと結婚したの。あなたには私に触れる権利なんてないのよ〟

男は彼女の両手首を握り締め、顔をさらに近づけた。フランセスカはあっと声をあげた。

〝俺に権利がないってのはどういう意味だ？　すべての権利は俺にある〟ファラオがささやいた。〝俺の顔を見ろ。俺の目を見ろ。思い出したか？　俺たちの思い出がよみがえったか？　おまえがどんなに忘れようとしても、俺を忘れられるわけがないんだ〟

フランセスカは抵抗をあきらめ、逃れようのない現実を受け入れた。彼女はクレイのことを思った。これから我が身に起ころうとしていることを思った。胸が張り裂けそうな気がした。しかし、たとえ殺されようと、心までファラオに屈するつもりはなかった。

不意に魂が抜けたかのように、彼女の顔から表情が消えた。

〝力で女の体を奪っても、女の心までは変えられないわ。あなたなんか、顔も見たくない。私をさらってきて、力ずくで抱いて。それで私の心が手に入ると思う？　私の心はクレイのものよ。私が思い出すのはクレイのことだけ。私が愛しているのはクレイだけ〟

ファラオの怒りが爆発した。殴られる。彼女は怯え、身構えた。

フランキーはクレイの名前を叫びながら目覚めた。家の中に反響する自分の声に一瞬うろたえた。

「あの夢は……今の夢は……」彼女はおどおどとつぶやき、ベッドから這い出した。よろけるように浴室に入ると、ガウンを脱ぎ捨て、シャワーの下に立った。水はまだ冷たかったが、気にしなかった。ボディソープを両手に付け、肌をごしごしこすった。自分が汚らしいゴミになった気がした。この数週間、彼女は否定しつづけてきた。誘拐されても何もなかったのだ、と自分に言い聞かせてきた。しかし、あの夢でかすかな望みは断たれた。こみ上げた涙で喉が詰まった。クレイに顔向けができない。誘拐されたうえに、レイプまでされるなんて。

次の瞬間、フランキーははっと気づいた。衝撃で足が滑り、転びそうになった。これは記憶が戻ってきたということだ。私はあの男にやめてほしいと懇願したことを思い出した。あの男の顔を思い出した。これで警察も動けるはずだ。今すぐドーソン刑事に連絡しなくては。残ったボディソープの泡を洗い流すと、彼女は素早く体を拭き、服を着た。しかし、電話を受けた刑事の反応は、予想とかなり違っていた。

「ですがね、ミセス・ルグランド、それは夢だったんでしょう?」

「ええ、でも――」

「それが不安が生み出した想像の産物じゃないとどうして言い切れるんです？　あなた前におっしゃっていましたね。少しは記憶が戻ってきたが、犯人の顔はまだ思い出せないって」

フランキーは吐き気を感じた。絶望的だわ。誰も私の話を信じてくれない。ドーソン刑事はわかってくれると思ったけれど、もともと正しい判断なんてしてくれたことはなかった。私が勝手にそう思っただけ。結局、私のことを頭が変な女だと思っているんだわ。

「ええ、でも――」

「昔の知り合いの写真を見て、そいつが誘拐犯だと思い込んでしまわれたんですよ」

フランキーは悲鳴をあげたくなった。「思い込んだんじゃないわ」彼女は反論した。「思い出したのよ」

「いいや、違いますね」ドーソンは静かな口調で言い切った。「あなたは夢を見たんだ。夢と記憶じゃ雲泥の差がありますよ」

フランキーは近くにあった椅子にへたり込み、肩を落とした。落胆しきった表情だった。

「どうすれば信じてくれるの？　わからない？　私の危険はまだ続いているのよ」

ドーソンはためらった。彼女はそれを返事と解釈し、かっとなった。

「これでようやくはっきりしたわね。私は単に家出して戻ってきただけ。それがあなたたちの見方なんだわ」

「誰もそんなことは言っていません」

「言わなくても、見え見えよ」ぴしりと言い放ってから、フランキーは続けた。「この無意味な会話を終わらせる前に、仮定的な質問をしても？」

「どうぞ」

「もし私がよその州で死体で見つかったら、あなたはどう対応していたの？　クレイを逮捕した？　それとも、私が自分探しの旅の途中で死んだってことにして、めでたしめでたしってわけ？」

彼女の皮肉たっぷりな口調に、ドーソンはひるんだ。

「それはすべての手がかりを調べたうえで判断することです」

「よく言うわ。これまで手がかりを無視しつづけてきたくせに。しかも、最初はクレイに罪を着せようとしたんでしょう？　あのとき、あなたは判断ミスを犯した。今度のことも判断ミスかもしれないわね」

刑事が答えあぐねているうちに、フランキーは一方的に話を締めくくった。

「もうけっこうよ。今の沈黙であなたの立場はよくわかったから。一つ教えてあげる。もし警察を辞める気になったら、政界入りを考えるべきよ。あなた、絶対に向いてるわ」

ドーソンの耳元で電話が切られた。それはフランセスカ・ルグランドが彼に愛想を尽かしたことを意味した。退勤時間が来ても、ドーソンは彼女の指摘を忘れることができなかった。俺たちは判断ミスを犯したのか？ 確かに、警察がいつも正しいとは限らない。ファラオ・カーンを取り調べるとなれば、誰だって尻込みする。奴に宣戦布告した女にあえて味方したがる人間は一人もいないだろう――俺自身も含めて。

ドーソンは低く鼻を鳴らし、ポケットからキーリングを取り出した。尻込みしない人間のほうがどうかしている。ファラオ・カーンは恐ろしく危険な男だ。おまけに、尻尾をつかむのが難しい。居所もわからない男を、どうやって取り調べろっていうんだ？

その夜ベッドに入ったあとも、フランキーは良心と闘いつづけていた。思い出したことをクレイに話すべき？ でも、あんなことを話しても、クレイを苦しめるだけで、謎の解明にはつながらない。それに、もし彼に知られたら、二度と彼の顔をまともに見られない気がする。私が生きていること自体、間違いなの？ 世の中には、レイプされるより死を選ぶ女性だっているというのに。

そこで、フランキーは眉をひそめた。いいえ。そういう考え方は愚かだ。クレイのためだけじゃない。自分自身のためにも、私はどうあっても生き延びなければ。彼女は唇を噛んで涙をこらえ、寝返りを打った。眠っているクレイが、無意識のうちに彼女を抱き寄せた。フランキーは全身の力を抜いた。私は死を選ばなかったことを後悔していない。こうして自分のいるべき場所へ――クレイの腕の中へ戻ることができたんだから。

サイモン・ロウは複雑なセキュリティ・システムに注意を払いつつ、家の敷地内を三周した。箱につながるワイヤーの束にペンライトを向けて、彼は顔をしかめた。こいつはやばいな。アラームを作動させずに侵入するには専門家の腕がいりそうだ。

突然、角から一台の車が現れ、ヘッドライトが周囲を照らし出した。ロウが灌木(かんぼく)の茂みに飛び込んだ直後に、車は通り過ぎていった。襟口から入り込んだ雪を呪いながら、彼はのそのそと立ち上がり、歩道へ向かった。ペンライトがないことに気づいたのは、数歩進んだあとだった。悪態をついて引き返そうとしたそのとき、家の中で明かりが灯(とも)った。

ロウはとっさに通りへ飛び出し、バンに乗り込んでエンジンをかけた。フランセスカ・ルグランドがこの時間から動くとは思えない。とりあえず見張りを中断して、もう一つの仕事——ボスの行く手を阻む邪魔者の始末——をすませるとしよう。

ハロルド・ボーデンは歩道に寄せて車を停(と)め、エンジンを切った。しばらくは座ったまま静寂に身を浸し、その日の仕事から気持を切り替えた。彼は我が家へ目を転じ、軒を縁取るクリスマスのライトを眺めた。南西の角に近い豆電球が二つばかり切れていることに気づき、そのうち交換しなければと考えながら、座席の紙袋に手を伸ばした。車を走らせる間じゅうエッグロールの匂(にお)いを嗅いでいたせいか、ひどく腹が減っていた。

張り込みの最中は家へ戻れないことも多いが、ルグランドのケースは特別だ。クレイが家へ戻れば、自分も家へ戻れる。こういう仕事ばかりなら楽なんだが。ボーデンはにやりと笑い、それからあわてて気を引き締めた。フランセスカ・ルグランドの捜索にはどれだけ苦労をしたか。おまけに収穫はゼロだった。これは名誉を挽回するチャンスだ。そのチャンスをふいにするわけにはいかない。そろそろだ。私にはわかる。決着のときは近い。

ボーデンは取っ手をつかみ、ドアを開けた。とたんに、冷たい空気が車内へ入り込んできた。彼は紙袋を胸に抱え、素早く車から降り立った。冷たい夜気がエッグロールの匂いをかき消した。キーを車に向けると、静まり返った通りに自動ロックの音が響き渡った。

ボーデンは深々と息を吸い、自宅のほうに体を向けた。アリスは今ごろソファでうたた寝しているかな。それでも、いつも私を待っててくれる。彼は微笑した。いい女にして最高の妻。私は本当に幸せ者だ。

突然、右手に一対のヘッドライトが現れた。一台の車が通りの角を曲がってきた。ボーデンはキーをポケットに落としながら、その車を避けようとした。狙いは逸れ、キーは音をたてて路面に転がった。彼は低く悪態をつき、キーを拾おうと腰を屈めた。

肉体と金属がぶつかる鈍い音がした。タイヤのきしむ音と急加速するエンジン音が続いた。ソファでうとうとしていたアリス・ボーデンは、その音で目を覚ました。外の暗がりに視線をやると、縁石に沿って停められた夫の車が見えた。さらに目を凝らすと、夫の体が道路に転がっていた。

彼女は悲痛な声を漏らした。その声が絶叫に変わった。

サイモン・ロウはピザとビールを抱えて階段を上り、アパートのドアの前で立ち止まった。キーリングをじゃらじゃらいわせながら、ドアの鍵を捜した。

中に入った彼はコートを脱ぎ、一切れ目のピザを三口で平らげた。夜中に仕事をすると、決まって腹が減るのだ。

ロウは二切れ目を手に窓辺へ近づき、双眼鏡を掲げた。ルグランドの家に変化は見られなかった。ピザをもう一口頬張ったところで、雪の上に残った足跡に気づいた。俺の足跡。彼はぎくりとして、家の周囲を巡る足跡を目で追った。

「くそったれ」ロウは毒づいた。足跡を消す前にやんでしまった雪を恨めしく思った。どうしよう？　どうすればいい？　荷物をまとめて逃げ出すか？　それとも、ここに残るべきか？　もし逃げたとして、ファラオの怒りが届かない場所までたどり着けるのか？スタイコウスキーの末路は組織じゃ有名な話だ。ファラオに悪い知らせを届けた奴にろくな運命は待っていない。

ロウは双眼鏡を下ろし、愕然(がくぜん)として夜の闇(やみ)を見つめた。そのうち、重要な事実を見落としていたことに気づいた。確かに雪の上には俺の足跡があるが、それは縁石のところで途切れている。道路には何も残っていない。俺がどっちに向かったかはわからないはずだ。のろのろと安堵（あんど）の息を吐きながら、彼はピザを食べ終えた。アームチェアにひっくり返り、膝に双眼鏡を置いた。疲れた。一分だけ。一分だけ眠ろう。

しかし彼が目覚めたとき、夜はすでに明けていた。

14

クレイが最後に残ったトーストの切れ端を飲み込もうとしていたとき、フランキーがキッチンへ入ってきた。

「ちゃんと支度した?」彼女は尋ねた。「雪はやんだけど、外はすごく寒いわよ」

クレイはにやりと笑い、トーストを飲み込んだ。「はい、ママ。手袋はトラックの中だし、レギンスもはいてるよ」

フランキーは苦笑した。「オーケー、確かに私がうるさすぎたわ」それから、彼女はクレイのコーヒーカップを取り上げ、カウンターへ置いた。「抱き締めて」

彼女の思いつめた声に、クレイの胸が痛んだ。

「喜んで」彼はそっとつぶやいた。「おいで」

フランキーは彼の腕の中にもたれかかった。自分の体を包み込む力強さを味わい、頬に当たる青いフランネルのシャツの感触を楽しんだ。

「本当に一人で留守番するつもり? 父さんと母さんの家に行っててもいいんだぞ。でなきゃ、母さんをこっちに呼ぶとか」

フランキーはため息をついた。私だって、できることならどこかに隠れていたい。でも、恐怖に負けて一生を台無しにする気はない。それに、今日は体調が悪いから、一人のほうが気が楽だ。

「遠慮しておくわ」彼女はすまなそうにほほ笑み返した。義理の両親のことは愛していたが、彼らに気を遣わせたくなかった。「大丈夫よ。私には銃がある。ハロルドも近所をうろついてるはずだし」

クレイは顔をしかめたい衝動を我慢した。フランキーが銃を買うほど精神的に追いつめられていたという事実が、いまだに引っかかっていた。俺たちは普通の人間だ。本来なら、銃とは縁のない暮らしを送っているはずなのに。私立探偵について、フランキーが皮肉っぽい言い方になるのも当然かもしれない。彼は腕時計を見やった。フランキーの言うとおり、そろそろボーデンが到着する時間だ。

「わかったよ。君がそこまで言うなら」

フランキーは彼の襟をつかんで引き寄せた。

「キスして、クレイ。そして、過保護はやめて」

クレイはにんまり笑った。「過保護か。そこまで言われちゃな……」そして、ひょいと頭を屈め、唇と唇を合わせた。

数十秒後、二人はしぶしぶ唇を離した。

「もう行くよ。理性が残ってるうちに」クレイは言い、彼女に気遣いのまなざしを向けた。

「気分が悪いんじゃないか？　顔色が悪いぞ」

確かに、フランキーは気分が悪かった。胃がむかむかしはじめていた。「あなたを送り出したら、すぐベッドに戻るわ」

クレイは彼女の額に触れ、頬に手を当てた。「熱はなさそうだな」

「クレイ……」

「どうだろう、スウィートハート？　父さんに連絡して――」

「早く仕事に行きなさいったら」フランキーは急かした。

クレイは肩をすくめた。「わかった、行くよ。ただし何かあったら、すぐ俺に電話すること。いいね？」

フランキーはうなずき、彼の後に続いてドアへ向かった。彼がトラックへ駆け出していくのを見届けてから、ドアを閉め、鍵をかけた。それから数秒とたたないうちに吐き気がこみ上げ、彼女は浴室へ走った。

クレイはトラックの運転台に座り、エンジンが温まるのを待ちながら、あれこれと考えていた。木々は雪に覆われていた。庭も一筋の足跡を除けば真っ白だった。彼はにんまり笑った。もし俺がまだガキだったら、適当な口実で学校をさぼり、一日じゅう雪だるま作りに励むんだが。

ハロルド・ボーデンの車を捜して、クレイは再び周囲を見回した。それから腕時計を見下ろし、肩をすくめた。まだ少し早いし、どこかの脇道（わきみち）が雪で通れなくなっている可能性もある。じき除雪車が再出動するだろう。俺も仕事に行かないと。彼はトラックのギアを入れ、バックしはじめた。

通りに出ると、クレイはトラックを四輪駆動に切り替えた。バックミラーごしに、もう一度だけ我が家へ目をやった。そのとき、何かが彼の関心をとらえた。彼は速度を落とし、通りの中央でトラックを停止させた。バックミラーをじっとのぞき込み、違和感の正体を見定めようとした。

不意にクレイは気がついた。うなじにぞっとする感覚が走った。ギアをバックに入れると、凍結した道路の上でタイヤが逆回転を始めた。少しして、トラックは横滑りしながら停止した。運転席から降りると、脚が震えていた。見つめれば見つめるほど、恐怖が募った。

雪の上には、家を巡るように足跡が残っていた。誰かが俺たちの動きを見張っている。俺たちの会話を盗み聞きし、俺たちが眠る間も観察している。そう考えただけで寒気がした。

クレイは振り返り、何かおかしなところはないかと、近所一帯に目を配った。不審なものは一つもなかった。雪に覆われた通りの家々は、絵葉書のように申し分なかった。彼はもう一度足跡を振り返った。みぞおちが締めつけられた。彼は鍵を取り出し、走りはじめた。

家へ飛び込んだ彼を暖かな空気が出迎えた。クレイは震える手でドアに鍵をかけ、部屋から部屋へと移動し、すべての窓から外を眺め、雪の上に残された足跡を確認した。フランキーの姿が見えないことに気づいたのは、キッチンを出ようとしたときだった。これほど短い時間のうちに、彼女が再び寝入ってしまったとは思えなかった。

「フランセスカ？　大丈夫か？」

廊下を浴室に向かって進んでいくと、水の流れる音が聞こえてきた。

「フランキー、どこだ？」

濡れタオルを顔に当てたフランキーが突然戸口に現れた。茶色の瞳が不安そうに見開かれ、顔は青ざめている。

「びっくりさせないで」

「ごめん、スウィートハート」

「何か忘れ物？」

「いや」クレイはためらったが、それもほんの一瞬だった。「フランキー、話がある。ただし、話より電話が先だ」

彼が詳しく説明する前に、フランキーはいきなり背中を向け、浴室へ駆け戻った。クレイは思いがけない反応に戸惑ったが、やがて聞こえてきた嘔吐(おうと)の声で合点がいき、あわてて彼女の後を追った。

「フランキー、本当に具合が悪いんじゃないのか？」

足下がふらつくのか、フランキーは洗面台にもたれかかっていた。

「ちょっとむかむかするだけ。一分横になれば治まるわ」

「一分、ね」クレイはそっとつぶやき、彼女の体を支えてベッドまで連れていった。

「もう楽になってきたみたい」毛布をかけてもらいながら、フランキーは言った。

「よかったな。そのまま休んでたら、もっと楽になるぞ」

彼女は力のない微笑を返し、目を閉じて、吐き気が治まるのを待った。クレイが室内を動き回る音が聞こえた。目を開けると、彼はすでにコートを脱いでいた。

「トラックのエンジンがかからなかったの？」フランキーは問いかけた。

ためらったあげく、クレイは答えた。「トラックは問題ない」

フランキーは眉をひそめた。クレイが言葉を濁すなどめったにないことだ。「じゃあ、何が問題なの？」

クレイはドアへ向かった。「先に電話させてくれ。話はそれからだ」

フランキーは不安になった。なんだか奥歯にものが挟まったような言い方。それに話をするとき、私を見ようとしなかった。これはバッテリーが切れたとか、道路が凍ったとか、そういう単純な話じゃないわ。彼女はもたもたと上体を起こした。

「電話ならここでかければいいじゃない」

クレイは戸口で立ち止まり、振り返った。彼の表情を見た瞬間、フランキーはどきりとした。

「話して、クレイ」

「うちの周囲に足跡が残っていた」

〝おまえは俺のものだ……俺だけのものだ〟

おぞましい記憶がよみがえり、フランキーは声を失った。彼女にできたのは、両手に顔を埋めてうめくことだけだった。

クレイは小声で悪態をつき、彼女のかたわらに腰を下ろした。フランキーは彼の膝に這い上り、大きな体にしがみついた。

「あの男ね？　あの男が戻ってきたのね？」

「まだそうと決まったわけじゃない」言葉とは裏腹に、クレイは彼女をきつく抱き締めた。

「じっとしてるんだぞ。俺はボーデンと警察に電話をかける」

フランキーはまた吐き気に襲われたが、それはさっきと同じ種類のものではなかった。

吐き気が過ぎ去ったとき、彼女に残されたのは絶望だけだった。

クレイは収まりがいい位置に彼女をずらし、電話をプッシュして、私立探偵の応答を待った。しかし、電話に出たのは女性だった。番号を間違えたのかと思い、彼はためらった。

「失礼、かけ間違えました」

「いいえ、こちらこそごめんなさい」女性は言った。「私の応対が悪かったんだわ。なにしろ、今朝はてんてこ舞いで。こちらはボーデン探偵事務所です」

「あ、なるほど。ハロルドもついに観念して、助手を雇ったってわけだ」

「いいえ、別にそういうわけじゃ」

「ハロルドに話したいことがあるんです。彼はいらっしゃいますか？」

女性は返事をためらった。「あの、依頼人の方ですか？　それとも、お友達？」

クレイは顔をしかめた。「依頼人ですが、彼とはもう二年近くの付き合いになります」

受話器の向こうからため息が聞こえた。

「残念なことに、ミスター・ボーデンは亡くなられたんです。昨夜、自宅の前で車から降りたところを轢き逃げされて」

クレイの顔から表情が消えた。くそ、なんてことだ。「目撃者はいたんですか？」

「いなかった、と思いますけど。奥さまが通りで倒れているミスター・ボーデンを発見したんですよ」それから、その女性は付け加えた。「依頼人の方にはロッキー・マウンテン探偵社を紹介するように、とミセス・ボーデンからことづかっています。評判のいいところで、ミスター・ボーデンも高く買ってらっしゃったとか」

「ありがとう」クレイは礼を言った。「ミセス・ボーデンにもお悔やみ申し上げますと伝えてください」

電話を切ると、彼はベッドの柱に近い壁紙の小さな裂け目をじっと見つめた。

フランキーは無言で電話を聞いていたが、クレイの最後の言葉で、目の前が真っ暗になった。その言葉が意味するところは一つしかなかった。

「クレイ？」

「ハロルド・ボーデンが亡くなった。昨夜、自宅前で轢き逃げされたんだ」

「轢き逃げ！　なんてひどい！　犯人はまだわかっていないの？」

「そうらしいな」

フランキーは身震いし、クレイに体をすり寄せた。

「ミセス・ボーデンがお気の毒だわ。どんなにつらい思いをしていることか」

「ああ」クレイはつぶやいた。これは単なる恐ろしい偶然だ。俺たちのトラブルとボーデンの死はいっさい無関係だ。そう自分に言い聞かせつつ、また別の番号をプッシュした。

今度の相手はすぐに電話に出た。

「はい、ドーソン」

「クレイ・ルグランドだ」

「ああ、どうも。今朝はちょいとばかり早めですね。私に何かご用ですか？」

「昨夜、何者かがうちの外にいた」

ドーソンは食べかけのベーグルをファイルの山の上に置き、少し姿勢を正した。

「のぞき屋ですか？」

クレイはほかの家々の様子を思い返した。足跡があったのは自分たちの庭だけだった。

「それはどうかな。よその庭はきれいなものだった。犬の足跡一つなかった」

「子供の仕業かもしれませんよ。子供ってやつは、雪が降るとやたらと足跡をつけたがるものだ」

「子供の仕業じゃない」クレイは断言した。「足跡はきれいな一本道だった。この家をぐるっと巡り、道路まで続いている」

「なるほど。だが、あなたは私立探偵を雇っているんでしょう？　その探偵があなたたちの安全を確認するために、見回りをしただけじゃないんですか？」

「だとしたら、幽霊の仕業だな。彼は昨夜、轢き逃げ事故で亡くなった」

ドーソンはやっと本気になった。「本当ですか？」彼は書類をめくりはじめた。「偶然にしちゃできすぎた話ですな」

「同感だ」クレイは相槌を打った。

「オーケー。そのまま動かないでください。ラムジーを連れてすぐそっちへ向かいます。十五分くらいで着くはずです」

「ああ、待っている」そう答えて、クレイは電話を切った。

フランキーは目を見開いていた。ほとんど放心状態のようだった。

「フランセスカ……」

返事はなかった。

クレイは彼女を軽く揺さぶった。「フランキー？」

フランキーの頭ががくがく揺れた。壊れた人形のようだった。それから、彼女ははっと我に返り、全身を激しく震わせた。

「あの男が玄関から入ってきたの。私は微笑を浮かべていたわ。てっきりあなただと思ったから。でも、あの男の笑い声を聞いて、私、逃げ出したの」

クレイのみぞおちが怒りで熱くなった。「人間のクズめ」

フランキーは目をしばたたき、クレイの顔に焦点を合わせた。「私が知っている男だった。あれはファラオよ。ファラオ・カーンだったわ」

オシリスの像の前にたたずむファラオの視界に、香から立ち上る煙が漂っていった。この穴蔵のような部屋に来て、どれくらいの時間が過ぎたのだろうか？　俺にはわからない。

ただ、心が軽くなり、目的が明確になったことだけは確かだ。今まで集中力を欠いていたのは、傷がまだ十分に治っていなかったせいだろう。だが、それもうおしまいだ。聖なる遺物に囲まれて、俺は忘れかけていた事実を思い出した。王は全能なり。王は法を定めるが、自らは法に従わない。かつてのファラオたちのように、俺は敵を打ち破り、本来俺が所有するべきものを取り返す。一度はできたことだ。今度もできないはずがない。彼は日の差さない部屋と古代の神々の偶像に背中を向けた。やるべきことは山とある。ぐずぐずしている暇はない。

しばらくのち、サウナ室を出たファラオは、自分を待っているデュークを発見した。ファラオは裸を気にすることなく前へ進み出て、デュークが掲げたローブに両腕を通し、火照って汗ばむ体に巻きつけた。

「サイモンから連絡がありました」デュークは言った。

ファラオの動きが止まった。

「探偵の件は片づいたそうです」デュークは言葉を重ねた。

「というと?」

「轢き逃げに遭ったとかで」

ファラオの口元に満足げな笑みが浮かんだ。「実に痛ましい話だ。だが、道を渡るときは左右を確認しないとな」彼は穏やかな口調で言った。

デュークは微笑した。「はい、ボスのおっしゃるとおりで」

ファラオの腹が鳴った。「腹が減ったな。コックにマッシュルーム・オムレツを作らせろ。俺は二、三電話しなきゃならんから、オムレツは書斎へ運ばせるように」

「承知しました」デュークは答えた。「ほかにご用は？」

ファラオは今後の予定を考えた。「そうだな。床屋を呼んでこい。ネイリストもだ。こんな爪じゃ人前に出られん」

デュークが急いで立ち去ると、ファラオは悠々とした足取りでシャワー室へ向かった。いい気分だ。あの地震以来、最高の気分だ。今の俺には完全な支配力がある。これが本来の俺なんだ。


ラムジー刑事は鑑識係と一緒にルグランド家の外に残り、雪の上に残された足跡を写真に撮っていた。エイバリー・ドーソンは家の中で腰を落ち着け、熱いコーヒーをちびちびやりながら、フランセスカ・ルグランドの話に耳を傾けていた。彼はしばしばカップを置き、メモを取った。話があるポイントに差しかかると、フランキーの言葉を遮ってこう尋ねた。「つまり、あなたの記憶が戻りはじめたということですか？」

フランキーはうなずき、隣に座るクレイをちらりと見やってから、ドーソンへ視線を戻した。「毎日、少しずつ何かしら思い出すの」

「それで、二年前にあなたを誘拐した男はファラオ・カーンに間違いないと?」

フランキーは両手を拳(こぶし)に握り、浅く座り直した。体を前後に揺すりながら、震える声で説明した。

「ドアには鍵がかかっていました。クレイは出かけるときは必ず鍵をかけるから。でも、ピッキングで鍵を開けたんでしょうね。私はキッチンにいて、ドアが開く音に気づいた。それで、クレイが忘れ物を取りに戻ったんだと思ったんです」

「それから、何がありました?」ドーソンは尋ねた。

「私が微笑を浮かべたところに、あの連中が入ってきたわ」

ドーソンは問い返した。「あの連中?」

フランキーも自分自身の言葉に驚いたが、男たちのイメージが浮かび、眉をひそめた。

「ええ、ほかに二人いたんです。どっちも小柄だったけど、とてもがっちりしていた。似た雰囲気だったわ」

「似た服装をしてたってことですか?」ドーソンは確認した。

「いいえ、兄弟みたいな感じだった」

ドーソンはうなずき、メモを取りつづけた。「で、それから」

「あの男……ファラオが笑ったの。ずっと私を捜していたと言ったわ」フランキーは身震いした。「私は悲鳴をあげて、走り出した」体を持ち上げられ、壁にたたきつけられたときの衝撃がよみがえり、彼女は目をつぶった。

「そして？」

フランキーは表情のない顔を上げた。「そして、私は捕まった」

「奴(やつ)はどうやって誰にも気づかれずにあなたを運び出したんですか？」

フランキーの体が震え出した。彼女はクレイの手を握った。クレイは彼女に腕を回して、きつく抱き締めた。フランキーは喉のつかえをのみ込み、深々と息を吸った。

「わかりません。最後の記憶は、体を押さえ込まれ、腕に鋭い痛みを感じたことです。たぶん、麻酔か何かを打たれたんじゃないかしら」

「次の記憶は？」ドーソンは尋ねた。

「はっきりとはしないけど、飛行機に乗りました。気がついたら、飛行機の中だった」フランキーはため息をついた。「ごめんなさい。なんだかイメージがごっちゃになってて」

そこで、彼女は背を起こした。「でも、これだけははっきり覚えているし、事実だと断言できる。ファラオ・カーンは私をここから拉致(らち)したのよ。私は大きな屋敷のどこかに監禁されたんだと思います。敷地は広大だったけど、ちゃんと手入れされていたから。私の部屋の窓には鉄格子がはまっていた。もし地震が起きなかったら、今もまだあそこにいたでしょうね」

「オーケー」ドーソンは言った。「もし裁判ということになったら、進んで証言していただけますか?」

ファラオ・カーンと顔を合わせることを考えただけで、フランキーはぞっとした。それでも、彼女は口を引き結び、夫の顔を見上げた。その顔には力強い表情があり、青い瞳には愛情があふれていた。

クレイはうなずいた。

それは無言の励ましだった。彼女がどのような判断を下そうと、自分は彼女の味方をするという宣言だった。ドーソンに視線を戻したとき、フランキーの不安は決意に変わっていた。

「ええ、証言します。証言だってなんだってするわ」

「それなら、こっちも本腰を入れましょう」ドーソンは言い、クレイに目をやった。「ボーデンの轢き逃げ事件に関するあなたの説を殺人課に伝えておきます。かなり大胆な説ですが、調べてみるだけなら損はないですからね」

「ありがとう」クレイはつぶやいた。

ポーチに足音が響き、全員がドアを振り返った。そこへポール・ラムジーが入ってきた。

「写真は撮ったか?」ドーソンが問いかけた。

「ああ」ラムジーは答えた。「凍傷にかかりそうだよ。それから誰かが落としたペンライトを見つけた」彼は小型の懐中電灯が入ったビニールの袋を掲げてみせた。「これはおたくのですか?」

「いいえ」フランキーとクレイの声が揃った。

「だと思った」ラムジーは袋をポケットにしまった。

フランキーが唐突に立ち上がった。「コーヒーでもいかが?」

ラムジーは微笑した。「そいつはどうも。持っていけたらありがたいですな」

「じゃあ、こちらへ」フランキーは言った。「たしか、紙コップがあったはずだから」

「私にもお願いします」ドーソンが声をかけた。「帰りに一杯やりたいんでね」

二人がキッチンへ行くのを待って、クレイが立ち上がった。「ファラオ・カーンを有罪にできる可能性はどのくらいあるんだ?」

ドーソンはかぶりを振った。「あなたには正直に言おう。可能性は低い。限りなくゼロに近い。カーンのような男はアリバイを一ダースも用意できるし、味方も大勢いる。こっちが物的証拠を用意できない限り、状況は不利になるでしょう。それも奴を発見し、告発できたとしての話ですが」

クレイは低く悪態をつき、窓辺へ歩み寄った。雪の照り返しに目を細めつつ、外の景色を眺めた。一組の男女がおしゃべりに興じながら歩道を歩いていく。ミセス・ラファティは箒を手に前庭に立ち、雪に埋もれた朝刊を捜していた。南隣の住人は屋根に上り、クリスマス用の照明を吊るしていた。平穏そのものの風景。だが、本当はそうじゃない。この風景のどこかに異常者がひそんでいた。俺たちの一挙一動を見張っていた。そいつはどこに行ったのか？　いつ戻ってくるのか？

「なかなかいい住宅地ですね」ドーソンがつぶやいた。「こんなところを怪しい輩（やから）がうろついてるとは想像しづらいが」

　クレイはポケットに両手を突っ込み、窓から振り返った。

「俺はこの家で育った。フランキーと結婚したのを機に、両親は新しい家を買ってそっちへ移り、俺たちがここを借りることになったんだ。俺は生まれてから三十三年間ここに住んでいる。住民たちとは古い顔馴染（なじ）みでね。何も変わっていない。すべて昔のままだ」

　ドーソンはうなずいた。「ああ、あなたの言う意味はよくわかります。馴染んだ環境っていうのはいいものだ。目新しさはないが安心できる」

「何が安心できるの？」ドーソンのコーヒーを手にリビングへ戻ってきたフランキーが尋ねた。

「この町並み、住民たち」クレイは答えた。「何も昔と変わりないって話してたんだ」

　フランキーは肩をすくめた。「そうね。もちろん、ミセス・ラファティのアパートの住人たちは例外だけど」

　クレイの体がこわばった。彼はいきなり窓へ向き直り、通りの向かいに停（と）めてある灰色の小型バンを見据えた。

「どうしました?」ドーソンが問いかけた。

「二日ばかり前に越してきた住人がいる」

「それで?」

「その男の引っ越し荷物は、小さなスーツケースが二つと箱一つだけだった」

ドーソンは眉をひそめた。「家具はなしですか?」

「家具つきなんです」フランキーが答えた。

「ちょっと調べてみるか」ドーソンは腰を上げた。「もっとも、身一つで引っ越しても法律違反にはなりませんがね」

「確かに」クレイは相槌を打った。「俺の考えすぎかな」

「いやいや。あなたは慎重なだけですよ。場合が場合だし、無理からぬことだと思います」

数分後、刑事たちは出ていった。

クレイはフランキーの青ざめた顔に気づき、渋い顔になった。「ベッドに戻ったほうがいいぞ」

フランキーは肩を落とした。「そうね。でも、別に気分が悪いわけじゃないの。ただ、何か変で……」

「じゃあ、その〝変〟なものと一緒にベッドに入って」彼女を寝かしつけながら、クレイはからかうように言った。「少し眠るといい。今日は母さんと父さんを呼ぶよ。どうしても出かけなきゃならない用事があるが、君を一人にはできないからね」

　フランキーは反抗しなかった。したくてもできなかった。彼女はすでにうとうととまどろみはじめていた。

　サイモン・ロウはアパートの中を歩き回っていた。今朝目覚めて晴れ渡った空を見たときから、ずっといらいらしどおしだった。彼は声に出して毒づき、大股で窓辺に近づいて、カーテンの細い隙間から外をのぞき見た。外にはまだ警官たちの姿があった。

「くそ、くそ、くそ」ロウは吐き捨てた。こんなことが知れたら、ファラオに何をされるか。じっとしてろ、目立つな、と言われていたのに。だが、俺はあの家の配置を知っておきたかっただけだ。闇に紛れりゃ問題ないはずだった。雪が途中でやむなんて予想できるわけがないだろう？

　ロウはまた外の通りをのぞき、全身の力を抜いた。足跡は家の前の歩道で途切れている。誰も俺を疑わないはずだ。彼は自分のバンに視線を転じた。こっちも問題なし。抜かりはない。昨夜の轢き逃げには、三十分前に盗んだばかりの車を使ったし、車は町の反対側にある終夜営業のバーの近くに捨てた。全部ばっちりスケジュールどおりだ。これであのいまいましい雪がやまなきゃ、こんなことにはならなかったんだが。

ロウはため息をついた。大丈夫。ファラオだって俺を責めやしない。天気の変わり目なんて誰が予想できる？　リラックスだ。リラックス。

彼は二人の刑事の動きを目で追った。刑事たちは車まで戻ったものの、中へは乗り込まず、彼のアパートを指さした。一瞬、彼の心臓が止まりかけた。

落ち着け、とロウは自分に言い聞かせた。別に意味はない。しかし、刑事たちはアパートへ近づいてきた。彼はパニックに陥った。とっさにコートと携帯電話をつかみ、避難口に通じる小さなドアから敷地の裏へ飛び出した。さらにフェンスを乗り越え、路地へ出ると、死にもの狂いで走りはじめた。ドーソンとラムジーが彼のドアをノックしたのはその直後だった。

しばらく待ったあと、ドーソンは強い調子でもう一度ノックした。

「留守らしいな」ラムジーがつぶやいた。

ドーソンは通りを振り返った。「だが、車はここに残ってるぞ。こんな寒い日に散歩に出かけるとも思えないし。俺はちょっと一回りしてみるから、家主の話を聞いてきてくれ」

ラムジーはうなずき、階段を下りていった。ドーソンも後に続いたが、ミセス・ラファティの家へは向かわず、ガレージの裏へ回り込んだ。家から点々と続く雪の上の足跡を見たときは、とくに不思議だとは思わなかった。しかし、問題の住人がフェンスを乗り越え、路地を抜けていったことに気づくと、徐々に疑問が頭をもたげた。なぜ歩道へ出るという通常のルートを取らなかったのか？　長年培ってきた刑事の勘が、何かがおかしいと告げていた。

家の表へ戻ったドーソンは、バンに近づき、ナンバープレートの数字をメモして、自分の車へ戻った。本部へ無線連絡していたとき、ラムジーがやってきた。

「家主はなんて言ってた？」ドーソンは尋ねた。

ラムジーは肩をすくめた。「めぼしいことは何も。新聞に空き部屋の広告を出したら、男から連絡があって、月単位で貸すことになったんだと。本人はピーター・ロスと名乗ってたらしい」

「男の職業はなんだって？」

「本人が言わなかったんで、彼女も訊（き）かなかったそうだ。金に困ってたし、騒ぎを起こさず家賃を滞納しない借り主なら、それで十分なんだとさ」

ドーソンはうなずいた。「今、バンの特徴とナンバーを本部に照会した。署に帰り着くころには答えが出てるはずだ」

「で、おまえの考えは？」ラムジーが尋ねた。

ドーソンはハンドルに頬杖（ほおづえ）をつき、通りを挟んで向き合うルグランド家とアパートを見比べた。

「その新しい住人が彼らを見張ってた、と考えるのが一番わかりやすいが」

「ああ、俺もそう考えた」

「決めつけるのはまだ早い」ドーソンは付け加えた。「俺は前に見誤った。あのときの俺なら、クレイ・ルグランドが女房を殺したほうに退職を賭けていただろう」車を発進させながら、彼は相棒に向かって眉を上げてみせた。「本当に賭けなくてよかったよ。でなきゃ、老齢年金が水の泡だ」

数ブロック走ったところで、サイモン・ロウは足を止め、息を整えた。携帯電話を取り出し、ボタンをプッシュして、ボスの声が聞こえてくるのを待った。

　ネイリストは小柄で若かった。東洋ふうの面立ちは繊細で、美しいと言ってもいいほどだった。しかし、ファラオが彼女に期待しているのは爪の手入れだけだった。男の知性は爪の汚れで測れる、とアレハンドロはつねづね言っている。彼はボスに隙を見せるつもりはなかった。

　ファラオは椅子の背にもたれて目を閉じた。ネイリストの静かな息遣いを耳にしながら、指をマッサージされる心地よさに身を委ねた。それだけに、電話が鳴ったときは思わず悪態が出てしまった。

「デューク、メッセージを聞いておけ」

デュークは素早くボスの指示に従った。「もしもし」

ロウは身震いした。「デューク、俺だよ。サイモンだ。ちょっとやばいことになっちまった。ボスと話をさせてくれ」

デュークはためらった。「ボス……」

ファラオは顔をしかめた。「メッセージを聞いておけと言っただろうが」

「相手はロウです。やばいことになった、と言っています」

ファラオの体がびくりと動いた。そのせいで、甘皮を処理していたネイリストは、誤って彼の指を切ってしまった。

「このくそあま、気をつけろ！」ファラオは怒鳴った。

ネイリストの顔が青ざめた。「すみません、ミスター・カーン。どうかお許しを……今後、気をつけますから」

「とっとと失せろ」ファラオはドアに向かって手を振った。「デューク、この女を追い出せ。電話には俺が出る」

ネイリストはすぐに連れ出され、ファラオは一人になった。

「カーンだ」彼は言った。

ロウはまた身震いした。足がかじかみ、鼻水が出はじめていた。彼は父親の農場を思い返した。俺の人生はどこでどう間違ったんだろう？

「ちょっとした問題が起きて、アパートにいられなくなっちまいました」

「具体的に言うと？」ファラオは尋ねた。

ロウはまたしても身震いした。こんな改まった口調で話されるよりは、怒鳴られ、ののしられたほうがまだましだ。

「ルグランドが警察（サツ）を呼びやがったんで。連中、しばらく奴の家にいて、そこから出てくると、今度は俺のほうに近づいてきたんです」

「理由は？　理由がなかったら来んだろう？」

ためらったあげく、ロウは思い切ってぶちまけた。

「昨夜、奴の家の配置をチェックしたんですよ。奴ら、セキュリティシステムでがっちり守りを固めていました。あれじゃ、中に入るのは一苦労だ。それはともかく、夜で暗かったし、奴らは二人とも寝ていました。俺は窓からのぞいただけで何もしちゃいません。奴らを見張れという命令だったし」

冷静さを失うまいとして、ファラオは深々と息を吸い、目を閉じた。

「じっとしてろ、とも言ったはずだ」

「はい。けど、考えたんですよ――」

「おまえの仕事は考えることじゃない。命令に従うことだ」

「ちゃんとやりましたよ、ボス。命令どおりに探偵を始末しました」

「ちゃんとやった奴がサツに目をつけられるか？」ファラオは吐き捨てた。

「本当にちゃんとやったんです……と自分じゃ思ってます」ロウは小さく答えた。

「だったら、なぜサツが呼ばれた？」

ロウは大きく息を吸った。「足跡です。俺が家の周りを歩いた足跡が残ってて。雪が途中でやむなんてわかりっこないですよ。俺がこっちに来たときからずっと雪だったのに」そこで彼は付け加えた。「けど、俺だってことはばれやしません。足跡は道で途切れてたし」


怒りが募り、ファラオの体が震え出した。

「この役立たずめ。真っ先に疑われるのは新顔のおまえだろうが」

「俺、どうしたらいいんですかね？」

ファラオは腕時計に目をやった。「バスターミナルの場所は知ってるか？」

「いえ、けど、探します」

「二時間以内にそこへ行け。そこで待ってる奴と合流しろ」

ロウは安堵(あんど)のため息をついた。「ありがとう、ボス。ほんと、すみませんでした。もう二度としくじりませんから」そう言って、電話を切った。

ファラオの耳元で電話の切れる音がした。「ああ、二度とな」彼は低くつぶやき、受話器を置いた。

約束どおり、サイモン・ロウは指定された時間の五分前にバスターミナルの待合室へ入っていった。人影はまばらで、ざっと見渡したところ見知った顔はなかったが、彼は気にしなかった。合流する前に小用を足したかったからだ。

無人の洗面所に足音を響かせて、ロウは壁際の便器へ近づいた。ズボンのジッパーを下ろしかけたとき、背後のドアが開いた。肩ごしに振り返った彼は、相手を認めて微笑した。

「やあ、ポーリー、ちょっと待っててくれよ。すぐすむからさ」

「ごゆっくり」そう答えると、ポーリーは彼の背後に歩み寄り、喉を切り裂いた。

ロウは悲鳴をあげる間もなく事切れ、床へ崩れ落ちた。

15

ベティ・ルグランドは奇妙な懐かしさとともに、かつての我が家の廊下を爪先立ちで進み、息子が幼かったころ何度もそうしたように、義理の娘の様子をそっとうかがった。フランキーは毛布の下に顎までもぐり込んで眠っていた。黒い髪が枕(まくら)の上でくしゃくしゃに乱れていた。その無邪気な寝姿に、ベティの胸が詰まった。廊下を引き返しながら、彼女は小さく笑みを漏らした。少なくとも、眠れるうちはまだ大丈夫だわ。

キッチンから出てきたウィンストンは、両手に持っていたカップの片方を彼女に渡した。

「どんな具合だ？」

「まだ眠ってるわ」ベティは答えた。「こういう場合、眠るのが一番いい薬でしょうね」

ウィンストンは渋い顔をしながら、ベティに続いてリビングへ入り、彼女の隣に腰を下ろした。コーヒーに息を吹きかける彼と、雑誌を手に取ったベティの間に、短い沈黙が流れた。

「まったく、えらい騒ぎだな」

ベティの視線が上がった。「騒ぎなんてもんじゃないわ」彼女は穏やかに言った。「私なんかもう、あの子たちのことが心配で心配で、夜も眠れないくらいよ」

ウィンストンは笑みを浮かべ、妻の顔にかかる髪をそっと払った。「二人とも、もう子供じゃないぞ」

ベティはため息をついた。「ええ。でも、そう言いたくなる私の気持もわかるでしょう。親から見れば、子供はいつまでも子供なのよ。たとえいくつになろうとね」

「クレイは何時に戻るって?」

「夕方前には戻れるらしいわ。みんなにはっぱをかけてから、監督と相談があるんですって。今日は絶縁体を張って、別館西棟の石膏ボードに取りかかる予定だそうよ」

ウィンストンはうなずき、ゆっくりとコーヒーをすすった。

「しかし、あの病院の契約が取れるとはな。これであいつも一人前だ」

ベティは微笑した。「あの子はよくやっているわ。そう思わない?」それから、彼女はウィンストンの膝に手を置き、そっと握った。「これも一から仕込んでくれた大先輩のおかげね」

ウィンストンはにんまり笑った。息子とそっくりの笑顔を、ベティはまじまじと見つめた。これほど個性的な顔がそのまま子供に受け継がれたことに、驚きさえ覚えた。

「ねえ、ウィンストン、私たちは乗り切れるわよね?」

そう尋ねたベティの声には強い懸念がにじんでいた。ウィンストンはカップを置き、妻の肩に手を置いて、慰めるようにぎゅっと握った。

「もちろんだとも。フランキーの記憶も徐々に回復している。真相が見えてくれば、わしらのほうも楽になる。少なくとも、これで敵の顔はわかったわけだしな」

ベティは身震いし、夫の肩に頭を預けた。「その悪党が捕まらないうちは安心はできないわ」

ウィンストンは彼女を抱擁した。「警察も動いているし、時間の問題だろう」

沈黙が続いた。ベティは雑誌を広げ、ウィンストンは再びコーヒーカップを手に取った。家の外を一台のパトカーがゆっくりと通り過ぎていく。警察の巡回はこれが初めてではなかった。そして、事件が解決しない限り、これが最後になるとも思えなかった。

三十分ほどたったころ、ベティは寝室から聞こえてくるかすかな物音に気づいた。

「フランキーが目を覚ましたみたいね。ちょっと様子を見てくるわ。熱いスープか飲み物を欲しがるかもしれないし」

彼女は素早く立ち上がり、寝室へ急いだ。

「気分はどう？」

フランキーは浴室から出てきたところだった。「だいぶよくなったみたい」

「何か食べたくない？　スープか――」

食べ物の話が出たとたん、フランキーの顔が青ざめた。再び吐き気に襲われ、彼女はうなりながらきびすを返した。

ベティは後を追って浴室に入り、子供の世話でもするかのように、フランキーの顔や手を拭いてやった。

「ほんとにまあ」ベティはつぶやいた。「ごめんなさいね。私が〝口に入れるもの〟の話なんかしたばっかりに」

フランキーは力のない笑みを浮かべた。「少なくとも、そういう表現なら問題なさそうだわ」

ベティはくすくす笑った。「吐き気ってつらいのよね。クレイを身ごもったときなんて、毎朝そうだったわ。それが何週間も続いたのよ」

彼女は洗面台でタオルをすすいでいた。そのため、フランキーの顔に広がった驚愕の表情には気づかなかった。だが、フランキーのうなり声を耳にした瞬間、ぎくりとして振り返った。

「どうしたの？　また吐きそうなの？」

フランキーはベティの手をつかんだ。声が出てこなかった。

義理の娘の怯えた様子に、ベティまで恐ろしくなった。「フランセスカ、教えてちょうだい。どこか悪いの？　私が力になれることはない？」

フランキーの体が震え出した。「生理が……最後の生理がいつだったか思い出せないの」

ベティの視線が独りでにフランキーの腹へ落ちた。彼女の顔に納得の笑みが広がった。

「まあまあ。だとしたら、すばらしいことじゃないの」

しかしフランキーの脳裏には、クレイとは別の男のイメージが浮かんでいた。のしかかってきたファラオの体の重さが、あのときの息苦しさが思い出された。

「だけど、お義母(かあ)さん、監禁されている間に……もし……もしかしたら……」

ベティははっと気づき、浴槽の縁に腰を落としてフランキーを抱き締めた。

「フランセスカ……あなた」

フランキーは体の震えを止めることができなかった。「ああ、神様……もし妊娠してるとしたら……クレイの赤ちゃんじゃないかも……」

「だめよ！　それ以上は言っちゃだめ！」ベティは語気を強めた。「何はどうあれ、あなたの子に変わりはないでしょう」彼女はフランキーを助け起こし、両手で頬を包み込んだ。

「私の息子が私が考えているとおりの男なら、それだけで十分のはずよ。フランセスカ、クレイはあなたを愛しているわ。自分の命よりも大切に思っている。あなたが失踪(しっそう)してからしばらくは、あの子が正気を失うんじゃないかとひやひやしたくらいよ。死体の確認を求められるたびに、クレイはあちこちの死体公示所に足を運んだわ。その死体があなただったらどうしよう、あなたでなかったらどうしようと悩み苦しみながら。マスコミに追い回され、やってもいない人殺しの罪を着せられそうになりながら」

ベティの話を聞くうちに、フランキーの瞳から涙があふれ、頬を伝い落ちた。

「あの子にとって一番つらかったのは、わからないことだったのよ」ベティはため息をついた。「もしあなたが妊娠しているなら……クレイの子ではなかったとしても……その子があなたの一部であることには変わりないわ」彼女はティッシュをわしづかみにしてフランキーに渡した。「ほらほら、涙を拭いて。鼻もかんで。仮定の話で泣いたってしょうがないでしょう。自棄（やけ）を起こす前に確かめてみなくちゃ」

フランキーは弱々しくほほ笑んだ。「自棄は起こさないわ」彼女は約束した。「それじゃ、なんのために苦労して帰ってきたのかわからないし」

「いい子ね」ベティはほっとした。「そうでなくちゃ。どうかしら？　服を着替えたら？」

フランキーはうなずいた。

「オーケー。その間に、私は紅茶とトーストを用意するわ。本当に、胃がむかつくときはこれが一番なのよ。それから、ウィンストンに妊娠検査薬を買ってこさせましょう。どういう結果が出るにしろ、一時間以内には何かわかるはずよ」

フランキーはうろたえた。「でも――」

ベティは首を横に振った。「でも、はなしよ。それに、もし妊娠していたら、いつまでも隠しておくことはできないわ。だったら、くよくよ悩んで、ますます気分が悪くなるより、今すぐわかったほうがいいじゃない」

フランキーの唇が震えた。「でも、もし本当に妊娠していたら？　クレイになんて言えばいいの？」

ベティはためらった。どうすればフランキーの不安を和らげられるだろう？　息子のためにはどうするのが一番いいのだろう？

「スウィートハート、とにかく検査だけでもしてみない？　もし妊娠していなければ、悩む必要もなくなるわけだし。もし妊娠していたら、そのときにまた考えましょう。どうかしら？」

フランキーはとっさに反論しかけたが、考えてみれば、ベティの言うことにも一理あった。

「そうね。本当じゃないかもしれないことでクレイに負担をかけたくないし」

「負担だなんて。あなたはクレイの宝物よ」

口ではそう言ったものの、ベティは内心、不安を感じはじめていた。もしクレイの反応が予想と違っていたら？　自分の言葉に乗せられたせいで、フランキーがよけい傷つくことになったら、どうすればいいのだろう？

「あなたが着替えている間に、ウィンストンをドラッグストアにやるわ。彼にとっては初めての経験ね。あの人にお使いを頼んでも、てんでだめなの。店員の目を気にしちゃって、歯磨きくらいしか買ってこられないのよ」ベティはにやにや笑った。「ああ、私、壁の蠅になりたいわ。そうすれば、妊娠検査薬をカウンターに持っていくとき、あの人がどんな顔をするか観察できるのに」

フランキーははっと驚いて言った。「そうよね、そんなことお義父さんにお願いできないわ。この話は――」

「あなたは服を着替えればいいの」ベティは遮った。「ウィンストンだって子供じゃないんだから。それに、孫のためとなれば勇気が出るかもしれないわよ」

フランキーの頬に素早くキスをすると、ベティは浴室から出ていった。フランキーは寝室へ戻り、ベッドの端にへたり込んだ。運命の歯車はすでに回りはじめていた。彼女にできるのは、振り落とされないように、その歯車にしがみついていることだけだった。

「よう、ドーソン、おたくのデスクにメッセージが届いてるぜ」

ファイルキャビネットのそばに立っていた同僚に感謝を込めて手を振ると、ドーソンは相棒を従えて自分のデスクへ向かった。職場の暖かさにほっとしながら、ファックス用紙を手に取り、どさりと椅子に腰を落とした。しかし、ファックスの内容に目を通すうちに、彼の表情が変わってきた。

「あんまり嬉しそうな顔じゃないな」コートを近くのコートかけに吊るしながら、ラムジーが言った。

「ミセス・ラファティのアパートの住人のバンは、カリフォルニア州エスコンディードのカーラ・ブルアの名前で登録されたものだった。一週間ばかり前に、本人から盗難届が出ている」

「くそ」ラムジーはつぶやいた。「おまえはこれをどう解釈する?」

ドーソンは視線を上げた。「フランセスカ・ルグランドの向かいに住んでた男は、嘘つきなうえに泥棒だったってことだ。といっても、のぞきがそいつの仕業だったとは断定できないし、フランセスカ・ルグランドの失踪事件と関係があるかどうかもわからんが」

「ミセス・ラファティから聞いた名前については何かわかったのか?」

ドーソンはファックス用紙に視線を戻したあと、それを相棒へ放った。

「いや。ピーター・ロスなんて名前の奴は、警察の記録だけでも何百人といるそうだ。盗難車を運転していたところから見て、本名を使ってたとは思えんしな」

「ミセス・ラファティを呼んで、顔写真を見てもらうってのはどうだろう?」ラムジーは提案した。

ドーソンは肩をすくめた。「まあ、やってみるか。ほかに手がかりらしい手がかりもないことだし」自分のデスクへ向かおうとする相棒に、彼は付け加えた。「盗まれたバンが見つかったとエスコンディード市警に知らせといてくれ。俺は警部と話してくる」

フランキーは窓とソファの間を往復しながら、薬屋へ出かけたウィンストンの帰りを待っていた。

「フランキー、座ったら」ベティが声をかけた。「リラックスなさいな。ただの取り越し苦労ってこともあるわ。インフルエンザにも似たような症状はあるんだし」

「インフルエンザじゃないと思うわ」フランキーはつぶやくように答えた。

ベティはため息をつき、レース編みに戻った。九歳になる前から祖母に仕込まれ、それ以来こつこつと腕を磨いてきたのだった。彼女は編みかけのレースを掲げ、出来具合をチェックした。もしおめでたということになれば、これを洗礼式のキルトの縁取りに使ってはどうかしら。

「あ、パトカー」フランキーが声をあげた。

「刑事さんたちが帰ったあと、ずっと巡回を続けてるのよ」

フランキーはのどかな近隣の風景をぼんやり眺めた。ポーチや木々を飾るクリスマスのデコレーション。通りの奥の歩道で遊ぶ子供たち。以前はとてもすてきに見えたのに。とても安全そうに見えたのに。今は何もかも薄気味悪く見える。そして、その原因はすべて私にあるんだわ。急に怒りがこみ上げ、彼女は窓に背中を向けた。

「なぜ私を憎まないの?」

　不意を突かれたベティはレース糸をすくい損ねた。それから、唖然として視線を上げた。

「いきなりどうしたの、スウィートハート？　なんで私たちがあなたを憎むの？」

「私はあなたの息子にひどいことをしたのよ――あなたやお義父さんにまで。私、後ろめたいの。怖くてたまらないの。自分が悪いことをしたとわかっているのに、その理由がわからない子供みたいな気分なの」

「何言ってるの」ベティはかたわらのクッションをぽんとたたいた。

　フランキーは首を横に振った。「とても座ってられないわ」彼女は再び窓のほうを向いた。しばらく私設車道を眺めていたかと思うと、いきなり怯えた様子で後ずさった。「どうしよう。クレイが帰ってきちゃった」

　フランキーは部屋を飛び出した。ベティはレースを置いて立ち上がり、彼女を止めようとしたが間に合わなかった。義理の娘の背中を悲しげに見送ると、ベティは玄関へ行き、ドアのロックを解除した。

「いたのか、母さん。車がなかったけど、どうしたの？」中に入ってくるなり、クレイは尋ねた。

「お父さんをお使いに出したのよ。じき戻ってくるはずだわ」

　クレイはうなずき、コートをかけてから、母親の頬にキスをした。

「フランキーはどんな具合？」

ベティは唇を噛み、無理に笑顔を作った。「本人に訊いたら？」

クレイの動きが止まった。母親の口調に引っかかるものを感じたからだ。「どうかした？」

ベティは肩をすくめた。「私から見れば、何も問題なしよ。とにかく、フランキーのところに行ってあげなさい。ここから先はあなたたち夫婦の問題だから」

自分の留守中に何があったというのだろう？　クレイは急いで廊下を抜け、寝室へ入っていった。フランキーはドアに背を向けて、窓辺にたたずんでいた。彼が来たことはわかっているはずなのに、まったく反応しなかった。クレイはどきりとした。

「フランキー？」

フランキーが振り返った。その表情を見て、彼の心臓はさらに激しく鳴りはじめた。

「どうした？　気分が悪いのか？　病院に連れていこうか？」

フランキーの顎が小刻みに震えた。彼女はクレイに向かって一歩踏み出した。「ああ、クレイ、私……」

クレイは寝室を突っ切り、彼女の手を取った。

「こっちへおいで」彼はフランキーをベッドの端に座らせた。「話をするときは君に触れていたい」

フランキーの顔がくしゃくしゃに歪んだ。「あなたに訊かなければならないことがあるの」

　彼女を抱き締めたい。キスで彼女の苦しみを消し去ってやりたい。しかし、フランキーは距離を置きたがっているようだった。それを感じ取ったクレイは、彼女の手を握るだけにとどめた。

「俺に遠慮することはないんだよ。いつでも、なんでも訊いてくれ」

　フランキーの口が干上がった。掌に脂汗がにじんだ。心が重かった。それは施設にいたころ、面会日の前に感じた心の重さと似ていた。自分は誰にも望まれていないのだと知りつつ、夜毎ベッドへ入るときの心の重さと似ていた。

「ただの取り越し苦労かもしれないけれど」フランキーは言いよどんだ。

「だったら、二人で一緒に苦労しよう」クレイは彼女の頬にかかる後れ毛をそっと払った。

　フランキーはほほ笑もうと努力した。しかし、でき上がったのは笑顔ではなく、何かを我慢しているようなしかめっ面だった。その何かはいったん始まると止められない気がした。

「きっかけは今朝、あなたのお母さんが口にした一言だったの」

　クレイは身を硬くした。母さんがフランキーを侮辱するとは思えないが、もしそうなら、絶対に許せない。

「母さんになんて言われたんだ？」

そのきつい口調で、フランキーは彼が誤解したことに気づいた。

「いいえ、違うの、クレイ。悪口なんかじゃないわ。それどころか、彼女は吐いてばかりいる私に同情してくれたの。そして、こう言ったのよ。あなたのつらさはよくわかる。自分も身ごもったあとしばらくは同じだったからって」

「そして……?」クレイは先を促した。

フランキーは大きく息を吸い、青い瞳を真っすぐに見返した。

「そして、私は最後の生理がいつだったか思い出せないの」

クレイの顔に笑みがゆっくりと広がりはじめた。フランキーはうなった。彼が浮かれ出す前に、話を終わらせなくては。

「でも、思い出したこともあるわ。上からファラオ・カーンの顔が迫ってきて、レイプされると思ったこと」

クレイはみぞおちを殴られたかのように低くうなった。その一瞬、フランキーの瞳を怯えの色がよぎった。自分はまた誰からも望まれない存在になるのではないかという不安の表情が。クレイはため息をつき、身を乗り出して、唇を触れ合わせた。フランキーは動かなかった。彼はフランキーの頭を抱え、唇から伝わる不安を味わってから身を引いた。

「フランセスカ」

「何?」

「俺を見ろ」

フランキーの瞳は見開かれ、顔には何か問いたげな表情があった。

「俺たちの約束を覚えてる？」

思いがけない言葉に、フランキーは目をしばたたいた。「約束って？」

「俺たちの赤ん坊には、俺が名前をつけるってこと」

フランキーはおぼつかなげに息を吸い込んだ。話そうとしたが、言葉が出てこなかった。

俺たちの。俺たちの赤ん坊。

「覚えてる？」クレイはもう一度尋ねた。

フランキーの瞳から見る見る涙があふれた。「ええ」

「もし妊娠ってことになったら、さっそくリスト作りに取りかかるぞ。俺たちの赤ん坊なんだから、いい名前をつけてやらないとな」

フランキーは彼の首にしがみつき、声をあげて泣き出した。

「私、怖いの。怖くてたまらないの。あなたと初めて会った日から、あなたの子供を産むことを夢見ていたのに……ああ、クレイ、もし赤ん坊があなたの――」

恐ろしい言葉が口に出される前に、クレイは素早いキスで彼女の唇をふさいだ。彼の息は乱れ、せわしかった。こみ上げてくる感情をかろうじて抑えていた。彼は笑いかけたかった。そして、泣きたかった。しかし、笑ったり泣いたりする代わりに、確実に守れることを彼女に約束した。

「俺は君に、神に約束する。君を愛するように、生まれてくる子供を愛すると」

フランキーの中にはまだ不安があった。だが、その不安を口にするより早く、私設車道に車が入ってくる音がした。彼女はベッドから立ち上がり、窓辺へ駆け寄った。

「お義父さんよ。お店から戻ってきたんだわ」

フランキーは寝室を飛び出し、廊下を走った。クレイが止める暇もなかった。いったい父さんはなんの使いをしてきたんだろう？　怪訝な思いで彼は後を追った。

「買えました？」玄関から入ってきたウィンストンに、フランキーは尋ねた。

ウィンストンはやれやれと言いたげな表情で彼女に紙袋を手渡した。

「ああ、なんとか」彼はぼやいた。「レジに生意気な小娘がいてな。箱をちらりと見てから、わしの白髪と皺を見て、にやにや笑うんだ。そのうえ、あろうことか、わしにウィンクまでした」

その場の重苦しい雰囲気は、ベティの爆笑で吹き飛ばされた。おかげで、あとからやってきたクレイはさらに混乱した。

「何がそんなにおかしいんだ？」彼は母親に問いかけた。

ベティはものも言えず、ただ夫を指さして、涙を流しながら笑いつづけた。

不安でたまらなかったフランキーも、世間に立ち向かうウィンストンの姿を想像して、思わず笑みを漏らした。彼女は義父の頬にキスをした。「本当に、本当にありがとう」と小声でつぶやいた。

「おい、みんな。俺もジョークに混ぜてくれよ」クレイが文句を言った。

フランキーは紙袋を掲げた。「お義母さんの言いつけで、お義父さんが妊娠検査薬を買ってきたのよ」

小さな褐色の紙袋を見たとたん、クレイはみぞおちを蹴られた気がした。この袋の中に、俺たちの未来を決定する答えが入っているのか。父親のような男がこれを買ってくるには、さぞ勇気がいったに違いない。

クレイは唇の端を歪めてにやりと笑った。「いいかい、父さん、そういうのを買うときはよけい堂々としなきゃ」

ウィンストンは息子をじろりとにらみつけ、また吹き出した妻も一にらみしてから、フランキーに素早くキスをした。

「さあて、そろそろこのうるさい雌鶏を連れて退散するか」そこで、ウィンストンはにんまりほくそ笑んだ。「こんな寒い日は、こんな老いぼれ雄鶏には古巣が一番だからな」

「ありがとう」フランキーはもう一度礼を言った。

ウィンストンは彼女の腕を握った。「あとで電話をくれよ。どっちに転んでも」

フランキーはうなずいた。

　二人を送り出すと、彼女は紙袋を胸に抱き締めて、クレイに向き直った。

「俺も一緒に行っていい？」クレイは尋ねた。

　フランキーは意を決したように顎を上げ、手を差し出した。

「決まってるでしょ」


　町の反対側では、別の疑問に答えが出ようとしていた。エイバリー・ドーソンは新たな顔写真のファイルをアンナ・ラファティの前に広げた。

「ミセス・ラファティ、ご協力には本当に感謝してます」

　老婦人はため息をついた。「これで七冊目じゃない？」

　ドーソンはたじろいだ。ファイルはまだ何十冊とあるんだぞ。こう早々と音をあげてもらっちゃ困る。

「ええ、七冊目ですな」

　ミセス・ラファティはまたため息をついた。「そうね。あと二冊くらいなら」ページをめくりはじめた彼女が、急に一点を指さした。「これ！」

　ドーソンは弾かれたように立ち上がった。「こいつですか？　これが奥さんのアパートを借りてた奴ですか？」

「いいえ。でも、若いころのうちのパパにそっくり。驚きじゃない？　世の中には必ず自分と瓜二つの人間がいる、とは聞いてたけどねえ。もしパパが生きてたら、自分と同じ顔の犯罪者がいると知って卒倒したんじゃないかしら」

ドーソンはへなへなと椅子に腰を下ろし、悪態の言葉をのみ込んだ。

「いや、ほんと、卒倒間違いなしだ。あの、よければ、続きも見てもらえますか。こちらとしては、なんとかして奥さんのところの住人を見つけ出し、話を聞きたいんですよ」

ミセス・ラファティはうなずいて作業へ戻った。ラムジーはにやにや笑い、ドーソンはうんざりした様子で天を仰いだ。

七冊目が終わり、八冊目に入ったところで、彼女は再び一枚の写真を指さした。

「この人！」

どうせまたうちのパパに似てるとか言うんだろう。彼女から亡き夫エドワードの話をさんざん聞かされたドーソンは、あまり期待もせずに尋ねた。「その男が何か？」

「この人よ！　うちのアパートを借りてた男は！」

ドーソンは瞬時に立ち上がり、彼女の肩ごしに写真をのぞき込んだ。「間違いないですか？」

「それはもう」ミセス・ラファティは言った。「私は人の顔は忘れないたちなの。それに、ほら、片方の眉がもう一方の眉より上がってるでしょ？　それで、いつも困り果ててるように見えるのよ。もちろん、そんなこと、本人に面と向かっては言いませんでしたけどね」

ドーソンは顔写真の下の名前を読んだ。

「サイモン・ロウ、か」彼はラムジーを見上げた。「身元の照会だ。さて、どんな答えが出るかな」そう言ってから、ミセス・ラファティに向き直った。「奥さん、今日は本当に助かりました。ここにいるアドラー刑事がロビーまでご案内しますから」

「誰かタクシーを呼んでもらえないかしら?」ミセス・ラファティは尋ねた。

「いやいや、タクシーなんてとんでもない。パトカーお送りしますよ」

老婦人の顔がぱっと輝いた。「まあ! 本物のパトカー! エドワードに見せてやりたかったわ」彼女はくすくす笑った。「うちのパパにいつも言われてたのよ。おまえはそのうちきっと警察のご厄介になるって」

ドーソンは頭をのけぞらせて笑った。過酷な仕事が続いていただけに、老婦人の無邪気さには心が和んだ。彼はミセス・ラファティを助け起こし、握手をした。

「うちの若い連中にはお手柔らかに頼みますよ、ミセス・アンナ・ラファティ。でないと、あなたを逮捕しなきゃならなくなる。それと、ロウの件はご心配なく。おたくに張り込みをつけていますし、奴が戻ってきたら、あっという間に逮捕しますから」

老婦人はにこにこ顔で部屋を出ていった。

ドーソンはコーヒーカップに手を伸ばした。昼飯を食べ損ねたせいで腹が鳴っていたが、当面はコーヒーだけで辛抱するしかなかった。

クレイはヘッドボードを背もたれ代わりにしてベッドに座っていた。フランキーは彼の脚の間に座り、彼の胸に寄りかかっていた。彼女は自分に回された両腕の力強さを感じた。うなじにかかる息の温かさを感じた。彼の心臓の確かな鼓動が背中に伝わってくる。静かな部屋の中で、壁にかかった時計の時を刻む音だけが聞こえていた。

フランキーの手には、妊娠検査薬のスティックがあった。彼女は今にも爆発しそうな時限爆弾を抱えているような気分だった。

「そろそろじゃない?」

「いや、あと一分」

フランキーはため息をついた。

「よせよ、フランキー。結果がどっちだろうと、なんの問題もないんだから」

「わかってる」彼女は静かに答えた。

そして、二人は待った。

時計の分針を見つめていたフランキーは、突然耳元で響いたクレイの声に驚き、びくりと体を震わせた。

「時間だ」

急に見るのが怖くなり、フランキーはスティックを握り締めた。そのとき、クレイの両手がそっと彼女の腹に当てられた。

「愛してる、フランセスカ」

フランキーの視界がぼやけた。スティックを持ち上げ、ひっくり返したものの、涙で何も見えなかった。次の瞬間、クレイが詰めていた息をゆっくりと吐き、彼女は結果が陽性だったことを知った。それは彼女の人生で最もすばらしく、同時に最も恐ろしい瞬間だった。私のおなかに赤ちゃんがいる。でも、父親は誰なの？

彼女の不安を吹き飛ばすように、クレイは提案した。

「母さんと父さんに電話しよう。二人とも、孫の誕生を何年も心待ちにしてたんだ。きっと大喜びするぞ」

フランキーは体に回された両腕を解いて、彼を振り返った。

「あなたは、クレイ？　あなたはどうなの？」

クレイは微笑を浮かべ、愚問だと言いたげにかぶりを振った。「俺たちは一心同体だ。君の幸せは俺の幸せだよ」ぶっきらぼうに答えると、彼はにやりとした。「ついに俺も父親か。母さんと父さんに電話したら、お祝いしなきゃな」

そうね。クレイと一緒なら、この問題もきっと乗り越えられる。フランキーの心が少しだけ軽くなった。

「この雪じゃ、外食っていうのもちょっとね」

クレイはにんまり笑った。「じゃあ、宅配でいこう。君が好きな店を選び、俺が注文する」

フランキーは迷った。食事のことを考えると、急におなかが空いてきた。

「中華料理もいいと思うんだけど、あなたはピザのほうがいいんじゃない？」

「俺は君がいい」クレイはそっとつぶやき、彼女を自分のほうに向き直らせ、首筋に頭を預けた。

フランキーの心の重石がまた少し軽くなった。彼女はクレイの首に両腕を巻きつけた。

「あなたは運がいいわ。今夜は私が当店の特別メニューなの」

クレイはにやりと笑った。「それは違うな、フランセスカ。君はいつだって特別メニューだ。いくら食べても食べ足りない、何度でも食べたくなる永遠の特別メニューだよ」

それから、彼は視線を落とし、彼女の胸から腹へ手を動かした。セーターとスウェットパンツを押しのけ、柔らかな肌の表面に掌を当てた。

「おい、おちびさん。たくましく健康に育ってくれよ。俺たち、君に会える日を待ってるからな」

再びフランキーを見上げた青い瞳には涙があった。フランキーの胸が熱くなった。

「愛しているわ、クレイ・ルグランド」

クレイはにんまりほくそ笑んだ。「知ってるよ」

フランキーは彼の腕を軽く小突いた。「こういうときは〝俺も愛している〟って言うものよ」

クレイの笑みがさらに広がった。「でも、スウィートハート、それじゃ意外性がないだろ」

フランキーの喉から笑いがこみ上げた。「意外性がなくちゃいけないの？」

「父さんがよく言ってた。一日の行動を女に予測されるようになっちゃ、男はおしまいだって」

フランキーはにっこり笑い、彼の頬にそっと指を這わせた。「じゃあ……あなたももうおしまいね。だって、私には予測できるから。これから八カ月間、あなたがこき使われることが」

クレイはくすくす笑い、彼女のセーターを脱がしはじめた。

「八カ月くらい、どうってことないさ。なんなら、一生だっていいぞ」

たくましい腕の中に抱き寄せられ、フランキーはため息をついた。「一生？　望むところだわ」

16

冷たい灰色の朝が来た。積もった雪は昨夜の風で飛ばされ、足跡のほとんどが消えていた。しかし、足跡は消えても、フランキーに対する危険が消えたわけではない。日一日と彼女の不安が募っていくことを、クレイは肌で感じていた。

フランキーは目覚めていたが、ベティの助言に従って、ベッドから出る前にクラッカーをゆっくりかじっていた。かり、かり、かり。かすかな音が聞こえてくる。クレイは懸念を隠し、無理に笑顔を作って振り返った。

「なんだか家の中に小さなネズミがいるみたいだ」

「本当に、ネズミになった気分よ」フランキーは眉をしかめ、クラッカーのくずを払った。「まったくもう。この調子じゃ、シーツがくずまみれになっちゃうわ」

「でも、最悪の事態は防げる」

昨日の朝の吐き気を思い出し、フランキーは天井を仰いだ。

クレイはくすくす笑った。「そろそろ紅茶を飲めそうか?」

フランキーはお茶を飲む場面をイメージしてみた。それでも、吐き気らしいものは感じなかったので、うなずいた。「ええ、大丈夫みたい」

「よし。じゃあ、俺も付き合おう」

起き上がりかけた彼女を、クレイは止めた。

「いいから、いいから。そのまま横になってろよ。たまには俺がやるから」

フランキーはもどかしげに枕に体を投げ出した。「早くつわりの時期が終わらないかしら」

「一度、医者に相談してみるか。何かいい対処法を教えてくれるかもしれないぞ。ちょっと待っててくれ。すぐ戻るから」

フランキーは夫の背中を見送り、目を閉じて自分に言い聞かせた。クレイがつらそうに見えたのは気のせいよ。彼は私を愛していると言ってくれた。何があろうと、生まれてくる子供を愛すると約束してくれた。私はそれが彼の本当の気持だと信じるしかない。でないと、頭が変になりそうだ。フランキーはため息とともに横向きになり、クレイの枕を抱き締めた。

ポットや鍋のぶつかる音を子守り歌代わりに、フランキーはうとうととまどろんだ。騒々しい音も彼女にとっては安全の目安だった。自分が独りぼっちではないという保証だった。

しばらくすると、電話が鳴り出した。フランキーは寝返りを打って受話器へ手を伸ばしたが、実際に手に取る前にベルは鳴りやんだ。それから二分ほどして、クレイがコードレス電話を手に寝室へ飛び込んできた。

「フランキー、受話器を取れ。キタリッジ・ハウスのミス・ベルからだ。君に知らせておきたいことがあるって」

フランキーの胸に緊張が走った。彼女は改めて寝返りを打ち、受話器をつかんだ。「もしもし」

「フランセスカ！　聞いたわよ。おめでただそうね」

フランキーはクレイに目を向けた。クレイは照れくさそうににやついている。彼女はため息をついた。結局、私の考えすぎだったたってことかしら。さっそく吹聴するくらいなら、何も問題はなさそうだ。

「ええ、私たちにとっても、少々驚きだったんですけど」フランキーは答えた。

「わかるわ」アディ・ベルは相槌を打った。「それはそれとして、本来の用件に戻りましょう。といっても、杞憂にすぎないかもしれないけれど。実はあの少年、ファラオ・カーンについて何か思い出せないかとずっと気になっていてね。それが昨夜、ケーブルテレビで映画を観ていたときに、ふっと思い出したのよ」

「何をですか？」フランキーは尋ねた。

「ファラオにはタトゥーがあったの。ある晩、就寝時間後に抜け出して、タトゥーを入れたのよ。当時、彼は十五か十六くらいだったかしら。あのときは私もかんかんに怒ったわ。ファラオが夜中に抜け出したことも問題だけど、タトゥーがほかの子供たちに与える影響が心配だったから」

フランキーは反射的に自分のうなじに手をやり、タトゥーの部分をさすりながらクレイを見上げた。クレイはむっつりとうなずいた。アディの話はさらに続いた。

「あれはエジプトふうのデザインというのかしら。十字架みたいだけど、少し違うのよ。てっぺんに奇妙な輪が付いていてね。色は……黄色だったと思うわ」アディはそこでいったん言葉を切った。「たいした情報じゃないけれど、あなたが味わった苦しみを考えれば、どんな些細なことでも話しておいたほうがいいと思って」

フランキーは逸る思いでベッドの端まで這いずっていった。「いいえ、ミス・ベル。私たちにとっては、とても貴重な情報です。このことを担当刑事たちに報告したいんですけれど、もう一度あなたの連絡先を教えていいですか？　先方があなたの話の確認を取りたがるかもしれないので」

「もちろん、かまいませんとも。それで何かのお役に立てたら嬉しいわ」

「よかった」フランキーはつぶやいた。「本当にありがとうございました」

「たまには連絡をちょうだいね」アディは言った。「生まれてくる赤ちゃんが男の子か女の子か知りたいから」

「ええ、また連絡します」フランキーは答えた。

耳元で電話が切れた。彼女は信じられない思いで再びクレイを見上げた。

「クレイ……これがドーソン刑事の話していたものよね？　これが彼が必要だと言っていた物的証拠にならないかしら？」

クレイは肩をすくめた。「俺にはなんとも言えないが、答えはすぐにわかるよ。気分はどう？」

フランキーは自分の体に視線を落とし、寝間着から床にこぼれ落ちたクラッカーのくずに気づいて顔をしかめた。

「ベッドでクラッカーを食べていた気分よ」

クレイはにんまり笑った。「紅茶はもうできてる。すぐに持ってくるよ」

「この調子だと、紅茶もこぼしちゃいそう。私はキッチンで飲むほうがいいんだけど」

クレイは眉を寄せた。「大丈夫なのか？」

フランキーは手を振って、彼を追い払った。「私は着替えるから、あなたは電話をかけて。ドーソン刑事にできるだけ早く調べてほしいとお願いして」

着替えを用意しはじめたフランキーを残して、クレイは電話をかけるために書斎へ向かった。これで自分たちの暮らしは落ち着きを取り戻し、ファラオ・カーンは破滅する。彼はそう確信していた。

エイバリー・ドーソンが渋滞を縫って車を走らせる横で、ポール・ラムジーはサンドウイッチを食べ終えようとしていた。

「おっとっと、ドーソン、あんまり飛ばさないでくれよ」ラムジーがぼやいた。彼は片手に持ったコーヒーをこぼすまいとしながら、なおも食べつづけようとした。

ドーソンは相棒のサンドウィッチを用心深そうな目で見やった。

「そいつは後回しにしたほうがいいんじゃないか。おまえ、胃が弱いんだろう。被害者(ガイシャ)は喉を切り裂かれてたって警部が言ってたぞ」

ラムジーは肩をすくめた。「その程度じゃびくともしないね」そう言って、ミートボールサンドの残りを口に押し込んだ。

「後悔しても知らないからな」ドーソンは警告した。

「よけいなお世話だ」ラムジーは言い返し、口の中の食べ物をコーヒーで流し込んだ。

数分後、ドーソンはバスターミナルの前で車を停(と)めた。車を降りたとたん、冷たい突風が吹きつけ、彼らの長いコートをはためかせた。二人は建物に駆け込もうとしたが、ぞろぞろ集まっていた野次馬に行く手を阻まれた。

「警察だ。道を空けろ」ラムジーの言葉に、人垣が割れた。

ほどなく彼らは男性用トイレに到着した。

「発見者は？」近づいてきた制服のパトロール警官にドーソンが尋ねた。

パトロール警官はドアの外のベンチに座っている十代の少年二人を指さした。少年たちは紫の髪に銀の鼻ピアスと粋（いき）がった格好をしていたが、今は虚勢を張る気力もないようだった。顔が青ざめ、瞳がショックに見開かれていた。まあ、ガキには酷な光景だからな。

ドーソンはふっと息を吐き、少年たちに近づいていった。

「坊主たち、ドーソン刑事だ、こっちは相棒のラムジー刑事。君らにいくつか質問をしてもいいかな」

少年たちは同時にうなずいた。

「最初に死体を発見したのは君ら二人だな？」

彼らはまたうなずいた。

「そのとき、誰かを見かけなかったか……被害者以外に？」

「いえ」少年の一人が答えた。「俺たちが入っていったとき、便所は空っぽでした」不意に少年の声がうわずった。「あの死体だけが転がってて」

「二人とも、何かに手を触れたか？」

「いえ、俺たち、なんにも触ってません。本当です。すぐに便所から飛び出して、そのへんにいた人に警察を呼んでくれって言ったんです」

ドーソンは口をつぐんだ。この調子で質問を続けても、どうせこいつらは何も知りゃしない。たまたま悪いところに来合わせただけだ。

「ラムジー、彼らの名前と住所を控えてくれ。俺は先に中へ戻る」

うなずき、手帳を取り出したラムジーを残して、ドーソンは洗面所へ引き返した。

洗面所に入ると、検死医のフレッド・トゥルーが作業を終えようとしているところだった。ドーソンはこの検死医から情報を引き出すつもりでいたが、死体を見たとたん、用意していた質問が吹き飛んだ。

「なんてこった」彼はうなった。

トゥルーが視線を上げた。「知り合いか?」

「ちょうどこいつの身元照会をしたところだった」

「あいにく、先を越されたようだな」トゥルーは作業用の手袋をはぎ取り、バッグの中に投げ入れた。

「あとどれくらいですみそうだ?」ドーソンは尋ねた。

「もうすんだ」トゥルーは答え、助手に向き直った。「ソニー、遺体の搬出を。ドーソンのおかげで仕事が少し楽になったぞ。これで遺体に名前がつく」

ドーソンは最後にもう一度、男の死体を見下ろした。「ロウだ。名前はサイモン・ロウ」

ちょうど入ってきたラムジーがその言葉を聞きつけた。「冗談だろ」彼はつぶやき、相棒の肩ごしに死体をのぞき込んだ。

ドーソンは振り返った。「本当だ。我らが行方不明の借家人兼泥棒は、誰かの機嫌を損ねたらしい」彼はラムジーの肩をたたいた。「署へ戻ろう。奴のファイルから何が飛び出すか、こいつは見物だぞ」

しばらくのち、彼らはそれぞれのデスクに戻った。

「警察記録からは何か出てきたか？」ラムジーが問いかけた。

ドーソンはまだデスクに置いてあった書類をめくっていた。

「それがなんにも……いや、あった！　これだ」

彼はコートを脱いで椅子に腰かけた。ラムジーは逆に立ち上がった。

「コーヒーか？」ドーソンは尋ねた。

ラムジーがうなずいた。

ドーソンは自分のマグカップを差し出した。「俺にも一杯、いただけますか？」

「ご一緒にデニッシュはいかがですか？」ラムジーは軽口をたたいた。

ドーソンは視線を上げようともしなかった。「いいから、とっとと行けよ」

ラムジーはにやにや笑いながら歩き出した。部屋の反対側まで来たところで、ドーソンの悪態が聞こえた。

「どうした？」

ドーソンは書類を高く掲げた。

「ロウの犯罪歴だ。一番新しいところじゃ、ロスで闇賭博をやって逮捕されてる」

「それで何年くらったんだ?」相棒のデスクにコーヒーを置きながら、ラムジーは尋ねた。

「ゼロだ」ドーソンは答えた。

ラムジーは顔をしかめた。「なんでまた?」

「フレデリック・マンクースコが弁護を担当したからさ」

ラムジーは肩をすくめた。「さっぱりわからない」

「マンクースコはギャング専門の弁護士だ。もっとはっきり言えば、アレハンドロのお抱え弁護士ってやつだ。ファラオ・カーンはアレハンドロの右腕で、サイモン・ロウはルグランド家の向かいに一時的に越してきた。そして、フランセスカ・ルグランドの話じゃ、彼女をさらった男はファラオ・カーンで——」

「わかった、わかった。よくわかったよ」ラムジーは言った。「で、俺たちとしてはどうすればいいんだ?」

ドーソンが答えるより先に電話が鳴り出した。手の中の報告書に気を取られつつ、彼は上の空で受話器をつかんだ。「はい、ドーソン」

「クレイ・ルグランドだ。あんたの耳に入れておきたいことがあってね」

ドーソンは報告書を投げ出し、紙切れにクレイの名前を書いて、相棒のほうへ押しやった。

　ラムジーはうなずき、ドーソンが読んでいた報告書を手に取った。

「どんなことですか？」受話器に向かって、ドーソンは尋ねた。

「さっき、アディ・ベルから電話があった。ほら、フランキーが育った施設の所長だ。覚えているか？」

「覚えてますとも。立派なご婦人だ」ドーソンは答えた。「あなたの奥さんのことを心から心配してるようだった」

「そう、その彼女がちょっとした情報を教えてくれた。フランキーと俺が思うには、けっこう重要な情報だ」

　クレイ・ルグランドの口調に興奮を感じ取り、ドーソンは身を乗り出した。「続けてください」と彼は言った。

「アディ・ベルの話だと、ファラオ・カーンは施設にいたころ、夜中に抜け出してタトゥーを入れるという騒ぎを起こしたそうだ」

　ドーソンの脈が一拍飛んだ。話はまだ途中だったが、すでに先が読めた気がした。

「だが、彼女もタトゥーのデザインまでは覚えてないんじゃないですか？」

「いや、それが覚えていたんだ。十字架に似た形で、てっぺんが輪になっていた、と言っていた。色は黄色だったような気がすると」

ドーソンの口元に笑みが浮かんだ。「あなたの奥さんの首にあるのと同じってわけだ」

「これでカーンを逮捕できないか？」

笑みはドーソンの顔じゅうに広がった。「できますとも。そのタトゥーがまだカーンの体のどこかにあれば、奴は己の虚栄心ゆえに身を滅ぼすことになる」

クレイはため息をついた。「よかった。これで俺たちもこの事件から解放される」

ドーソンの笑みが薄れた。「ぬか喜びは禁物です。まずは奴を見つけ出す必要があります。ファラオ・カーンをそんじょそこらの悪党と一緒にしないでください。奴はとほうもない力を持ってるんですよ」

「何を持っていようが知ったことか」クレイはうなった。「それが俺の妻でない限りはな」

司法の歯車が回り出すにはさらに二日を要したが、いったん回りはじめると、その勢いは坂道を転げ落ちるように加速していった。

デューク・ニーダムがファラオのオフィスへ飛び込んできた。

「ボス、今ロスから連絡がありました。ロス市警の連中がボスの逮捕令状を持って、町じゅうを捜し回ってるそうです」

ファラオは握っていたペンを取り落とし、即座に立ち上がった。フランセスカ！　もっと早く動くべきだった。

「ちくしょう」

「ボス、ご指示を」

ファラオはデスクを離れ、敷地の正面に臨む窓辺に立った。よく晴れた寒い日だった。眼下の谷間には、車で埋め尽くされた通りや昼夜輝きつづけるカジノの照明が見えた。いつもと変わりない光景。しかし、見た目が真実と限らないことは、彼が一番よく承知していた。ファラオはポケットに手を入れ、ウサギの足をまさぐりながら、素早く考えを巡らせた。そして、いきなり窓から振り返った。

「メイドに荷造りをさせろ。着替えは夏用のが二枚もあればいい。向こうに着けば、服はいつでも買える」

「向こう、ですか？」デュークは尋ねた。

ファラオの顎の筋肉がぴくりと動いた。「数カ月前から、アレハンドロに南米へ行ってくれと口説かれていた。その申し出を受けることにする」

「わかりました。すぐにヘリを手配します」

「操縦士にはひとまずデンバーへ飛ぶよう言っておけ」

デュークははっと息をのんだ。またあの女か。ボスの執着は異常だ。このままじゃ俺たち全員の命取りになる。

「警察（サツ）が動いてるのに、大丈夫なんですか？」

ファラオは深々と息を吸い込み、押し殺した声で吐き捨てた。「俺の判断に逆らうな。ボスは俺だ。とっとと動け。言われたとおりにやれ」

顔や上着に飛び散ったスタイコウスキーの血を思い出し、デュークはあわててドアへ向かった。

一人になると、ファラオはすぐさま受話器をつかんだ。これで俺の人生は新たな展開を見せるわけだが、その前に片づけておくべきことがある。フランセスカの過去の清算だ。彼は番号をプッシュし、デスクの端に腰を据えて、相手が出るのを待った。数十秒後、ペペ・アレハンドロの滑らかなバリトンの声が聞こえてきた。ファラオは一つ深呼吸をしてから、わざと明るい口調を装った。

「親分、ファラオです」

「ファラオ、案の定、連絡してきたな。かなり面倒なことになってるんだろう」

ファラオはひるんだ。アレハンドロの口調には不安をかき立てるものがあった。

「いや、たいした問題じゃありませんよ」

「どう始末をつけるつもりだ？」アレハンドロは問いただした。

「それは今プランを練ってるところで。親分のお言葉どおり、コロンビアの仕事を引き受けることに決めました。ただ、その前に一つお願いが」

「言ってみろ」

「出発前にやらなきゃならないことがあるんです。というのは――」

「聞かなくてもわかってる」アレハンドロは語気を荒らげた。「またあの女だな。おまえがこうなったのも、あの女のせいだというのに。いいか、ファラオ、私の部下ならビジネスに私情を持ち込むような真似はするな。今日じゅうにネバダを発ち、真っすぐ国境へ向かえ。ティファナでミゲルが用意した飛行機に乗り換え、そこから南米へ飛べ。以後、現地に到着するまで私には接触するな」

「親分はわかってない。あの女は俺の幸運の守り神なんです。彼女がいないと俺は――」

ペペ・アレハンドロのバリトンに警告めいた響きが加わった。「いいや、ファラオ。わかってないのはおまえだ。これは私の命令だぞ」短い沈黙のあと、アレハンドロは付け加えた。「わかったか？」

ファラオは身を硬くした。アレハンドロの命令に背けばどうなるか、いやというほど知っていたからだ。それでも、彼は返事に曖昧さを残した。

「ティファナに着いたら、ミゲルに連絡を取ります」

「それでよし」アレハンドロがつぶやいた直後、出し抜けに電話は切れた。それが彼の怒りの大きさを物語っていた。

自分がしようとしていることを思うと、ファラオは胃が痛くなった。だが、アメリカを離れるときはフランセスカも一緒だ。今度こそ俺のものにしてやる。この二年間、何度も嫌いと言われてきたが、嫌われたままにしておくものか。

昔、俺はフランセスカの親友だった。たった一人の家族だった。あの夫さえ始末すれば、また昔の俺たちに戻れるはずだ。

ファラオは良心の呵責(かしゃく)を無視し、荷造りを監督するために自室へ急いだ。これから俺がやろうとしてることをアレハンドロは喜ばないだろう。だが、うまくやり遂げさえすれば、何も問題はない。彼は自分自身に言い聞かせた。大丈夫。不意打ちなら絶対にうまくいく。フランセスカは俺が戻ってくるとは思ってないはずだ。なにしろ俺には逮捕令状が出ているのだから。

こんろの奥に置かれた鍋の中でスープが煮立っていた。とうもろこしパンの焼ける匂(にお)いが家じゅうに漂っていた。洗濯物を抱えたフランキーは、ランドリールームへ行く途中の窓から外を見やった。クレイは相変わらずシャベルを握り、ガレージ前の路地へ続く裏庭の小道の雪かきを続けていた。彼女はお気に入りのCDに合わせてハミングし、知っている部分に差しかかると、声をあげて一緒に歌った。洗濯機に洗剤を入れていたとき、電話が鳴り出した。彼女は洗濯機の蓋(ふた)を閉め、スイッチを押した。注水が始まったのを確認しながら、電話へ走った。

「もしもし」

返事はなかった。

「もしもし？　もしもし？」

不意に電話は切れた。

フランキーは受話器を戻し、肩をすくめた。電話のマナーを知らない人はけっこういるものだ。せめて、すみません、番号を間違えました、くらい言えばいいのに。

彼女はこんろの前へ行き、鍋底が焦げつかないようにスープをかき混ぜてから、とうもろこしパンの焼け具合をチェックした。オーケー。あと二、三分もすれば完成だ。

もう一度窓の外へ目をやると、クレイの姿が消えていた。裏庭はすんで、表の歩道に移動したのだろうか。好奇心が半分と、クレイの居場所を知っておきたい気持が半分で、フランキーはリビングの窓へ向かった。クレイは家の角に立ち、軒のつららをたたき落としていた。彼女はくすりと笑って手を振ろうとした。その瞬間、照明が点滅し、ふっと消えた。

きっとすぐ元どおりになるわ。フランキーは希望的に考えたが、洗濯機の注水の音がやんだことに気づき、思わずうなった。ガスこんろだから料理は無事に完成するはずだけど、洗濯はアウトだ。服に洗剤がこびりつきそう。ブレーカーボックスを調べるために彼女がキッチンへ引き返したそのとき、グレーのセダンが角から現れ、通りを近づいてきた。そのセダンが減速し、停止したことを、彼女は知る由もなかった。

クレイにとって、雪かきは大好きな仕事とは言えなかった。しかし、デンバーで生まれ育った人間にとっては、幼いころから慣れ親しんできた作業だった。厚着をしていたせいもあり、裏の小道を終えて表へ移るころには汗をかいていた。呼吸をするたびに、温かな息が小さな白い雲を作る。

表の小道は縁石まで十メートルもなかったが、雪に覆われているためにいつもより長く見えた。クレイは移動しながら軒のつららをたたき、割れて落ちたつららが音もなく雪にのみ込まれる様子を眺めた。

彼は右側に一歩ずれ、次のつららを狙(ねら)った。シャベルがぶつかった瞬間、つららはガラスが割れるような音をたてて宙へ飛び、積もった雪の中へ消えた。来年の今ごろ、うちには赤ん坊がいるんだな。そのことを考えると、胸が熱くなった。赤ん坊か。女の子だろうか? 男の子だろうか? いや、そんなことはたいした問題じゃない。父親が誰かという問題に比べたら。

クレイはその考えを振り払った。俺はフランキーに誰の子でもかまわないと言った。あれは俺の正直な気持だ。この二年間、ずっと奇跡が起きるようにと祈りつづけてきた。そして、奇跡は起こった。フランキーは俺の命だ。赤ん坊が彼女が戻る前にできた子だろうと、彼女が戻ってからできた子だろうと、その事実は変わらない。どんな状況でできた子であれ、フランキーの子供ならいい子に決まっている。

クレイは軒のつららから窓に映る自分の姿へ目を転じた。そして、背後の歩道に近づいてくる車の存在に気がついた。

彼が振り返ると同時に、二人の男が車から降りてきた。一人は長身で肩幅が広く、コートの背に白髪混じりのポニーテールを垂らしていた。見たことのない顔だ。でも、もう一人の顔には見覚えがある。クレイは眉をひそめた。いったいどこで……そうだ、あいつだ。

彼はみぞおちを蹴られたかのようになり、フランキーの名前を叫びながら、家へ向かって駆け出した。銃声はあっけないほど軽い音だった。しかし、肩を撃たれたクレイはその衝撃に半回転して、自分の足跡の上に倒れ込み、彼が軒からたたき落としたつららのように雪の中に埋もれた。

デュークは突っ伏したクレイのかたわらに立った。「どうします？　こいつにとどめを――」

「ほっとけ」雪かきのすんでいない歩道をもたもた進みながら、ファラオは言い放った。「そんな悠長なことをやってられるか」

デュークはそわそわと背後に目を配った。さっきと変わらず周囲に人影はないが、こういう住宅地ではどこから誰が見ているかわからない。悠長も何も、こんな真っ昼間にやること自体が無茶なんだろうが、と心の中で毒づきながら、しかめっ面でコートの襟を立て、玄関へ向かった。そして、ノックしようとしたところで、ファラオに手をつかまれた。

「だめだ」ファラオは言った。

「ですが、ボス、この家にはセキュリティシステムがついてますよ」デュークは近くの窓に貼(は)られたステッカーを指さした。

「スイッチは入ってないし、ドアもロックされていないはずだ。あの男が外にいたんだからな」

デュークはファラオが撃った男をちらりと見やり、ドアノブに手をかけた。ファラオの予想どおり、ノブはあっさりと回った。

家に入って最初に気づいたのは、パンが焼ける匂いだった。ファラオはその匂いを深々と吸い込んだ。期待に胸が躍った。あと数秒で俺たちはまた一緒になれる。今度は永遠に一緒だ。

「例のものは?」彼は尋ねた。

デュークはポケットに手を入れ、そこに注射器が入っていることを確認した。

「用意できてます」

「じゃあ、さっさとすませるか」ファラオは言った。「ティファナで飛行機とデートの約束がある。俺はデート相手は待たせない主義なんだ」

フランキーがクレイの叫び声を聞いたのは、キッチンへ入りかけたときだった。彼女は足を止めて振り返った。一瞬、何かが意識をかすめた。続いて、記憶が洪水のように押し寄せてきた。この場所で玄関のドアが開く音を聞いたこと。リビングを横切る足音が聞こえ、クレイだと思ったこと。

しかしそれはクレイの足音ではなかった。

彼女の心臓が轟きはじめた。掌に汗がにじんだ。

「クレイ？」

返事はなかった。

「クレイ？」

恐ろしいほどの静寂があるだけだった。

パニックに襲われ、勇気がくじけそうになりながらも、フランキーはなんとか行動を起こした。反射的にキッチンを飛び出し、全力疾走で寝室を目指した。

寝室へ入ると、ナイトテーブルのひきだしを開け、銃を取り出した。弾が装填されていることを確かめ、窓に近づく。最初に視界に飛び込んできたのは、表に停められたダークグレーのセダンだった。続いて、雪の中の鮮やかな色が彼女の目を引いた。フランキーは目を凝らし、窓ガラスを覆う霜の隙間からのぞき込んだ。それがクレイのコートだと気づいた瞬間、唇から低いうめき声が漏れた。

嗚咽をのみ込みながら、彼女は電話へ走った。震える指で九一一をダイヤルした。通信指令係が出たそのとき、玄関のドアが開く音がした。

「助けて。大変なの」フランキーは小声で訴えた。「ドーソン刑事にフランセスカ・ルグランドから電話があったと伝えて。奴らがまた戻ってきたって伝えて」

「もしもし。もしもし。どうかしましたか？」通信指令係が問いかけた。

フランキーはうめき声を押し戻した。「夫が銃で撃たれて、撃った人間が家に入ってこようとしているの。もう切るわ。でないと、見つかってしまう」ささやき声で説明すると、彼女は電話を切ろうとした。

「待ってください。まだ切らないで」通信指令係が言った。「すでに手配はしましたから」

「わかってないのね。私は二度と奴らに見つかるわけにはいかないの。とにかくエイバリー・ドーソン刑事に伝えて。彼にはそれで通じるはずよ」

フランキーは受話器を置き、忍び足でドアへ近づいた。息をひそめて、家じゅうを移動する足音に聞き耳を立てた。電気が通じたらしく、不意に照明が灯った。洗濯機の注水が再開され、静まり返った家の中に水音が響き渡った。何かが床に落ちる音がし、続いて、押し殺した悪態が聞こえた。

背後を確かめながら、フランキーは廊下へ滑り出た。とにかく逃げ道だけは確保しなければ。両手で銃を握り締めて、彼女は行動を開始した。

17

目を開けたクレイは視界いっぱいに広がる空を見て、自分が仰向けに横たわっていることを知った。雪の上だというのに、背中が燃えるように熱かった。どうしてだろう。理由を思い出そうとして、彼は朦朧とした意識に鞭打った。

記憶は衝撃とともによみがえった。そうだ。俺はファラオの顔を見たんだ。そして、フランキーの名前を叫んだ。フランキーには聞こえただろうか？　逃げ出すことができただろうか？　それとも、奴らに捕まったのか？　もう連れ去られてしまったのか？

クレイは低くうなりながら横向きになり、それから雪の上に両手と両膝をついた。自分が横たわっていた場所を見下ろすと、あたり一面の雪が血で染まっていた。

その血を見て、彼は初めて自分が銃で撃たれたことを知った。吐き気が喉までこみ上げた。だめだ。吐いてる場合じゃない。ファラオ・カーンのような男に、フランキーと俺たちの赤ん坊を渡すわけにはいかない。

神よ……俺に力を。クレイは歯を食いしばり、近くの生け垣の茂みにすがって体を引き起こした。

　フランキーは壁づたいに廊下を進んでいった。両手に震えはなく、心に迷いもなかった。彼女は射撃センターで学んだことを思い返した。息を吸って。息を吐いて。あせらない。そして、引き金を引っ張らない。

　いざとなると撃てないのではないかという疑問は湧かなかった。銃を撃つときの手応えを何度も経験したので、今さら怖じ気づくこともなかった。雪の中に横たわっているクレイのことを思えば、怖じ気づくわけにはいかなかった。

　左手のほうから男たちのひそひそ声が聞こえてくる。ランドリールームだわ、とフランキーは考えた。洗濯機の音を聞いて、私がランドリールームにいると思ったのね。

　彼女は足を止めた。心臓が激しく鳴っていた。口の中に金気くさい味が広がり、恐怖を感じた。

　フランキーは改めて意を決した。二度と拉致されるもんですか。相手を昔の友人と思ってはだめ。あいつは悪魔だ。

　低く笑う声が聞こえ、フランキーの緊張が高まった。笑い声とともに、子供のころの思い出と地獄の二年間の記憶がよみがえった。

　黒い瞳とほほ笑む顔。

彼女の髪を編む優しい手。

靴紐を結んでくれた。校庭のブランコを押してくれた。ほかの子が持っていないおもちゃをくれた。キャンディをよけいにくれた。

抱き締めてくれた。

窓に鉄格子がはまった部屋に閉じ込められた。贅沢にものを与えられ、放置された。

これだけの力を持つ男からは逃げられないと思い知らされた。

そして、後ろも見ずに逃げ出した。

「フランセスカ……いるのはわかってるんだぞ」

現実に引き戻され、フランキーは身震いした。とたんに不安が押し寄せてきた。だめだ。とても玄関まではたどり着けない。警察が間に合ってくれればいいんだけれど。フランキーは勇気をかき集め、キッチンへ通じる戸口に銃を向けた。

エイバリー・ドーソンが信号待ちをしていたとき、携帯電話が鳴った。電話に出た彼は、ダウンタウンの通信指令係の声を聞いて少し驚いた。

「ドーソン刑事、無線では伝えづらいことがあって、こちらに電話しました。数分前、フランセスカ・ルグランドと名乗る女性から緊急電話があったんです。ご主人が銃で撃たれた、撃った人間が家へ入ってこようとしている、と言っていました」

くそ。「警察と救急隊はすでに現場へ向かったんだな?」ドーソンは尋ねた。

「はい。二分ほど前に」

「応援部隊も出してくれ。それから、俺たちが行くことを救急隊に知らせてほしい」

ドーソンは携帯電話を座席へ放った。

「フランセスカ・ルグランドが九一一に電話してきた。クレイが撃たれて、家に侵入されたらしい」

ラムジーがライトをダッシュボードにたたきつけ、ストロボを点滅させた。ドーソンはサイレンのスイッチを入れた。

ドーソンは交差点でUターンし、今来た道を戻りはじめた。ルグランド家で起こっていることを思うと、みぞおちがきりきり痛んだ。マスコミに警察。俺たちはクレイ・ルグランドに何もしてやれなかった。ただ苦しめただけだった。このうえ、あの男を死なせるわけにはいかない。

ラムジーがリボルバーを点検して肩のホルスターへ戻した瞬間、車がスリップしながら角を曲がった。

「頼むよ、相棒」ラムジーはぼやいた。「まだ路面が凍ってる部分もあるんだから」

しかし、ドーソンは減速することなく車を走らせつづけた。スリップぐらいなんだ。俺たちはあの夫婦を救えなかった。だが、今度は違う。今度は彼らを救ってみせる。

キッチンへ続くアーチ型の戸口に、突然、二人の男のシルエットが現れた。逃げ道を断たれないように、フランキーは一メートルほど右へ移動して銃を構えた。大きく息を吸い、まずは銃を持った男に狙いを定めた。広い肩幅と白髪混じりのポニーテール。確かに見た覚えがある。

デューク・ニーダムだわ。ファラオの右腕の。

一瞬ためらいを感じたものの、フランキーは銃を構えつづけた。

彼女を見た瞬間、ファラオの胸が高鳴った。きれいだ。ほれぼれするほど美しい。だが、彼女の手に握られた銃に気づくと、ファラオは眉をひそめた。こいつは予想外だ。彼は一歩前へ出た。フランキーはとっさに体の向きをずらし、銃口を彼に向けた。ファラオは驚きに立ちすくんだ。この形相。まさかフランセスカは……。

彼は身震いした。フランセスカは本気で俺を殺すつもりなのか。彼は無理に笑顔を作った。父親が子供をなだめるような口調で話しかけた。

「フランセスカ……何やってるんだ？　その銃を下ろせ」

フランキーはひたと彼を見据えたまま、答えようとしなかった。

ファラオは一瞬うろたえた。

「ばかな真似はよせ、フランセスカ。おまえに俺は撃てない。忘れたのか？　泣いてるおまえを抱いてやっただろう？　靴紐の結び方を教えてやったよな。おまえの髪を三つ編みにしてやったし、病気のときは本も読んでやった。愛してる、フランセスカ。おまえは俺のものだ」

　フランキーの瞳が涙でうるんだ。「あなたを信頼していたわ……あのころは。でも、そのあとあなたは何をしたの？　私をうちから……夫から引き離した。私の人生の二年間を奪い、私の心を傷つけた。そんなものは愛じゃない。ただの執着よ」

　彼女が苦しげに息をついたそのとき、デュークがいきなりファラオから離れた。

「動かないで！」フランキーは叫び、デューク・ニーダムの頭へ銃口を向け直した。

　デュークはその場に凍りついた。二人の間は六メートルもなかった。この距離なら、射撃の名手でなくともまず撃ち損じることはないはずだった。

　ファラオは深々と息を吸い込んだ。こいつは思っていたより厄介だ。彼は手を差し出し、フランキーに一歩近づいた。銃口が再び彼に向けられる。その隙を突いて、デュークが彼女に突進した。

　フランキーは続けざまに二発撃った。ファラオが瞬きをする暇もなかった。一発目はデュークの右膝に、二発目は左膝に命中し、骨と筋肉を粉砕した。デュークの手にあった銃が床に転がった。フランキーは銃を構えたまま、それを遠くへ蹴りやった。

　デュークの苦痛の叫びがあたりに響き渡った。ファラオは言葉もなくフランキーを見つめた。彼女が自分の部下にしたことが信じられなかった。フランキーの顔に怯えはなかった。あるのは怒りだけだった。ファラオは雪の中に横たわる彼女の夫の姿を思い出した。そして、我が身の危険を悟った。

「フランセスカ、やめよう、な」武器を持っていないことを示すために、彼は両手を広げてみせた。「俺がおまえにひどいことをすると思うか？」

デュークの叫びは低いうめき声に変わっていた。フランキーはかすかなサイレンの音を聞いた気がした。しかし、確信は持てなかった。

血……どこもかしこも血だらけ。

知らなかった。銃を買ったときは、誰も血のことを警告してくれなかった。

「フランセスカ……聞いてくれ」話しかけながら、ファラオはさらに一歩前へ出た。

フランキーは銃を握り締め、玄関へ向かって二歩後退した。

「人でなし、あなたは私をレイプしたのよ！」

ファラオは愕然として立ち止まった。「誰がそんなことを」

「あなたよ！　あなたがやったんじゃない！　私は思い出したの。あなたが私にのしかかってきたことを。あのときのあなたの目つきを。とぼけないで、ファラオ。私、わかっているんだから！」

ファラオはうなった。「違う、フランセスカ、それは違う。そんな形でおまえに触れたことはない。一度だけ……その……だが、おまえが泣き出して」彼はおろおろと深呼吸をした。「それで、俺はやめたんだ」

「あなたの言うことなんて信じない」フランキーは言い放った。足下がふらついた。彼女の体力はそろそろ限界へ近づいていた。「二年間、私をあの檻に閉じ込めていたくせに」

「なんでも与えてやっただろう」ファラオは抗議した。「最高の服、最高の料理。最高のものをなんでも与えてやったじゃないか」

「自由がなければ、何もないのと同じことよ」

ファラオの表情が崩れはじめた。近づくサイレンの音は彼の耳にも届いていた。誤解を解かなければ。早く逃げなければ。二つの思いの間で心は揺れた。

ファラオの脳裏に昔の思い出がよみがえった。いつも仲間外れにされていた少年時代。居場所がなく、愛されることを知らず、ただ生き抜くために闘いつづけた日々。

それを変えたのがフランセスカだった。

ファラオは身震いし、人を愛することがもたらした己の弱さを呪った。彼はアレハンドロとコロンビアのことを考えた。そこで待っている富と権力を思った。切ないため息とともに、彼はポケットへ手を滑り込ませた。銃を取り出し、フランキーの胸に狙いを定めた。

フランキーは息をのんで後ずさった。しかし、彼女の動きに合わせて、銃口もついてきた。

「撃ちたければ撃ちなさい」フランキーは言った。「ただし、私も撃つわよ。悪くて共倒れ、よくてもお互い無傷じゃすまないでしょうね。どっちにしても、あなたは逃げられない。警察に捕まっておしまいよ。もうやめましょう、ファラオ。私のことはあきらめて」

ファラオは必死に踏ん張ろうとする傷ついた獣のようにかぶりを振った。

「おまえにはわかっていない。おまえは俺の愛する女……俺の幸運の守り神。おまえがいなけりゃ、俺はどのみちおしまいなんだ」

「じゃあ、おしまいにしましょう」フランキーは銃を構えた。

突然、玄関のドアが押し開かれ、内側の壁にぶつかった。よろけながら入ってきたクレイがフランキーの前に立ち、ファラオの銃口に向き直った。

「やめろ！」クレイは力のない声でうなった。「頼むから彼女を撃たないでくれ。彼女のおなかには赤ん坊がいるんだ」

フランキーは悲鳴をあげた。クレイのコートの背中が血で染まっていた。

銃を持つファラオの手が震えた。「赤ん坊？」

クレイは膝を落とし、床に四つん這いになった。「頼む」彼は懇願した。「彼女を傷つけることだけはしないでくれ」

フランキーは銃を捨て、彼の横にしゃがんだ。出血を止めようとして、おろおろと彼の顔や背中に手を当てた。

「死なないで、クレイ・ルグランド。お願いだから死なないで」

クレイは崩れるように横たわった。見上げると、ファラオの顔には驚愕の表情があった。

フランキーは弾(はじ)かれたように立ち上がり、出血を止められるものを取りに行こうとした。

「動くな！」ファラオは怒鳴り、反射的に彼女に銃口を向けた。

フランキーは覚悟の表情で立ち止まった。

「私を撃ちなさい。でなきゃ、私の人生から姿を消して」そう叫ぶと、彼女は床に横たわる男を指さした。「私が愛しているのはこの人よ。記憶をなくしたときでも、彼のことだけは忘れなかった。あなたのことなんかずっと忘れていたわ」

サイレンの音が迫ってくる。ファラオは破滅のときが来たことを悟った。引き金にかけた指が震えた。俺にはすべてがあった。望むものはすべて手に入れてきた。

権力。

金。

尊敬。

そこで彼はため息をついた。

だが、フランセスカだけは……。

彼はフランキーの腹部に目をやった。そのうち、この腹が丸くなるのか。この中にほかの男の子供がいるのか。彼は怒りをかき立てようとした。しかし、怒る気力さえ残っていなかった。

ファラオは苦々しげに吐き捨てた。「おまえはこいつの赤ん坊を産むんだな」

その瞬間、フランキーは気づいた。ファラオの落胆は本物だ。もし彼が裏切られたと感じているなら、私のおなかの子は彼の子供ではありえない。彼の言葉は真実だった。ファラオは私をレイプしなかった。彼女の胸は安堵感でいっぱいになった。

「ずっと友達でいられたかもしれないのに」フランキーはつぶやいた。

ファラオの腕から急に力が抜けた。「それはつまり……もし俺が――」

「覚えてる？　二年前のあの日……あなたがここに来たときのこと」

ファラオは目をしばたたいた。

「あなたはただ〝やあ〟と言うだけでよかったのよ」

ファラオはうなった。物心がついて以来、初めて涙が出そうになった。

彼は身震いした。「俺はおまえをレイプしてない」

フランキーの胸が痛んだ。彼女は少年だったころのファラオの気持を思い、今のファラオの気持を思った。失われた友情を思い、彼に味わわされた恐怖を思った。

彼女はクレイを見下ろし、ファラオに視線を戻した。目に涙を浮かべて、夫の命乞いをした。

「お願い……夫の手当をさせて。彼のいない人生には耐えられないの」

ファラオの唇の端に苦い笑みが浮かんだ。

「ああ、その気持は俺にもわかる」ぽつりとつぶやくと、彼はドアへ向かって駆け出した。

近道を知っていたエイバリー・ドーソンは、救急車よりも半ブロック分早くルグランド家に到着した。縁石に沿って見慣れないダークグレーのセダンが停まっていた。彼はリボルバーを握って車を降りた。

「裏へ回れ」ドーソンはラムジーに言った。「俺は表を受け持つ」

「応援を待ったほうがいいんじゃないか？」ラムジーが尋ねた。

「だめだ」ドーソンは答えた。「手遅れになるかもしれん」

彼は小走りで家の側面へ向かった。茂みや木を利用して姿を隠しながら、開かれたままの血の付いたドアへ近づいていった。最悪のシナリオが脳裏をよぎり、彼の胸を締めつけた。彼は心の中でクレイとフランキーの無事を祈った。

ドーソンが中腰のまま木の陰から踏み出したそのとき、玄関から男が飛び出してきた。男の顔と手に握られた銃を見るなり、ドーソンはリボルバーを構えて怒鳴った。

「警察だ！　銃を捨てろ。おまえは包囲されている」

ファラオ・カーンは振り返った。銃の引き金を引いても、間に合わないことはわかっていた。ドーソンの最初の銃弾が肩に当たり、ファラオの銃弾は宙へ逸れた。痺れたような感覚が走り、続いて激痛が襲ってきた。銃が手からこぼれ、雪の中へ埋まった。ファラオは信じられない思いで自分の胸を見下ろした。自分の仕草がどう映るかも考えず、コートの内側へ、胸を伝う温かな流れへ手を伸ばした。

相手がコートの内側へ手を入れるのを見て、ドーソンはとっさの判断をした。二発目の銃弾がファラオの体を貫通し、あらゆる生命機能を破壊した。遠ざかる感覚の中で、フランキーの悲鳴が背後から聞こえた。彼は振り返り、声がした方向へ腕を伸ばした。すべてがスローモーションで動いているように思えた。

刑事が叫びながら近づいてきた。

日差しが輝きを失いはじめる。

耳の奥で心臓の鼓動が轟（とどろ）き、大地が揺らぎはじめる。

自分の体が落ちていく。

心臓の鼓動が緩慢になっていく。

懐かしいイメージが脳裏をよぎる。

毛布を抱え、親指をくわえた四歳のフランセスカ。

ぶらんこを押してもらってはしゃぐ八歳のフランセスカ。

髪に結んで、とリボンを差し出す十歳のフランセスカ。

フランセスカ……。

フランセスカ……。

崩れ落ちるファラオを死の冷たい腕が優しく受け止め、雪が毛布のように体を包み込んだ。

銃声が起きたとき、フランキーは悲鳴をあげてクレイの体に覆い被さった。そのあとに訪れた沈黙は銃声よりも恐ろしいものだった。玄関のポーチを駆け上がってくるあわただしい足音が、彼女をパニックに陥れた。フランキーは放り捨てた銃をつかみ、クレイの前に立ちはだかった。

ドーソンとラムジーが目にしたのは、血にまみれ、身を硬くして、最初に目に飛び込んできた者を撃とうと構えているフランキーの姿だった。

「警察だ！　警察だ！」二人は同時に叫んだ。

銃を手に叫びつづけるラムジーを残して、ドーソンは彼女のかたわらへ走った。

「家の中にもまだいるのか？」

フランキーは反対側の壁の近くで意識を失って倒れているデューク・ニーダムを指さした。

「この人だけよ」答えたとたん、彼女の体が震え出した。

振り返ったラムジーはデューク・ニーダムの傷を一目見て、フランキーに尊敬のまなざしを向けた。

「いいところを狙ってる……たいしたもんだ」

フランキーは銃を床に置き、クレイの頭を膝にのせた。ふと気がつくと、彼女の服は血で染まり、両手も血で覆われていた。クレイの血。

「彼を助けて。撃たれたの」

ドーソンはラムジーに手を振った。「現場の安全を確保したと救急隊に伝えろ」彼はニーダムに視線を投げた。「ついでに、もう一台救急車を回すように言ってくれ」

ラムジーは玄関へ走り、ドーソンはクレイの首筋の脈を探った。

「まだ生きてる」ドーソンはフランキーの腕を軽く握った。「よくやりましたね。だが、もう少しだけ辛抱してください。大丈夫、この男は死なない。あなたみたいな奥さんを残して死ぬわけがない」

それから、彼はニーダムに近づいた。怪我の状態を確認し、ニーダムが倒れたときに落とした銃を拾った。数十秒後、救急隊員たちが家の中へなだれ込み、フランキーを押しのけた。ドーソンは彼女の肘を支え、近くの椅子に座らせた。

「連絡したい相手はいますか?」

フランキーの歯がかたかた鳴った。体の震えが止まらなかった。

「クレイの両親。あの二人に知らせなきゃ」不意に彼女は両手に顔を埋めた。「どうしよう。私のせいでクレイに何かあったら……」

ドーソンは彼女の顔を上げさせた。

「あなたのご主人に何があろうが、それはあなたのせいじゃない。ファラオ・カーンのせいだ。人間は自分の行動には責任があるが、他人の行動にまで責任を感じることはない」

フランキーは身震いし、電話へ手を伸ばした。受話器を耳に当てたものの、発信音が聞こえてこない。彼女は戸惑い、眉をひそめた。そして、ようやく思い出した。

「寝室の受話器が外れたままだわ」

「いいから座っていてください」ドーソンは命じた。「私が戻してくる」

彼が寝室から帰ってきたときには、クレイはすでにストレッチャーに乗せられ、救急センターへ搬送されるばかりになっていた。フランキーは椅子から立ち上がり、クレイのかたわらへ歩み寄った。彼の頬に触れ、髪を撫でた。

「死なないで、クレイ・ルグランド。二年もかけてあなたの元へ戻ってきたのよ。だから、絶対に死なないで」

ドーソンが彼女を脇へどかし、救急隊員たちがストレッチャーを家から運び出した。

「受話器を戻してきた」彼は穏やかな口調で言った。「ご主人の両親に連絡してはどうです？ すんだら、少し身ぎれいにするといい。私が病院まで送っていこう」

フランキーは自分の服と血が乾きかけた両手を見下ろした。それから、まだ確信しきれない思いでドーソンを見つめた。

「これで終わった……そうよね、ドーソン刑事？」

ドーソンはうなずきかけたが途中でやめ、代わりに彼女を抱擁した。

フランキーはためらった。しかし、温かな腕に包まれると、全身から力が抜けていった。

ドーソンに抱かれていなければ、床へ崩れ落ちていただろう。彼女はドーソンのコートに頬を預けた。

「助けて」

ドーソンのみぞおちが締めつけられた。彼女の心細さが痛いほどよくわかった。「あなたを一人にはしない。約束する。あなたは一人じゃない」

ラムジーが駆け足で家の中へ戻ってきた。

「二台目の救急車がこっちへ向かってる」彼はくんくんと鼻を鳴らした。「おい、なんか焦げ臭くないか？」

フランキーはドーソンの腕の中から身を引いた。

「大変。スープを火にかけたままだったわ」

エピローグ

デンバーに遅い春がやってきた。フランキーにとって、その冬は試練の季節となった。クレイが生死の境をさまよった一週間と、それから回復するまでの一カ月は、彼女の人生で最も長い一週間と一カ月だった。もし新しい命を宿していなければ、半狂乱でクレイの看護に明け暮れ、彼女自身が体を壊していたかもしれなかった。

クレイの退院はクリスマスのあとになった。その日、フランキーはようやく自分たちの家へ足を踏み入れることができた。家の中には古く、いやな記憶が甘ったるい香水のように染みついていた。

クレイはすぐにフランキーの様子がおかしいことに気づいた。時が経過しても、彼女の心は晴れなかった。機械的に一日一日をやりすごし、突然の物音にびくつき、夜中にクレイの名前を叫びながら目を覚ました。

クレイはフランキーを抱き締め、慈しんだ。あらゆる手を尽くして、彼女の不安を取り除こうとした。しかし、自分たちの家の玄関先で一人の男が命を落とした事実に変わりはなく、床のラグに染みついたクレイの血も完全に消し去ることはできなかった。

そしてある朝、クレイはあるプランを思いついた。彼がキッチンへ入っていったとき、つわりの時期を過ぎたフランキーは朝食の支度をしていた。

「おはよう、ハニー」クレイはフランキーの右耳の後ろ――アンク十字のタトゥーのそば――にキスをした。

フランキーは手を止めて振り返った。「おはよう」彼女はクレイの唇にキスを返した。うなり声とため息を交換したあと、クレイは唇を離し、彼女の上気した頬を見てにんまり笑った。

「こういう挨拶も今のうちだな」彼はフランキーのまだ平らな腹をぽんとたたいた。「じきにいろいろと問題が出てくる」

フランキーは彼の手をとらえ、自分の腹に押し当てた。「すでに大問題よ。ただ、形に現れていないだけ」

クレイは笑った。「そのうち現れるさ」

フランキーはため息をつき、後れ毛を耳の後ろへ挟んだ。それから、彼がキスをした場所を上の空でさすった。

「やっぱり気になる？」彼女は問いかけた。

クレイはカップにコーヒーを注いでいた。彼は片手にポットを、もう一方の手にカップを持って振り返った。「気になるって何が?」

「このタトゥーよ」

クレイは眉をひそめた。フランキーはまだこだわっているのか。なんとかして彼女をいやな記憶から解放してやらなければ。

「全然」彼は断言した。「なんで気にする必要があるんだ?」

フランキーは肩をすくめ、目を逸らした。「わからないわ。ただ、もしかして……このせいであなたがいやな気分に……」

「いいや、フランセスカ。むしろ最近じゃ、それがセクシーに思えてきてね」

思いもよらない言葉にフランキーは面食らった。

「でも――」

「まあ、最後まで聞けよ」クレイはポットとカップを置き、彼女の髪を指に絡ませて、小さなアンク十字をあらわにした。「こいつは豊かな髪の下に隠れ、愛らしい耳の裏にひそんで、俺に味わわれるのを待ってる。仕事中もこの小さなタトゥーのことを考えるときがあるくらいだ。すると、自然と笑みが浮かんでくる。これは俺が特別にキスしたい場所の目印なんだ」

フランキーはあんぐりと口を開けた。「知らなかったわ。あなたって意外と詩人なのね!」

クレイは思わせぶりに眉をうごめかした。「そんなのは秘めたる才能のほんの一部だ。フランセスカ、俺には君の知らない秘密が山とあるんだぞ」

フランキーは低く鼻を鳴らした。「秘めたる才能、とおっしゃいますと？」

クレイは彼女の鼻先で指を振り、流し目を使った。「今夜教えてやるよ。乞うご期待、俺の秘密を大公開だ」

狙いは当たり、フランキーの表情が明るくなった。仕事へ向かう途中も、クレイは自分が言ったことを考えていた。彼の言葉に嘘はなかった。今の彼にとって、あのタトゥーはほかの男が妻に付けた刻印ではなかった。彼女の中で育ちつつある赤ん坊と同様に、愛する女に加わった新しい一部だった。しかし、プランを実行へ移すには、最初の休憩時間まで待たなければならなかった。作業の切りがつくと、クレイは腕時計に目をやり、プラン遂行にかかる時間と残された時間を計算した。気が変わらないうちにと現場監督に後を頼み、町の外れにある小さな店へ向かった。

クレイが自宅の私設車道に車を停めたのは、午後六時を過ぎたころだった。助手席には小さな包みと一ダースの赤いバラ、コーラの六缶パックが置いてあった。フランキーの妊娠がわかって以来、アルコールは完全に断っていたので、今夜はコーラで乾杯するつもりだった。

車を降りるとき、尻が座席にこすれた。痛みにひるみつつも、クレイは花束と包みとコーラをかき集め、笑みを浮かべて玄関へ急いだ。フランキーの出迎えを受けて、彼の笑みはさらに広がった。

「おかえりなさい。あなたがいなくて寂しかったわ」フランキーは言った。

クレイは彼女に花束を手渡した。

「私に？　今日はなんのお祝い？」

「今にわかる」彼はうなり、フランキーの唇にキスをした。「ん……これはなんの味かな？」

「私の味よ」

「確かに君の味だけど、オレンジっぽい味もする」

「まだ内緒」フランキーはにんまり笑い、夫が抱えている包みに目を留めた。「これは？」

クレイはにんまり笑い返した。「まだ内緒」

フランキーはくすくす笑い、彼の鼻先で薔薇を振った。「お花を水に浸けてくるわね。ゲームが終わったのなら、テーブルへどうぞ。もう準備はできているから」

クレイは彼女にコーラの六缶パックを渡した。「二分待ってくれ。顔を洗って着替えてくる」

フランキーが最後の料理を用意している間に、クレイがテーブルへやってきた。彼はフランキーの皿に例の包みを置き、彼女が抱えていたボウルを受け取ってテーブルに並べた。

「何か手伝おうか？」

「じゃあ、洗い物をお願い」

クレイは大げさにうなったが、食器を洗うのは彼の日課となっていた。

彼はフランキーの椅子を引き、彼女が腰かけるのを待った。

「なんだか今夜はずいぶん改まった感じね」椅子ごとテーブルへ押してもらいながら、フランキーは微笑した。

クレイは眉を上げただけで何も答えず、皿の包みに対する彼女の反応を待った。

「これは食事の前に開けていいの？」そう尋ねつつも、フランキーは返事を待たずに包装紙を破った。

クレイは息を詰めて彼女の表情を見守った。好奇の表情が認識へ、さらに理解へと変わった。視線を上げたとき、茶色の瞳は涙でうるんでいた。

「クレイ、これって私が考えているとおりの意味なの？」

「百五十四ページを見てごらん。俺が一番気に入ってるやつだ。ほかに、けっこうよさそうなのが二つばかりある。もちろん、最終決定するのは君だ。なにしろ、いったん完成したら、一生そこで暮らすつもりだからな」

フランキーは住宅プランの本を脇（わき）に置き、椅子から立ち上がって、彼の膝に腰を下ろした。

「ちゃんと見なくていいのか？」クレイは尋ねた。「ほかに君好みのプランがあるかもしれないぞ」

「あとで一緒に見ましょう」フランキーは小声でつぶやき、彼の首の後ろで両手の指を組み合わせた。「でも、今はこうしたいの」

彼女は身を乗り出し、クレイの微笑を唇でとらえた。クレイのうなり声に純粋な喜びを感じた。

「あなたは最高の夫よ」

クレイは彼女の頬に両手を当て、親指で唇の輪郭をなぞった。

「そしてフランセスカ、君はとびきりの妻だ。君は俺と君の命を救った。俺たちの子供の命を救った。今は俺たちにとってやり直しの時期だ。どうせやり直すなら、土台から始めるほうがいいだろう？　予定どおりに進めば、初夏までに新しい家へ移れる。新しい家に新しい命、そして新しい生活。どう？　君の意見は？」

「愛しているわ、じゃだめ？」

クレイはフランキーを引き寄せ、彼女の首筋に鼻を押しつけた。そこから伝わってくる安定した脈拍のリズムを味わった。

「とりあえずは合格だ」

フランキーはベッドの中でミステリー小説を読んでいた。ストーリーが佳境に差しかかったとき、シャワーの水音が止まった。早く読み終えてしまわないと。彼女はあせって謎解きの部分に意識を集中させた。

あと一ページというところで、クレイが裸のまま、悠々とした足取りで浴室を出てきた。気が散らなかったと言えば嘘になるが、彼女はなんとか我慢し、ページをめくって、最後の謎を解き明かす文章を目で追った。

明日の着替えを用意すると、クレイはまた悠々とした足取りで彼女の視界を横切り、浴室へ戻っていった。

フランキーははっと息をのんだ。

もはや読書に集中するどころではなかった。結末の半ページを残して、彼女は本を放り出し、ベッドから転がり出た。

「クレイ・ルグランド！　あなた、何をやらかしたの？」

クレイは戸口で立ち止まり、肩ごしに視線を返した。愕然としている彼女に向かって、いかにも無邪気そうに訊き返した。

「いったいなんの話だ？」

フランキーは彼を浴室へ押し込み、明るい照明の下に立たせた。

た。

「とぼけないで」そう言って、彼の尻を照明のほうへ向けさせた。その尻の右側には、彼女のうなじのタトゥーとそっくり同じ金色のアンク十字があった。「なんでこんなことを?」金色のタトゥーを指先でなぞりながら、フランキーはつぶやいた。

クレイはひるんだ。「そっとやってくれよ。まだひりひりするんだ」彼は浴室の鏡張りのドアへ歩み寄り、左右に体をひねって自分の尻を眺めた。「けっこうセクシーだろ?」

フランキーは浴槽の縁に腰を落とし、あきれ顔で夫を見上げた。

「どうしてなの?」

クレイは腰にタオルを巻きつけ、彼女と向かい合う格好で便座の蓋に座った。

「君がうなじのタトゥーに触れるたびに、つらそうな顔をするからさ。それで……そいつを違うものと結びつけたらどうかって考えた。これから、君は自分のタトゥーを見るたびに俺を……俺だけを思い出すんだ」

クレイは立ち上がり、後ろを向いた。タオルを取り、改めて尻のタトゥーを披露した。

「どう?」

どうと尋ねられても、なんて答えればいいのか。フランキーは視線を上げた。クレイの不安げな表情に胸が詰まった。戸惑いながら、彼女はかぶりを振った。

「あなたって、まともじゃないわ」

クレイはにんまり笑った。「そんなの、俺と結婚したときからわかってたことだろう。それよりこのタトゥーの感想を聞かせてくれよ」

彼は尻の筋肉を収縮させ、タトゥーを動かしてみせた。

フランキーは眉を上げた。「まるで色男気取りね」

クレイは得意げな表情で浴室の中を往復し、タトゥーを見せびらかした。

「ご感想は?」彼はいきなりフランキーを抱き上げた。

「朝になったら教えてあげる」ベッドに横たえられながら、フランキーは小さくつぶやいた。

情熱のさなか、ミステリー小説が床に転がり落ちた。本の結末はいつでも読むことができる。それよりも、彼女は自分の物語の先を知りたかった。

もっとも、クレイがそばにいる限り、ハッピーエンドは約束されたようなものだった。

リメンバー・ミー

2021年1月15日発行　第1刷

著　者　シャロン・サラ

訳　者　平江（ひらえ）まゆみ

発行人　鈴木幸辰

発行所　株式会社ハーパーコリンズ・ジャパン
東京都千代田区大手町1-5-1
03-6269-2883（営業）
0570-008091（読者サービス係）

印刷・製本　中央精版印刷株式会社

ISBN978-4-596-91842-0

mirabooks

明けない夜を逃れて
シャロン・サラ
岡本　香 訳
余命宣告から生きのびた美女と、過去に囚われた私立探偵。喪失を抱えたふたりが出会ったとき、運命は大きく動き始め…。叙情派ロマンティック・サスペンス！

翼をなくした日から
シャロン・サラ
岡本　香 訳
元陸軍の私立探偵とともに、さまざまな事件を解決してきたジェイド。カルト組織に囚われた少女を追うなかで、自らの過去の傷と向き合うことになり…。

さよならのその後に
シャロン・サラ
兒嶋みなこ 訳
息子を白血病で亡くし、悲しみのあまり離婚の道を選んだヘイリー。3年後、命の危機に陥った瞬間に思い出したのは、いまも変わらず愛している元夫で…。

いつも同じ空の下で
シャロン・サラ
兒嶋みなこ 訳
シェリーの夫はFBIの潜入捜査官。はなればなれの日々のなか、夫が凶弾に倒れたという知らせが入る。涙にくれるシェリーを、次なる試練が襲い…。

ミステリー・イン・ブルー
シャロン・サラ
カーラ・ネガーズ
ヘザー・グレアム
覆面捜査中に軟禁された捜査官ケリー。休暇中のレンジャー、クインに助けてもらうが彼女の首に賞金がかけられ…。全米ベストセラー作家による豪華短編集！

ミモザの園
シャロン・サラ
皆川孝子 訳
祖母が遺した〝ミモザの園〟に越してきたローレル。予知能力を持つ彼女を待っていたのは、夢の中で愛を交わした名も知らぬ幻の恋人だった。名作復刊。

mirabooks

静寂のララバイ

リンダ・ハワード　リンダ・ジョーンズ
加藤洋子 訳

小さな町で雑貨店を営むセラ。ある日元軍人のベンから、じきに世界規模の大停電が起こると警告され面食らうが…。豪華共著のロマンティック・サスペンス！

バラのざわめき

リンダ・ハワード
新号友子 訳

若くして資産家の夫を亡くしたジェシカとギリシャ人実業家ニコラス。相反する二人の想いは不器用なまでにすれ違い…。大ベストセラー作家の初邦訳作が復刊。

カムフラージュ

リンダ・ハワード
中原聡美 訳

FBIの依頼で病院に向かったジェイを待っていたのは、全身を包帯で覆われた瀕死の男。元夫なのか確信を持てないまま、本人確認に応じてしまうが…。

ホテル・インフェルノ

リンダ・ハワード
氏家真智子 訳

生まれつき数字を予知できる力を持つローナは、カジノを転々として生計を立てる日々。ある日高級カジノ・ホテル経営者ダンテに詐欺の疑いで捕らわれ…。

雷光のレクイエム

リンダ・ウィンステッド・ジョーンズ
杉本ユミ 訳

殺人課に異動になったホープは、検挙率の高さで知られるギデオンの相棒に抜擢される。高級スーツに身を包み刑事らしくない男だが、彼にはある秘密が…。

永遠のサンクチュアリ

ビバリー・バートン
中野 恵 訳

その素性を知らずに敵対一族の長ユダを愛してしまったマーシー。7年後、人里離れた屋敷で暮らすマーシーのもとにある日突然ユダが現れ…シリーズ最終話！

mirabooks

傷ついた純情

ダイアナ・パーマー
仁嶋いずる 訳

唯一の肉親をなくしたグレイスへ救いの手を差し伸べたベテランFBI捜査官のガロン。誰にも言えない過去の傷を抱える彼女は、彼に惹かれていく自分に戸惑い…。

涙は風にふかれて

ダイアナ・パーマー
仁嶋いずる 訳

テキサスの名家に生まれた令嬢ベスは、ある日突然無一文の身になってしまう。手をさしのべてきたのは、苦い初恋の相手だった牧場経営者で…。

初恋はほろ苦く

ダイアナ・パーマー
仁嶋いずる 訳

隣に住む牧場主のジェイソンに憧れているケイト。ある日彼とキスを交わしたことでほのかな期待を抱くが、ジェイソンの冷たい言葉に打ちのめされる。

許されぬ過去

ダイアナ・パーマー
霜月 桂 訳

間違った結婚で、心に傷を負ったサリーナ。7年後、彼女を捨てた夫コルビーと再会を果たすが、ただ一度の夜に授かった小さな奇跡を、彼女はひた隠し…。

愛に裏切られても

ダイアナ・パーマー
霜月 桂 訳

心の扉を閉ざしてきたティピーにとって、キャッシュは初めて愛した人だった。だが、妊娠に気づいたとき、キャッシュは彼女の愛を拒絶し、去ったあとで…。

いつかこの恋に終わりがあるなら

ジュリア・ウィーラン
西山志緒 訳

オックスフォードの大学院で1年間英文学を学ぶことになったエラ。講師ジェイミーに惹かれ期限付きで交際を始めるが、彼は悲しい運命を背負っていて――。

mirabooks

囚われのイヴ
アイリス・ジョハンセン
矢沢聖子 訳
死者の骨から生前の姿を蘇らせる復顔彫刻家イヴ・ダンカン。ある青年の死に秘められた真実が、新たな事件を呼びよせ…。著者の代表的シリーズ、新章開幕！

慟哭のイヴ
アイリス・ジョハンセン
矢沢聖子 訳
殺人鬼だった息子の顔を取り戻そうとする男に追われ、極寒の冬山に逃げ込んだ復顔彫刻家イヴ。満身創痍の彼女に手を差し伸べたのは、思いもよらぬ人物で…。

弔いのイヴ
アイリス・ジョハンセン
矢沢聖子 訳
殺人鬼だった息子の顔を取り戻すためイヴを拉致した男は、ついに最後の計画を開始した。決死の覚悟で挑む闘いの行方は…？　イヴ・ダンカン三部作、完結篇！

令嬢探偵ミス・フィッシャー
華麗なる最初の事件
ケリー・グリーンウッド
高里ひろ 訳
英国社交界の暮らしに退屈していた伯爵令嬢フライニー。ある日知人夫妻から異国に嫁いだ娘の様子がおかしいと相談を受け…。最強のお嬢様探偵、ここに誕生！

妄　執
エリカ・スピンドラー
細郷妙子 訳
ケイトと夫は待ち望んでいた赤ん坊を養子に迎えたが、その日を境に家族の周囲で不審なことが起こり始める。E・スピンドラー不朽のサスペンスが待望の復刊！

ガラスのりんご
ジェイン・A・クレンツ
間中恵子 訳
伯父が突然失踪した。手がかりを求めて伯父の数少ない友人エイドリアンのもとを訪ねたサラだが、謎めいたその男から、伯父とのある約束を聞かされ…。

mirabooks

消えないしるしを
マヤ・バンクス
琴葉かいら 訳

夫の死後三年がたち、過去を吹っ切るために秘密の社交場にやってきたジョスリン。長年胸に秘めてきた願いを叶えようとするが、そこには夫の親友がいて…。

一夜の夢が覚めたとき
マヤ・バンクス
庭植奈穂子 訳

楽園のような島のホテルで職を得たジュエルはその日、名も知らぬ男性に誘惑され熱い一夜を過ごす。だが彼こそがオーナーのピアズで、彼女は翌日解雇され…。

後見人を振り向かせる方法
マヤ・バンクス
竹内　喜 訳

イザベラが10年以上も片想いをしているのはギリシア富豪一族の次男で後見人のセロン。だがある日、彼がどこかの令嬢と婚約するらしいと知り…。

心があなたを忘れても
マヤ・バンクス
庭植奈穂子 訳

ギリシア人実業家クリュザンダーの子を宿したマーリーは、彼にただの〝愛人〟だと言われ絶望する。しかも追い打ちをかけるように記憶喪失に陥ってしまい…。

涙のあとに口づけを
マヤ・バンクス
中谷ハルナ 訳

特殊な力を持つせいで幼い頃にカルト教団につかまり、囚われの日々を送ってきたジェナ。ついに逃げ出し、アイザックという長身の男性に助けてもらうが…。

あなたの吐息が聞こえる
マヤ・バンクス
中谷ハルナ 訳

顔を合わせれば喧嘩ばかりのウェイドから、パーティへの招待を受けたうえドレスまで贈られ、ときめくイライザ。だが、過去の悪夢が彼女の背後に忍び寄り…。